從唐祚開基到武氏還宮

唐史演義

蔡東藩 著

天禍隋國，李唐將興，
今加九錫，擁登帝座！
看官！李淵終成帝業，
且看大唐如何得天下！

目錄

第一回　溯龍興開編談將種　選蛾眉侍宴賺唐公……007
第二回　定祕計誘殺副留守　聯外助自號大將軍……017
第三回　攻霍邑陣斬宋老生　入長安擁立代王侑……027
第四回　記豔聞李郎遇俠　禪帝位唐祚開基……037
第五回　李密敗績入關中　秦王出奇平隴右……047
第六回　盛彥師設伏斃叛徒　竇建德興兵誅逆賊……057
第七回　啖人肉烹食段欽使　討亂酋擊走劉武周……067
第八回　河朔修和還舊俘　鄭兵戰敗保孤城……077
第九回　擒渠殲敵耀武東都　奏凱還朝獻俘太廟……087
第十回　下江東梁蕭銑亡國　戰洺南劉黑闥喪師……097

第十一回　唐太子發兵平山左　李大使乘勝下丹陽……107
第十二回　誅文幹傳首長安　卻頡利修和突厥……117
第十三回　玄武門同胞受刃　廬江王謀反被誅……127
第十四回　納弟婦東宮瀆倫　盟胡虜便橋申約……137
第十五回　偃武修文君臣論治　易和為戰將帥揚鑣……145
第十六回　獲渠魁掃平東突厥　統雄師深入吐谷渾……155
第十七回　長孫后臨終箴主闕　武媚娘奉召沐皇恩……165
第十八回　滅高昌獻俘觀德殿　逐真珠擊敗薛延陀……175
第十九回　強胡內亂列部紛爭　逆跡上聞儲君被廢……185
第二十回　易東宮親授御訓　征高麗連破敵鋒……195
第二十一回　東略無功全軍歸國　北荒盡服群酋入朝……205
第二十二回　使天竺調兵擒叛酋　征龜茲入穴虜名王……213

第二十三回　出嬌娃英主升遐　逞姦情帝女謀變……223
第二十四回　武昭儀還宮奪寵　褚遂良伏闕陳忠……233
第二十五回　下辣手害死王皇后　遣大軍擒歸沙缽羅……243

第一回　溯龍興開編談將種　選蛾眉侍宴賺唐公

桑麻無恙，雞犬不驚，村夫野老，散坐瓜棚豆架旁，笑談大唐遺事，什麼晉陽宮，什麼鳳凰山，什麼摩天嶺，什麼薛仁貴征東，什麼羅通掃北，什麼巴駱和，什麼宏碧緣，最出奇動人的，是蓋蘇文興妖作怪，樊梨花倒海移山，唐三藏八十一難，孫悟空七十二變，說得天花亂墜，神怪迷離；其實是半真半假，若有若無。咳！我想這班村夫野老，能識得幾個字？能讀過幾句書？無非藉神社戲劇、茶肆盲詞，灌輸了一些見聞，就借那閒著時候，說長論短，談古說今，自稱為大唐人，戲述那大唐事，究竟唐朝有若干皇帝？多少版圖？一古腦兒莫名其妙。甚且把神功妖法、子虛烏有等談，信為真有，看似與國無害，與家無損，哪知恰有絕大關係。二十年前的義和團、紅燈照，不曾說有齊天大聖附身、黃連聖母下世麼？京津一帶愚夫婦，腦中記著唐亂話、西狗屁，遂以為古今一律，仙人間出，迷信得什麼相似，終弄到聯軍入境，京邑為墟。看官試想！有益呢？無益呢？有損呢？無損呢？談仙說怪諸書，多借唐事影射，故本編緣起，特別痛斥。

小子就史論史，即唐敘唐，單把那一十四世的唐祚，二百九十年的唐史，興亡衰廢，約略演述，已不下數十萬言，看官恐已怕煩，要說甚神仙？談甚鬼怪？本回是一個開場白，理應將唐朝本末，總揭一段，譬如振衣提領、張網握綱一般。有了大關節目，然後按次敘下，有條有緒，自己覺得不是瞎說，旁人也識得不是亂言。說部之須有楔子，即本此意。曾記前人留一笑談云：「漢經學，晉清談，唐烏龜，宋鼻涕，清邋遢。」漢晉宋清諸朝，自有專書交代，不必向本編宣告，只「唐烏龜」三字，究作什麼解？相傳龜與蛇交，非偶相從，因此世間做丈夫的，縱妻外淫，往往被人喚做烏龜。唐朝開國的時候，曾把晉陽宮內的妃嬪，取作侍姬，恐隋主不甘負著龜名，要來問罪，沒奈何拚死興兵，議行大事，一番大僥倖，竟得隋江山，好容易登了大寶，剷盡群雄，收拾海內二百九十三州，作為李氏私產。所有東夷南蠻，西戎北狄，統是年年進貢，歲歲來朝，九天閶闔開宮殿，萬國衣冠拜冕旒，這真是唐朝實事，並不是唐人虛談，就是大唐人的名目，從此傳聞海外，我中國人常以此自誇，相沿到今。不過天道好還，報應不爽，你要人家去做烏龜，人家亦要你的子孫去做烏龜。太宗高宗的時候，是唐朝極盛時代，宮闈裡面，已是不明不白。太宗奸汙弟婦，是皇弟去做烏龜了。高宗皇后武則天，簡直是生性好淫，廣置面首，偉岸如懷義，俊美如昌宗，陸續召將進去，充作倖臣，是皇帝去做烏龜了。嗣是韋后恃寵，中宗點籌，玉環洗兒，祿山抓乳，綠頭巾成為家法，元緒公竟作祕傳，烏龜烏龜，數見不鮮。嗣是乃有倚勢的宦官，嗣是乃有挾權的藩鎮，內外交訌，就把那李氏的國脈，一日一日的斷喪下來。看官以為宦官藩鎮的禍祟，與女寵無與，誰知是因果相連，源流有自，不寵壽王妃，何來高力士？唐室宦官專政，自高力士始。不近大腹兒，何有三節度？安祿山兼領三鎮，為唐室藩鎮之所由始。龜奴龜子，玩弄朝綱，執掌兵政，於是此行彼效，你爭我賽，樂得依樣畫葫蘆，去挾制那烏龜皇帝。歷久相沿，積重難返，閹宦可以弒主，將弁可以逐帥，十軍阿父，勢焰薰天（指田令孜），三鎮大臣，兵戈犯闕（王行瑜，李茂貞，韓建）。黃巢殺人八百萬，季述數君數十罪，南面稱尊的天子，逐朝與傀儡相似，今日被人幽，明日被人劫，又明日被人廢死。甚至大家夫婦，委身國賊，好一座錦繡江山，竟被那碭山無賴朱阿三，輕輕的移奪了去，說將起來，煞是可憐。但總由列祖列宗，貽謀未善，所以子子孫孫，累得吃苦，連烏龜都無暇做得，豈不是自作自受，近報在自身，遠報在兒孫麼？看官記著！這一部唐朝演義，好做了三段立論：第一段是女禍，第二段是閹禍，第三段是藩鎮禍，依次產出，終至滅亡。若從根本問題上解決起來，實自宮闈淫亂，造成種種的惡果。所以評斷唐史，用了最簡單的三字，叫做唐烏龜，這真所謂一言以蔽之呢。斬釘截鐵，掃除枝葉。

宗旨既明，請看正傳！話說唐朝開國的始祖，姓李名淵，字叔德，系隴西成紀人氏，為西涼武昭王李暠七世孫。東晉時暠據秦涼，自稱為王，傳子李歆，為北涼所滅。歆生重耳，重耳生熙，熙生天錫，天錫生虎。虎仕西魏有功，賜姓大野氏，官至太尉。嗣與李弼等八人，佐周伐魏，號為八柱國，歿封唐國公。子昞仕隋，襲封唐公。昞妻獨孤氏，與隋文帝的獨孤皇后，是同胞姊妹，因此文帝與昞，名為君臣，實關姻亞。昞生子淵，體具三乳，日角龍庭，文帝嘗稱為不凡子，特別垂愛，獨孤姊妹俱貴，且各產皇帝，確是難得。命複姓李。昞歿，令淵襲爵，歷授譙隴二州刺史。煬帝嗣位，升任太守，又召為殿前少監衛尉少卿。及煬帝征遼東，遣淵督運兵糧，接濟軍士。會楚公楊玄感，即隋故相楊素子，起兵作亂，圍攻東都。淵飛書奏聞，煬帝慌忙引還，命淵為弘化留守，備御玄感。既而玄感敗死，淵留守如故，御下寬簡，頗得眾心。

先是隋政荒暴，謠諑日繁，起初是喧傳市巷，後來竟傳入宮庭，連煬帝也常有所聞。看官道是何等謠言？一說是：「桃李子，有天下。」一說是：「楊氏將滅，李氏將興。」蒲山公李寬子密，即李弼曾孫。曾因餘蔭入朝，授官左親侍，煬帝見密額銳角方，目分黑白，遂說他顧眄非常，即令罷職。玄感發難，密實與謀，兵敗後亡入瓦崗，往投翟讓，也想援據讖語，稱孤道寡，哪知真命天子，別有一李，不是他的李姓。也是漢劉歆之類。煬帝既逐去李密，復疑到郕公李渾身上，誣他謀反，殺身夷族。真是冤枉。一面添造龍舟，東巡西幸。旋聞李淵得將士心，因又疑忌起來，遣使至弘化，傳召李淵。淵因李渾被族，正懷著兔死狐悲的觀念，陡然奉召，料知煬帝不懷好意，不如託詞稱疾，裝著一副病容，接見來使，且把許多黃白物，作了程儀，浼他委婉覆命，但說是待病少痊，即當往朝行在。來使得了金銀，樂得做個人情，便唯唯如命的告別而去。錢可通靈。到了行在，當然將李淵病重，復旨了事。

煬帝正恣意淫樂，也無心顧及李淵，便擱置了好幾月。

會有淵甥王氏，在後宮充役，為煬帝所見，不由的記起前事，突問王氏道：「爾舅為什麼事情，好幾月不來見朕？」王氏忙答道：「恐怕是病尚未癒，所以遲延。」煬帝微笑道：「索性死了，倒也好了。」說畢自去。王氏懷舅心切，免不得寫了密書，寄與李淵。淵展書後，不瞧猶可，瞧畢數行，頓惹得驚魂不定，左思右想，無法脫禍，只好再仗那阿堵物，輸送煬帝倖臣，託他斡旋，自己縱酒韜晦，免人伺察。畢竟金錢可以買命，富貴又來逼人，李淵方懷憂慮，偏有詔命下來，加授山西河東慰撫大使，令討捕群盜。淵拜命乃發，進次龍門。適賊帥母端兒，率眾數千，來薄城下，經淵麾下數十騎，控弦出擊，連射皆中，賊前驅多僕，餘眾駭散。淵乘勝搜剿，連破餘賊敬盤陀柴保昌等，收降數萬人，威聲愈震。出手便已勝人。捷書馳報行宮，煬帝大悅，乃改擬北巡，啟蹕出雁門。冤冤相湊，來了一大隊突厥兵，頭目叫做始畢可汗（可汗系突厥主子稱呼），竟欲攔途掩擊，劫奪乘輿。煬帝聞報，忙馳回雁門，據關自守。始畢可汗，竟調集番兵數十萬，把雁門關圍住，日夕攻撲，害得煬帝惶急萬分，傳檄天下，徧令勤王。

屯衛將軍雲定興，應詔募兵，指日赴援，可巧有一將門種子，濟世英雄，竟到定興軍營，報名入伍，看官道是何人？便是撫慰大使李淵的次子李世民。唐室江山，全賴李世民造成，故先行提出。世民母竇氏，本是一個女中豪傑，他父名毅，曾仕周為上柱國，尚武帝姊襄陽長公主。竇女生時，發垂過頸，三歲發與身齊，授讀《女誡》《列女傳》等書，過目不忘。及隋高祖楊堅篡周，女自投床下，慨然道：「恨我非男子，不能救舅家。」毅忙掩女口，命勿妄言，暗地裡卻很自驚異，嘗語公主道：「此女有奇相，且智識不凡，宜為她小心擇婿。」乃就屏間畫二孔雀，遇人求婚，先令試射，陰約中目，方將女許字。那時貴胄王孫，爭來角射，幾乎門限為穿。偏偏張弓發矢，都不能達到目的，只好敗興而去。獨李淵後至，連發二箭，一中左目，一中右目，因得成就了一段良緣。嗣生四男一女，長名建成，次子就是世民，又次名玄霸，又次名元吉，一女適臨汾人柴紹，詳情俱見後文。世民生時，有二龍戲躍門外，三日方去，途人相率稱奇，母亦料為異徵，特加憐愛。越四年，有書生自稱善相，進謁李淵，甫見面，即語淵道：「公當大貴，且必有貴子。」淵乃召四子出見，書生獨指世民道：「龍鳳呈姿，天日露表，將來必居民上。公試記著！此兒年近二十，就能濟世安民，願公勿輕視哩。」淵聞言甚喜，書生即辭去。嗣由淵轉了一念，恐書生洩語他人，反致不妙，當即遣人追躡，不意四處找尋，並無下落，遂驚以為神。乃採濟世安民一語，作為次子的定名。世民才閱十餘齡，已將古今兵法，揣摩純熟，復生成一副膽力，到處交遊，輕財仗義，端的是天縱英姿，不同凡品。至煬帝被圍雁門時，他年已十六歲了(敘入世民，即插入竇后一段故事，並將兄弟姊妹，亦隨手帶過，是絕好的銷納文字)。

雲定興見了世民，問過履歷，已知他是名家子，更因他相貌魁奇，特別加敬。世民即獻計道：「始畢傾國前來，圍攻天子，必謂我倉猝不能赴援，因敢猖獗至此。為我軍計，應大張軍容，布設旌旗數十里，連續不絕，就使到了夜間，亦必鳴鉦擊鼓，互相嘩應。始畢聞我大舉，必疑是援兵齊集，望風遁去了。」定興點首道：「這是一條疑兵計，今日正用得著哩。」就定興口中，敘出計名。當下依計行事，逐隊進行。果然始畢可汗墮入計中，即解圍自去。煬帝得安返東都。世民居定興營中，約有年餘，並不見有什麼賞典，但聽得都下傳聞，車駕又南幸江都，殺死了好幾多諫官，遂不禁自嘆道：「主昏若此，我在此何為？」遂辭別定興，仍然歸裡。會草澤英雄，乘著煬帝南幸，又復四起。李淵受詔為太原留守，世民即隨父至任。有賊帥甄翟兒，自號歷山飛，率悍目來攻太原。淵麾兵出擊，深入賊陣，為賊所圍，世民提弓躍馬，只領著健騎數十，突圍而入。賊眾前來攔阻，均被世民射退，陣勢漸亂。淵乘機殺出，復招集步兵，與世民夾擊賊眾，殺得屍橫遍野，血流盈渠。甄翟兒倉皇遁去，太原復安。

轉瞬間又過一年，煬帝尚留駐江都，沉湎聲色，那四面八方的草頭王，陸續起來，竟把這浩蕩中原，變成了四分五裂的世界。自煬帝七年間起，至十三年止，各路揭竿起事，差不多有數十起，除楊玄感已見前文外，由小子臚述如左：

劉武周起馬邑。林士弘起豫章。劉元進起晉安。（以上均自稱帝）。朱粲起南陽。（自號楚帝）。李子通起海陵。（自號楚王）。邵江海起岐州。（自號新平王）。薛舉起金城。（自號西秦霸王）。郭子和起榆林。（自號永樂王）。竇建德起河間。（自號長樂王）。王須拔起恆定。（自號漫天王）。汪華起新安。杜伏威起淮南。（以上均自號吳王）。李密起鞏。（自號魏公）。王德仁起鄴。（自號太公）。左才相起齊郡。（自號博山公）。羅藝起幽州。左難當起涇。馮盎起高羅。（以上均自號總管）。梁師都起朔方。（自號大丞相）。孟海公起曹州。（自號錄事）。周文舉起淮陽。（自號柳葉軍）。高開道起北平。張長憑起五原。周洮起上洛。楊士林起山南。徐圓朗起豫州。張善相起伊汝。王要漢起汴州。時德叡起尉氏。李義滿起平陵。綦公順起青萊。淳于難起文登。徐師順起任城。蔣弘度起東海。王薄起齊郡。蔣善合起鄆州。田留安起章邱。張青持起濟北。臧君相起海州。殷恭邃起舒州。周法明起永安。苗海潮起永嘉。梅知巖起宣城。鄧文進起廣州。楊世略起循潮。冉安昌起巴東。寧長真起郁林。李軌起河西。（自號涼王）。蕭銑起巴陵（自號梁王）。

這數十起草頭王，統是史冊上留有名目，可以錄述。此外尚有許多么麼小醜，東劫西掠，騷擾民間，實屬記不勝記，史家總稱為群盜，小子也不敢捏造姓名。實事求是。那久駐江都的隋煬帝，還日坐迷樓，採集吳娃，鎮日裡花天酒地，醉死夢生。一班獻媚貢諛的楊家奴，又把各處的警報，匿不上聞，眼見得楊氏基業，是朝不保夕了。

太原留守李淵，目擊時艱，時常愁嘆，獨世民別具志趣，只管傾身下士，結識幾個眼前英雄，密圖大舉。晉陽令劉文靜，及宮監裴寂，嘗與世民往來。文靜器重世民，深自結納，寂尚不以為然。會寂與文靜同宿城樓，遙見境外烽火連天，不禁長嘆道：「身為窮官，復遭亂離，如何圖存？」文靜反微笑道：「時事可知，我兩人果屬同心，怕什麼貧窮呢？」寂即轉詰道：「劉大令有什麼高見？幸乞指教！」文靜道：「亂世出英雄，你不見李公子世民麼？」寂搖首道：「他雖有些才識，究竟是個少年，能成得什麼大事？」文靜道：「此子雖屬少年，卻是個命世奇材，你休得看錯哩！」文靜眼力過人。寂仍似信非信。越宿，有江都使持詔到來，宣示李淵，略稱：「李密叛亂，劉文靜與密通婚，應該連坐，著即革職下獄」云云。淵不敢違慢，即將文靜拘入獄中。李世民聞文靜下獄，急往探望，獄吏見是李公子，當然放入，兩下相見，世民代為嘆惜。文靜道：「今天下大亂，還有什麼正當的賞罰？除非有漢高祖光武帝等，崛起世間，撥亂反正，或尚得善惡分明，沒有冤死的好人。」世民勃然道：「君亦未免失言，難道今世必無異才，只恐肉眼未識真人呢？我來此探君，正欲與君共圖大事，豈似尋常兒女子，看著親友下獄，束手無策，但知向他哭泣麼？」文靜鼓掌道：「好！好！我的眼力，究屬不弱。公子果具命世才，我當代籌良策。今天下大亂，群盜如毛，有真主出，正好收為己用，號令天下。即如太原百姓，俱避盜入城，一旦收集，可得十萬人，尊公麾下，復有數萬兵士，就此乘虛入關，傳檄四方，不出半年，就可成帝業了。」世民聞言，沉吟半晌，徐徐的答道：「君言確是良策，但恐家父不從，奈何？」文靜道：「這也不難。」說至此，即與世民附耳密談，寥寥數語，世民已經了解，便告別出獄，自去邀裴寂宴飲。寂頗使酒好博，世民既盛筵相待，復出私錢數萬緡，與寂作樗蒲戲，故意的輸錢與寂。寂因此興高采烈，日夕過從。自是兩情款洽，世民因以密謀相告，寂躊躇道：「尊公與我，原系舊友，但明言相勸，恐反見拒，看來只好暗渡陳倉哩。」世民道：「全仗大力。」寂答道：「現且不必明言，緩日自當報命。」（文靜囑世民語，已用虛寫，及裴寂替世民劃策，亦仍此法，好在用筆不同。）世民喜謝，寂即辭出。

隔了一日，設席晉陽宮，請李淵入宴。原來隋高祖初都長安，繼在長安城東，營一新城，名曰大興。煬帝更營都洛陽，號為東都。後來四處遊幸，各置行宮。晉陽宮就是行宮之一，宮中設有外監，正副各一人（解釋處，萬不可少，且隋都隋宮，亦俱得連類表明）。李淵留守太原，兼領晉陽宮監，裴寂為副。此次寂請李淵入宴，淵以為責居監守，不妨赴席。寂殷勤迎接，入席坐定，當有美酒佳餚，依次獻奉。兩人對酌，歡然道故。淵即開懷暢飲，連盡數大觥，已含有五六分酒意。忽聽得門簾一動，環珮聲來，由淵定睛一瞧，竟走進兩個美人兒，都生得十分佳麗，彷彿如姊妹花一般。俗語說得好：「酒不醉人人自醉，色不迷人人自迷。」那兩美人婷婷裊裊，趨近席前，向淵參見。淵慌忙答禮，寂即指引兩美人，左右分坐，重行勸酒。淵已酒醉糊塗，也不問明來歷，一味兒的亂喝，喝到酩酊大醉，即由兩美人扶掖去睡，雖不及顛鸞倒鳳，已居然偎玉倚香。小子有詩嘆道：

開樽幸接舊相知，更遇名花索笑時。
莫怪隋家浪天子，真人到此也迷離。

究竟李淵醒後，如何處置這兩美人，且看下回續表。

首段總揭唐事，以女禍為第一條件，已將全唐二百九十年的大綱，籠括在內。入後敘李家父子，作兩段分寫，不致直捷無味。插敘四方亂事，出以簡括。眉目甚清；一覽瞭然。結末即接入晉陽宮事，標明女禍之開端。觀此一回，已見得妙手經營，自成杼柚。雖曰小說，恰具大文，閱者勿視為尋常筆墨也。

第二回　定祕計誘殺副留守　聯外助自號大將軍

卻說李淵醉臥晉陽宮，由兩美人侍寢，淵此時已入夢境，還曉得什麼犯法。待酣睡多時，才覺有些醒悟，鼻中聞著一股異香，似蘭非蘭，似麝非麝，不由的奇異起來。當下揉開雙眼，左右一瞧，竟有兩美人陪著，禁不住咄咄稱怪。是否開肉弄堂？還是一對解語花，低聲柔氣，與他說道：「唐公休怪！這是裴副監的主張。」淵又問她姓氏，一美人自稱姓尹，一美人自稱姓張。淵又問她裡居，她兩人並稱是宮眷。淵即披衣躍起道：「宮闈貴人，哪得同枕共寢？這是我該死的了。」二美人忙勸慰道：「主上失德，南幸不回，各處已亂離得很，妾等非公保護，免不得遭人汙戮，所以裴副監特囑妾等，早日託身，藉保生命。」屠戮雖或倖免，汙辱是已夠了。淵頻頻搖首道：「這……這事豈可行得！」一面說，一面趨出寢門，復行數武，恰巧遇著裴寂，淵將寂一把扯住，復呼寂表字道：「玄真玄真！你莫非要害死我嗎？」寂笑道：「唐公！你為什麼這般膽小？收納一兩個宮人，很是小事，就是那隋室江山，亦可唾手取得。」淵忙答道：「你我都是楊氏臣子，奈何口出叛言，自惹滅門大禍。」寂復道：「識時務者為俊傑，今隋主無道，百姓窮困，四方已經逐鹿，連晉陽城外，差不多要作戰場。明公手握重兵，令郎陰儲士馬，何不乘時起義，弔民伐罪，經營帝業哩。」淵囁嚅道：「我世受國恩，不敢變志。」寂尚欲再言，忽有一卒入報導：「突厥兵到馬邑了，請留守大人，速回署發兵，截擊外寇！」淵聞報，匆匆走回。但見副留守王威高君雅等，已經待著，當由淵與兩人共議，決遣高君雅領兵萬人，出援馬邑，高君雅領命去訖。

淵回憶晉陽宮事，好幾日寢食不安；旋接馬邑軍報，太守王仁恭，出戰不利，高君雅與戰亦敗，淵愈加著急，退入內室，獨呆呆的坐著。突有一少年馳入，開口白淵道：「大人不亟籌良策，尚待何時？」淵連忙審視，並非別人，乃是次子世民，便回問道：「你有何計？」世民悄語道：「天下大亂，朝不保暮，大人若再守小節，下有寇盜，上有嚴刑，禍至無日了。不若順民心，興義師，還可轉禍為福呢。」淵岔然道：「你怎得胡言！我當拿你自首，先告縣官，免得牽累。」世民道：「兒觀天時人事，已到這個地步，所以敢發此議。大人必欲將兒拿送，兒亦不敢辭死。」淵嘆道：「我豈真沒有父子情，忍心告發，置你死地，但你慎勿輕言！」心已動了。世民乃趨出。越日，因寇警益急，世民復入室勸父道：「今盜賊日繁，幾遍天下，大人受詔討賊，試思賊可盡滅麼？賊不能盡，終難免罪。況世人盛傳李氏當興，致遭上忌，郕公李渾，並無罪孽，身誅族夷，大人果盡滅賊，恐功高不賞，益促危亡。兒輾轉籌思，只有昨日的計議，尚可救禍，願大人勿疑！」淵從容語道：「我昨夜細思，你言亦頗有理。今日破家亡軀，由你一人，化家為國，亦由你一人，我也不能自主了。但家屬尚在河東，此事不應速發，還當從緩為是。」世民道：「大人既已決定，家屬即著妥人去接便了。」淵點首示意。世民出室，自去著疊妥人，馳赴河東。

正在悄地安排的時候，那江都復有消息傳來，嚇得李淵魂不附體。看官道是何因？原來煬帝因淵不能禦寇，特遣使至太原，逮淵問罪。淵此時不勝危急，乃召副宮監裴寂，及次子世民入商。寂即進言道：「我前日勸導明公，正防此禍，目下事已急迫，何待躊躇，古人有言：『先發制人，後發被人所制』請明公三思！」寂說到此句，世民便接口道：「今主昏國亂，盡忠無益，試想偏裨失律，遽罪主帥，這種國法，何時制定？上既亂法，下亦何必守法。」淵喟然道：「倘或弄巧反拙，為之奈何？」寂又應聲道：「這可無慮！晉陽士馬精強，公又蓄積巨萬，藉此舉事，何患不成？就是代王侑留守關中（代王侑系隋煬帝之孫），年齡尚是幼沖，關隴豪傑，正思擇主而事，公若鼓行而西，撫有群豪，取關中正如拾芥，奈何甘受拘囚，自去就死呢？」淵尚遲疑未決，寂復逼進一層道：「前寂令宮人侍公，二公子已恐事覺並誅，時常戒備，今又為了寇警，拘公問罪。倘兩罪並發，寂死不足惜，公不要全族誅夷麼？」這一席話，說得李淵死心塌地，決計發難。俄聞欽使已到，他即推說重病，不能起床，只著屬官邀使入廨，暫且居住。俟病稍痊，開讀詔旨。來使因李淵手握兵權，不便違拗，只好忍氣待著。淵與世民等密行部署，意欲殺使祭旗，指日出發，適江都又傳到赦詔，仍令淵照舊供職，帶罪圖功。淵乃出接詔書，並款待前後使臣，厚贐去訖。前使不知為誰？總算幸保性命。

淵稍稍放心，因復延宕了好幾日。李淵實在無用。裴寂及世民，隨時催促，乃復提議大事。世民保舉劉文靜，謂可參贊兵謀，因潛召文靜出獄。文靜見了李淵，獻上一計，乃是詐為制敕，令太原西河雁門馬邑人民，凡年二十以上，均應當兵，東征高麗。這道矯詔，發將下去，民心怨苦異常，恨不得隋朝皇帝，即日捽去，才消痛恨。既而劉武周進據汾陽宮，世民又入語淵道：「大人身為留守，乃令盜賊竊據離宮，不亟起事，大禍就要臨身了。」淵接口道：「正為家屬未到，尚在遲疑。」世民道：「家眷聞已啟程，想是即日可到。目下事在燃眉，須趕緊布置方好哩。」淵皺眉道：「恐怕兵力未足，一時不能起事。」世民乃走近一步，與淵附耳數語。淵隨口稱善，計劃已定，即召集將佐議事。王威以下，統行到來。淵升帳宣詞道：「劉武周僭據汾陽宮，我輩不能往討，罪當族滅，如何是好？」王威等均再拜道：「唯留守命。」淵復道：「朝廷用兵，例須稟白節度，今賊在數百里內，江都在三千里外，遠不濟急，進退兩難，所以我也不能決議。」威等齊聲道：「公位兼親賢，應與國同休戚，若必俟奏報，恐誤事機，目前總以討賊為要策，一切舉措，何妨自專。但教賊焰能平，主上亦不至加罪。是要你等說此語。淵佯作沉吟，半晌方答道：「眾論一致，我也顧不得專擅了。但突厥未退，武周又來，兵分力少，應即添募為是。」威等復齊聲道：「這是今日第一要策。」淵又道：「劉文靜作令有年，應知此間豪士，我想今日募兵，非他不可，須暫時將他釋獄，令充此任，可好麼？」眾齊聲稱善。淵即飭人召入劉文靜，囑令開局募兵，隨令王威等暫退，靜待後命。

威等退去，淵覆命池陽人劉弘基，及洛陽人長孫順德，協同文靜募兵。王威等聞了此令，不免疑議起來。看官聽著！這劉弘基曾做過右勳侍，長孫順德也做過右勳衛，他二人本在煬帝左右，只因煬帝出征遼東，二人不願隨行，竟亡命晉陽，暫作寓客。就中還有一段嫌疑，李世民的妻室，是故驍衛將軍長孫晟女兒，順德便是晟的族弟，此次令幫同募兵，顯有形跡可疑（世民妻長孫氏亦就此帶敘）。且陸續募入的兵士，即歸他二人統帶，並不見派屬他將，王威越加疑忌，遂去問那行軍司鎧武士彠。士彠系文水人，本是李淵心腹，曾勸淵興兵舉義。威偏問及了他，士彠當然代辯。威復道：「他事不必論，唯順德弘基，是朝廷逃犯，奈何令他統兵？我意欲把他按治。」士彠道：「兩人皆唐公門下客，若把他按治，唐公必出來反對，豈不是自尋煩惱麼？」威聞言色沮，乃不敢生異。適高君雅回城乞援，威與君雅相見，密談疑竇。君雅亦謂事有可疑，應相機討淵。會晉陽遇旱，淵擬至晉祠禱雨，先數日下令齋戒。威以為時機已至，遂與君雅定計除淵，只因兵士多轄淵麾下，不能由彼驅遣，沒奈何囑令晉陽鄉長劉世龍，招集鄉兵，埋伏祠中，為刺淵計。世龍佯為依從，暗中恰先告李淵。淵召世民入議，世民道：「這兩人死期至了，兒正要除此兩人，他卻自來尋死，真正湊巧。」遂與淵定下密議，翌晨由淵至蒞事堂，邀同王威高君雅，共坐視事。忽有開陽府司馬劉政會，馳入告密，淵以目示王威，令取狀審視。威即命政會呈狀，政會抗聲道：「所告系副留守事，唯唐公可以取閱。」淵佯作驚訝道：「有這等事麼？」乃顧政會取狀。但見狀上寫著，乃是：「副留守王威高君雅，潛引突厥入寇」等語。淵即遞示王威，惡極。威不待閱畢，便攘袂大詬道：「何等叛徒，敢來構陷我兩人？」淵冷笑道：「叛徒不叛徒，問你兩人便知。」威與君雅知事不妙，即聯袂下堂；才經出門，外面已環繞兵士，有一束髮金冠的少年，戎服跨馬，指揮三吏，立將他二人拿下，送入獄中。看官道少年為誰？便是李世民。三吏為誰？便是劉文靜劉弘基長孫順德。好像縛雞的容易。

又越兩日，突厥兵數萬人，果入寇晉陽。淵令裴寂等分頭埋伏，竟大開四面城門，洞澈內外。又是個計中計。突厥兵馳入外郭，見內城也是大啟，不由的相顧錯愕，嘩噪了好多時，竟出郭而去。淵於是將王威高君雅，縛至市曹，號令軍民道：「召寇攻城，即此兩人，爾等以為當斬否？」軍民信為實事，哪個不說是該斬。一聲號炮，兩個血淋淋的首級，墮落地上。想是命中注定，應該梟首，不然，政會告密原是李氏主使，胡後來竟弄假成真耶？已而突厥兵復來攻城，淵遣部將王康達等，率千餘騎出戰，全軍盡覆，城中恟懼。世民想了一計，夜遣將士潛行出城，待至天曉，卻張旗鳴鼓，喊吶前來。突厥兵疑為援兵，竟爾退走，城外居民，或被掠取，城內卻不損分毫，軍民相率歡慰，就是李氏父子，也自覺放下憂懷。

還有一種可喜的事情，李氏家眷，統從河東到來。時竇夫人已歿，所有淵妾萬氏以下，及子建成元吉等，一併進謁；連女夫柴紹，也隨同入見。一堂聚首，相對言歡。只三子玄霸，在籍病夭，又有淵妾萬氏子智雲，途中失散，存亡未卜，歡聚中尚帶三分悲悼。淵問柴紹如何同至？紹答道：「小婿寄寓長安，備官千牛（刀名。隋東宮官佩刀，侍衛太子），因得二舅兄密書，促婿至此，婿所以奉召前來。途次適遇岳家眷屬，幸得隨行。」淵不待說畢，忙接問道：「我女可同來否？」紹答言未至，淵乃顧世民道：「你既召你姊夫，為何不邀你姊同來？」紹從旁代答道：「令嬡謂不便同行，自有妙計脫禍。」（柴紹平生履歷，及舍妻來晉之故，均由此敘明。）淵又道：「這也罷了。但我子智雲，年僅十餘，此次失去，不知如何下落。」紹勸慰道：「吉人自有天相。」世民即進議道：「家眷已至，大事待行，須速議出兵，掩人不備，遲恐有變。」淵乃召集劉文靜裴寂等，共議出兵方法。文靜道：「出兵不難，所慮突厥時來牽掣，今日要策，莫若先通好突厥，然後舉兵。」世民接入道：「這也是權宜辦法。」乃由文靜撰一草啟，略言：「目下欲舉義兵，遠迎主上，復與貴國和親，如文帝時故例（詳見下文）。大汗肯發兵相應，助我南行，幸勿侵暴百姓。若但欲和親，坐受金帛，亦唯大汗是命」等語。草啟既成，復由淵親自錄寫，即遣文靜為使，馳赴突厥。文靜去尚未還，淵不便倉猝發兵，只好整軍以待。暇時即憶念智雲，屢遣人往河東，探聽下落。嗣接使人返報，智雲被官吏執送長安，為留守陰世師所害。淵不禁大慟，裴寂等統來勸解。淵含淚道：「玄霸幼慧，閱年十六，一病告終，這尚是命中注定，無可挽回。智雲頗善騎射，兼能書弈，年比玄霸尚小二歲，不意為吏所捕，慘遭殺戮，我志未遂，我兒先死，豈非一大痛事？」言下又垂淚不止（俗小說中謂玄霸為第一條好漢，後來拋錘擊雷，錘還擊頂，因致斃命，不知是說何所依據？無非隨筆捏造，不值一噱。獨於智雲略而不談，經此編黜虛崇實，方成信史）。寂等也為唏噓。

忽報劉文靜自突厥歸來，當即召入，問明情形。文靜道：「突厥主始畢可汗，謂請唐公自為天子，方出兵馬相助。」寂躍起道：「突厥且願唐公為帝，大事成了。」淵亦轉悲為喜。但口中卻再三推託，不敢自尊。寂復言：「時不可失，機宜亟乘。」文靜亦道：「今義兵雖集，戎馬尚少，胡兵非我急需，胡馬卻要待用，若稽延不報，恐突厥一有悔意，便失臂助。」淵又道：「諸君且更求次策。」寂復道：「必不得已，不若尊今上為太上皇，別立代王為帝，安定隋室，一面移檄郡縣，改易旗幟。陽示突厥有更新意，免他滋疑。」淵微哂道：「這乃所謂掩耳盜鈴呢。但事已至此，也顧不得許多了。」乃再令文靜往報，約與突厥共定京師，土地歸唐公。子女玉帛歸突厥。始畢可汗大喜，即先遣使至晉陽，饋馬千匹。淵很是欣慰，嗣後貽書突厥，竟至自稱外臣，雖是暫時卑屈，終不免一種國恥。大聲發聵。這且慢表。

且說李淵既連結突厥，遂傳檄各處，自號義兵。西河郡丞高德儒，拒命不受，淵乃命建成世民率兵攻西河。世民與士卒同甘苦，所過令秋毫無犯，沿途菜果，非買不食，民皆感悅。至西河城下，高德儒閉門拒守，經世民督眾猛攻，自為前驅，冒險登城。建成繼進，即將全城攻陷，拿住高德儒，斬首示眾，外此不戮一人，令百姓各安舊業，遠邇稱頌。建成世民遂引兵還晉陽，往返只閱九日。淵大悅道：「如此行兵，雖橫行天下，亦不難了。」因決意入關，再行募兵，復開倉賑濟貧民，老弱領糧，丁壯入伍。裴寂等上淵尊號，稱為大將軍，開府置官，命寂為長史，劉文靜為司馬，唐儉溫大雅為記室。大雅且與弟大有，共掌機密，武士彠為鎧曹，劉政會及崔善張道源為戶曹，姜謩為司功參軍，殷開山為府掾，長孫順德劉弘基竇琮，及王長諧姜寶誼陽屯為左右統軍。此外文武各屬，量才授任。授世子建成為隴西公，兼左領軍大都督，世民為敦煌公，兼右領軍大都督，均得闢置官屬。柴紹為右領軍府長史諮議，劉瞻領西河守。部署粗定，各有專司。長史裴寂，把晉陽宮內的積粟，移送大將軍府，得九百萬斛。又有雜彩五百匹，鎧鍪四十萬副，也一併移交。且將尹張兩美人以下，所有宮女五百名，盡遣至軍府內服役。從此唐公李淵，才得將如花似玉的兩麗姝，實地受用（諷刺語，且為後文伏筆）。是年為隋煬帝大業十三年新秋，天氣初涼，金風拂暑（百忙中敘入時景，看似閒文，實關史要）。李淵親率甲士三萬，出發太原，留子元吉守晉陽宮。建成世民等皆從行，誓眾移檄，統說是尊立代王，所以興師。行至中途，由前隊探卒來報。隋郎將宋老生，及將軍屈突通，奉代王侑命，分兵抗拒。屈突通留駐河東。宋老生已領兵到霍邑了。李淵要尊立代王，代王反遣將拒淵，真是兩不兜頭。李淵道：「且進兵霍邑，再作計較！」於是各軍奉令，揚鑣再進。小子有詩詠道：

漢祖突興豐沛甲，唐公奮起晉陽戈。
只因近邑兼臣虜，不及劉家天子多。

欲知後來情形，容待下回再詳。

李淵發兵，非出本心，世民請之，裴寂劫之，強而後應，經作者依史敘述，疊用曲筆，寫出當時情事，益覺波瀾層出，趣味橫生。王威高君雅，本庸碌徒，誘而殺之，固屬易事。敘筆先虛後實，情跡離奇。劉文靜使突厥，外略內詳，繁簡得當。蓋小說之足動人目，全賴用筆曲折，不涉蕪衍，否則依事補敘，味同嚼蠟，亦何若返觀正史之為得乎？若文筆不足醒目，反憑虛臆造，假為勇力亂神之說以惑世，是尤為荒謬無稽，有乖正義，明眼人固不值一盼也。

第三回　攻霍邑陣斬宋老生　入長安擁立代王侑

卻說晉陽兵士，奉命再進，行至賈胡堡，距霍邑約五十餘里，適值大雨滂沱，不便行軍，只得就賈胡堡駐紮。偏偏一雨數日，浸淫不止，眼見得大家坐食，無法進行。李淵恐軍糧食盡，特遣府佐沈叔安，還赴太原，再運一月糧濟師，叔安領命前去。淵日夜望晴，未見天霽，心中很是焦煩。忽由軍校呈入檄文，急忙取閱，但見文中首二句，是：「魏公李密，謹以大義布告天下。」不由的失聲道：「李密也來起義麼？」再瞧將下去，是歷數煬帝十罪，後文有「罄南山之竹，書罪無窮，決東海之波，流惡難盡。願擇有德以為天下君，仗義討賊，共安天下」等語，（第述檄文中首尾等語，獨將煬帝十罪略去。因煬帝罪惡，應見《隋史》，本編不暇再述，故特從刪節，免致閱者眩目）。再看文末署年月日，乃是永平元年五月。復自語道：「好大的膽量！」語未畢，見世民趨入，乃將檄文遞示。世民覽畢，置檄案上，隨即稟白道：「兒聞李密略取河洛，由瓦崗寨盜翟讓等，奉他為主，自稱魏公，現在有眾數十萬，聲勢頗盛，為我軍計，不如暫與聯繫，免得東顧。」淵點首稱善，便令溫大雅作書約密，聯為同盟。書成後，遣使持去。未幾，即由去使齎還覆書，淵立即披覽，略云：

與兄派流雖異，根系本同。自維虛薄，為四海英雄，共推盟主，所望左提右挈，戮力同心。執子嬰於咸陽，殪商辛於牧野，豈不盛哉？

淵閱至此，不禁微笑道：「狂妄極了！」又看將下去，乃是：

兄果不棄，俯如所請，望即率步騎數千，親臨河內，面結盟約，共事征誅，則不勝幸甚！

閱畢，復召世民入商，且與語道：「密妄自矜大，非折簡可以定約，我方有事關中，若遽與絕交，反至更生一敵，不如卑詞推獎，令他志驕氣盈，為我塞住河洛，牽綴隋兵，我得專意西征，俟關中平定，據險養威，看他鷸蚌相爭，坐收漁翁厚利，也不為遲呢？」世民喜道：「大人此計甚妙，就照此致復罷！」我亦謂是妙計，但李淵前日，並未聞出一策，此次得此良法，想是福至心靈。乃再令溫大雅覆書道：

淵雖庸劣，幸承餘緒，出為八使，入典六屯，顛而不扶，通賢所責，所以大會義兵，和親北狄，共匡天下，志在尊隋，天生烝民，必有司牧，當今為牧，非子而誰？老夫年逾知命，願不及此。欣戴大弟，攀鱗附翼。唯弟早膺圖籙，以寧兆民，宗盟之長，屬籍見容，復封於唐，斯榮足矣。殪商辛於牧野，所不忍言。執子嬰於咸陽，未敢聞命。汾晉左右，尚須安輯，盟津之會，未暇卜期。謹此致覆！

大雅寫好覆書，由淵與世民閱讀一周，共稱好不置，因復遣人持去。世民且道：「此書一去，李密必專意圖隋，我可無東顧憂了。」齎得去使返報，果然李密得書，誇示將佐，淵愈覺放心。不意探騎突來急報，說是劉武周約同突厥，將乘虛襲擊晉陽。又是一波。淵忍不住長嘆道：「看來時尚未至，只好趕緊北還。」乃與裴寂等商定行止。寂亦謂隋兵尚強，未易猝下，李密奸謀難測，劉武周唯利是圖，不如還救根本，再圖後舉。淵即議定翌日還軍。時世民正出外巡邏，忽聞有還軍消息，即返營問明，果有此事，忙入內問淵道：「大人何故還軍？」淵略述緣由，且言：「糧食將盡，勢難逗留。」世民勸阻道：「今禾菽徧野，何患乏糧？隋將宋老生，素性輕躁，一鼓可擒。李密顧戀洛口，無暇遠略。劉武周外附突厥，內實相猜，渠雖遠利太原，怎能近忘馬邑？況突厥新與我和，亦未必即日敗盟。此種傳聞，不應輕信。大人創興大義，有志救民，理應先入咸陽，號令天下，今遇小敵，即欲班師，恐從義諸徒，一朝解體，大事從此去了。」是極。淵搖首道：「倘晉陽有失，豈不是無家可歸？我決意回去罷！」遂促令整裝。世民出見建成，擬邀同諫阻，建成道：「我意亦不欲速歸，但父親已有歸志，看來是不能中阻了。」世民見建成語帶支吾，料是無心入諫，復轉商諸裴寂等人。又皆謂不如歸去，惹得世民惱恨萬分，連宵夜亦不能下嚥。輾轉圖維，擬再進諫，大踏步趨入後營，為李淵親卒阻住，只說大將軍已就寢了。世民悲憤填胸，忍不住痛哭起來。淵聞有哭聲，才召世民入問。世民嗚咽道：「兵以義動，有進無退，進即生，退即死，怎得不哭。」淵復問何為致死？世民道：「大人試想！行軍全仗銳氣，一旦退還，銳氣消滅，大家潰散，敵人得乘我後路，追擊過來，我已瓦解土崩，如何對仗？豈不是束手待斃麼？」理解甚明。淵自是亦頗悔悟，復嘆道：「左軍已發，奈何？」世民道：「左軍雖去，想尚不遠，兒願往追回。」淵乃笑道：「成敗由汝，汝便去追回罷。」世民欣然趨出，即與建成帶領輕騎，夤夜追回左軍。

越兩日，沈叔安運糧亦至，老天有意做人美，漸漸的霧散雲消，展開了一道日光，淵命軍士曝甲整械，就山麓繞行，避去泥潦，徑趨霍邑。宋老生固守不出，建成世民，先引數十騎至城下，揚鞭指麾後軍，作圍城狀，且令軍士辱罵老生。明是挑戰。老生忍耐不住，即驅兵三萬人，開城出戰。淵率百騎馳至，見老生出來對仗，亟令殷開山催召後軍。後軍如召而至，淵欲令軍士先食後戰。世民道：「敵軍已經出城，亟應掩擊過去。且滅此再食罷！」淵乃與建成列陣城東，世民列陣城南，城內隋兵，自東門馳出，淵率建成迎頭攔殺，隋兵恰也不弱，一擁而上，反將淵軍逼退數步。虧得柴紹躍出陣中，揮眾力戰，才得支持。宋老生又從南門出來，徑趨向城東，夾擊淵軍。世民正在南原觀戰，亟與軍頭段志玄，從高原馳下，衝擊老生背後，老生只好回馬交鋒，世民手握兩刀，爭先殺敵，左砍右劈，連斃數十人，漂血滿袖，兩刀皆缺；再灑袖易刀，躍馬向前。段志玄等緊隨馬後，拚命奮鬥，一當十，十當百，殺得隋軍旗靡轍亂，人仰馬翻。世民復令軍士傳呼道：「宋老生已擒住了！隋軍何不速降？」此時城東的隋軍，正與淵軍相持，未分勝負。猛聞主將被獲，忙即退兵回城。淵趁勢進逼。那隋兵似風捲殘雲，收入城中，竟將城闔住，單剩宋老生一支孤軍，進退無路，欲回入南門，被世民截住，欲轉入東門，被淵與建成截著。兩下裡圍裹攏來，老生自知窮蹙，下馬投濠，尋一死路。可巧劉弘基馳到，把刀一揮，將老生剁作兩段。老生部下，也都作了刀頭鬼，伏屍數裡。一場戰事，寫得淋漓痛快。淵命軍士草草就食，食畢攻城，時已昏暮，大眾肉搏齊登，立即攻入，下令降者免死。城中兵吏，皆匍匐乞降，當下揭榜安民，並引見故吏，去留聽便。已降的兵弁，欲回關中，概授五品散官，即日遣歸。裴寂等謂授官太濫，淵笑道：「隋氏吝惜爵賞，因失人心，我奈何效尤哩？」這是欺人之言，看官莫被瞞過。

過了兩天，淵即引軍趨臨汾，守吏開門迎降，慰撫如霍邑故例，復進攻絳郡。郡守陳叔達，系陳高宗子，素有才學，至是閉門拒守。淵一面撲城，一面招降。叔達先拒後從，迎淵入城，淵優禮相待，用為幕賓，再出兵抵龍門。適劉文靜引突厥兵五百人，馬二千匹，進謁軍營。淵慰勞有加，且語文靜道：「突厥兵少馬多，正慰我願，君可謂不辱使命呢。」文靜稱謝。正擬督軍進河東，往擊屈突通，忽有河東戶曹任瓌求見，淵即傳入，任瓌行過了禮，即向淵進言道：「關中豪傑，均翹首瞻望義兵，瓌在馮翊多年，所有豪士，多半知曉，若奉命往諭，必望風投誠，公可從梁山濟河，指韓城，逼郃陽，馮翊太守蕭造，系一文吏，當然畏服。就是關中積盜孫華等，亦必遠迎義師。然後鼓行直進，直據永豐倉，規取長安，關中可坐定了。」淵聞言大喜，即任瓌為銀青光祿大夫，令作書招致孫華，自督軍轉赴壺口。河濱人民，各獻舟待濟，淵指日渡河。巧值孫華過河見淵，淵握手與語，令他就坐，面授左光祿大夫武鄉縣公，兼領馮翊太守。徒黨亦以次授官，賞賜甚厚。華願為先驅，引軍渡河。淵遣偏師先濟，又命任瓌為招慰大使，勸撫河西郡邑。瓌本能言善辯，掉著三寸舌，下韓城，收馮翊，太守蕭造，果然奉表請降。將佐等復推淵領太尉，增置官屬，淵如言照行。

隨即招眾會議，酌定所向，裴寂道：「屈突通擁著大兵，憑恃堅城，我若舍他西去，進攻長安，萬一不勝，退為河東所阻，腹背受敵，豈非危道？計不若先克河東，然後西上。長安恃通為援，通一失敗，長安聞風膽落，有什麼難破呢？」此說亦頗有理。道言未絕，即由李世民駁斥道：「裴公說錯了！兵貴神速，我今日乘勝西行，正是出人不意的上計。長安人士，智不及謀，勇不及斷，我即可唾手取來。若圍攻河東，久留城下，長安得繕城固壘，以逸待勞，我虛靡時日，自沮軍心，乃是所謂危道呢。況關中豪傑蜂起，未有所屬，不亟招徠，轉失眾望，將來四面皆敵，雖悔何追。」也是一策。淵捻髯與語道：「兩說均有可取，我意擬分作兩軍，偏軍攻河東，正軍趨長安便了。」乃留兵圍河東，自率諸軍渡河西進。朝邑法曹靳孝謨，以蒲津中鉮二城來降。華陰令李孝常，以永豐倉來歸。京兆諸縣，亦多遣人納款。淵乃命長子建成，司馬劉文靜，率王長諧等屯永豐倉，守潼關以控河東。慰撫使竇軌以下，概受節制。次子世民，率劉弘基等徇渭北，慰撫使殷開山以下，概受節制。兩軍分頭行事。

淵自寓長春宮，冠氏長于志寧，安養尉顏師古，及世民婦兄長孫無忌，均來求見。淵一一接待，用志寧為記室，師古為朝散大夫，無忌為渭北行軍典簽。會由鄠縣使人入謁，呈上文書，由淵展覽一周便召柴紹入宮。笑語道：「吾女可謂智且勇了。」說著，即將文書遞閱。紹覽畢，亦歡慰非常。淵復道：「你可帶領騎士，前去迎她。」紹忙將文書繳還，三腳兩步的跑了出去。摹寫盡致。看官！你道為了什麼事情？原來紹赴太原時，曾語妻李氏道：「尊公舉兵，招我前去，我欲與卿同行，途中恐多不便，若留卿在此，不免及禍，此事將如何辦法？」李氏從容道：「君但速行！我一婦人，容易避禍。且我亦自有別計，請君勿懸念！」成竹在胸，不同常女。紹遂自往太原，李氏潛歸鄠縣別墅，散家貲，聚徒眾，適李淵從弟神通，也亡入鄠縣山中，與長安大俠史萬寶等，起兵應淵。李氏即與神通合兵，攻下鄠縣，又令家奴馬三寶，招致關中群盜，如何潘仁李仲文向善志等，皆聯繫一氣，略取盩厔武功始平諸縣，有眾七萬。左親衛段綸，曾娶淵妾生女，亦聚徒藍田，得萬餘人，與李氏結為聲援。會聞淵已渡河，即由李氏致書稟淵，歷敘神通合兵，及群盜歸降始末。淵喜出望外，因囑柴紹往迎。紹正憶唸得很，驟得這種喜報，不覺神情飛舞，當下一躍出門，招呼數百騎兵，歡迎佳偶去了。

紹去後，神通及段綸，俱遣使迎淵，就是一班降盜，也都馳表輸誠。淵命神通為光祿大夫，段綸為金紫光祿大夫，又作書慰勞群盜，各授官階，令仍照舊居，聽敦煌公世民調遣。世民趨軍西進，沿途群盜趨附，幾不勝數。及至涇陽，連營數裡，約得九萬人。隰城尉房玄齡，走謁軍門，世民一見如故，署官記室參軍，引為謀主。兩人互談軍事，娓娓忘倦，幾乎相知恨晚。可巧柴紹夫妻，亦引軍到來，世民欣然出迎。但見那姊氏首戴雉尾，身環獸甲，腰佩七星寶劍，足踏三寸蠻靴，端的是將門女子，巾幗英雄。極力誇獎。後面隨著柴紹，及兵士萬餘人，望將過去，統是糾糾武夫，無一羸弱，此時也不禁驚喜交集，眉宇生春，隨即向姊拱手道：「阿姊辛苦了！」李氏笑答道：「特來幫助兄弟！」世民稱謝。又與柴紹握敘數語，乃令來兵左右駐紮，自引二人入帳，詳敘多時，二人復出駐本營。紹居左，李氏居右，各置幕府。當時號李氏營為娘子軍。

世民復進兵阿城，軍律嚴明，隊伍不亂。一面遣使稟淵，請會師同赴長安。淵已自長春宮出發，至永豐倉，發粟餉軍，進屯馮翊，命劉弘基殷開山等，分兵西略扶風。城中出兵迎戰，為弘基擊敗，向淵告捷。淵喜得捷音，又接到世民軍報，乃復啟節西行。所過離宮園苑，概令撤銷；遣歸宮女，各還親屬。想無尹張二人的美色。及抵長安，世民早已駐軍待著，兩下會師，共得二十餘萬。淵命各依壁壘，毋得侵掠民居，並遣使至城下，傳諭守吏，願擁立代王。代王侑系煬帝孫，故太子昭季子，太子早卒，遺子三人，長子倓封燕王，侗封越王，侑封代王。越王侗留守東都，代王侑留守西京，西京便是長安，由京兆內史衛文升等，輔侑守城。文升年已衰老，聞淵軍抵城下，憂悸成疾，不能視事。獨左翊衛將軍陰世師，郡丞骨儀，調兵守禦。淵遣人諭意，被他斥回，乃督諸軍攻城，並約將士入城後，毋得犯隋氏七廟及代王宗室，有敢違令，夷及三族！將士奉令攻撲，城上矢石交下。孫華冒險越濠，搖旗欲登，被流矢射中要害，竟致隕命。於是淵軍益憤，努力進攻，前仆後繼，連日不退。軍頭雷永吉，左執刀，右持盾，首先登城，餘眾隨上，殺散城頭守卒，逾城開門，迎納淵軍。陰世師骨儀等，尚率眾巷戰，先後為淵軍所擒。衛文升聞城已被陷，立即駭死。代王侑在東宮，當然是嚇做一團，左右逃命要緊，四處奔散。唯侍讀姚思廉，保護代王，從容侍側。淵軍鼓譟入殿，思廉厲聲呵止道：「唐公舉義兵到此，係為匡輔帝室起見，爾等何得無禮？」此人頗有膽氣。眾聞言，頗為愕然，還立庭下。淵下馬趨入，仍執臣禮見代王，並請代王遷居大興殿後廳。代王年僅十三，能有什麼主意，且見他兵刃環庭，只是抖個不住。思廉到此，也屬沒法，乃扶代王至閣下，泣拜而去。淵退寓長樂宮，與民約法十二條，悉除隋苛禁，然後牽出陰世師骨儀等十餘人，責他貪婪苛酷，兼拒義兵，喝令斬首。可為妾子智雲復仇。所有囚犯，多令釋放。

唯馬邑郡丞李靖，也在獄中，由淵問他犯罪情由。靖笑道：「我未嘗犯罪，聞公舉事，無從告變，所以自入囚車，令長官傳送江都，以便密告天子。不料到了長安，偏值公來圍城，城守未知我計，因將我暫行羈住。」淵聽這數語，便勃然大怒道：「你敢告發我麼？左右與我推出正法。」靖大呼道：「公興義兵，欲平天下暴亂，乃竟以私怨殺壯士麼？豪爽。淵不答，左右即上前擁出李靖，至外行刑，忽有一人入阻道：「殺不得！殺不得！」正是：

他日應登名將錄，此時特遣救星來。

畢竟何人來救李靖，下回再行報明。

李氏之旗開得勝，在霍邑一戰，李氏之馬到成功，在長安一役。淵軍初至賈胡堡，天雨連綿，久留不進，老生不能出城掩擊，其無勇可知。一戰而敗，隕首城濠，固其宜也。然李氏得此一勝，而軍心始堅，故本回敘霍邑戰事，有聲有色，較為奪目。長安為李唐根據地，據關中以定天下，勢如建瓴，非經李世民之定計長驅，則屯兵河東，成否尚未可必。故長安一役，為隋唐興亡之大關鍵，敘述自應從詳。中間插入娘子軍一段，特別摹神。蓋巾幗英雄，為歷史中僅見之事，不如此摹寫，未足以顯平陽公主之威名。淵有俠妻，有奇兒，有智女，此其所以終成帝業也。

第四回　記豔聞李郎遇俠　禪帝位唐祚開基

卻說李靖被軍士推出，將要行刑，忽有一人入阻，此人非別，就是敦煌公李世民。世民與靖，曾有一面交，素知他才勇兼全，所以急忙阻住。當即入內白淵道：「大人不記得韓擒虎遺言麼？擒虎曾謂靖可談將略，若收為我用，必能立功。請大人不念舊惡，赦罪授官！」淵半晌才說道：「我看他狀貌魁奇，將來恐不易駕馭。」世民道：「兒自有駕馭的法兒，請大人勿慮！」淵乃允諾。世民即出與解縛，好言撫慰。靖入謝後，由世民引置幕府，待若上賓。靖本京兆人氏，表字藥師，系隋初總管韓擒虎外甥，擒虎與談兵事，靖無不通曉，因此擒虎目為將才。

還有一段意外豔事，小子得自傳聞，也正好就此敘明。隋煬帝初年，南幸江都，命司空楊素守西京。靖素負豪氣，昂然進謁，與素談論時事，英采逼人。適有美妓執著紅拂，侍立素側，屢以目顧靖。及靖退出，紅拂妓竟暗囑門吏，問靖住址，靖據實以告。及晚宿旅舍，夜半聞叩門聲，靖起床開戶，一少年持囊竟入，促靖閉門，解紫衣，脫皂帽，竟變成一個初及笄的麗人，靖大為驚異。那麗人答道：「公可識妾否？」靖審視良久，但說了「楊家」二字。麗人嫣然道：「妾果是楊家的執拂妓。」言已下拜。靖慌忙答禮，且問明來意。麗人道：「妾侍楊司空有年，閱人不少，今得見公，姿表絕倫，絲蘿不能獨生，願託喬木，是以來奔。」靖答道：「楊司空權重京師，倘被聞知，豈不惹禍？」麗人道：「他已是屍居餘氣，有何足畏？現侍兒等多半散去，他亦無心追逐，妾所以放膽前來，願公勿懼！」靖問及姓氏，答言姓張，排行居長。乃邀與俱坐，續談衷曲。吐屬俊雅，眉黛風流，遂令靖不忍舍割，留作伉儷。彷彿卓文君夜奔相如。

嗣恐楊素追捕，同赴太原，投宿靈石旅邸。黎明即起，靖刷馬，張梳髻，突有一虬髯客，乘驢來前，至旅邸下驢，取枕欹臥，看張梳頭，靖不禁怒起，即欲喝斥。張氏忙搖手阻靖，匆匆梳竟，斂衽向前，問客姓名。客自稱張姓，張氏答道：「妾亦姓張。」客喜道：「今日幸逢一妹。」言已，躍然而起。張氏呼靖相見，彼此行過了禮，當由靖購取酒肉，環坐共飲。虬髯客道：「我觀李郎現在窮途，如何得此佳麗？」靖答道：「他人不便與言，如兄磊落光明，不妨實告。」遂具陳始末。虬髯客道：「今將何往？」靖答言將避地太原。客略略點頭，隨手取出一囊，笑顧靖道：「我也有下酒物，李郎能同食否？」靖謙言不敢。哪知囊內是一個人頭，一副心肝，由客取置杯前，用匕首切好薄片，大嚼而盡，且語靖道：「這是天下負心人，我已啣恨十年，今始被我殺死，可消宿恨。」全是俠客行徑。靖只唯唯連聲，不敢細詰。虬髯客又道：「看李郎儀容器宇，不愧丈夫，吾妹可謂得偶，但未知太原一帶，尚有異人否？」靖答道：「有一人與靖同姓，年方弱冠，龍表鳳姿，愚看他是個真主。此外不過與靖相伯仲了。」虬髯客道：「此人現作何事？」靖答言是將門子。客點首道：「是了是了。李郎可俾我一見否？」靖答道：「有友人劉文靜，與他友善，靖當託文靜作一介紹，但兄何故定要一見？」虬髯客道：「太原現有奇氣，想當應在此人身上，我所以定要一見。唯現在尚有瑣事，不便偕行，待至太原再會，李郎當候我汾陽橋，幸勿誤約！」靖願如客言。客駕驢徑去，疾行如飛，轉眼間便不知去向了。

靖知是俠士，即與張氏啟行入太原，至汾陽橋待客。客果如約而來，相見甚喜，即同往劉文靜家。虬髯客自稱善相，願見李公子。文靜本賞識世民，聞客善相術，正欲證明確否，遂遣人迓世民過談。世民不衫不履，裼裘而來，神氣揚揚，貌與常異。虬髯客不覺變色，招靖密語道：「果是真天子，我已料定十分的八九，尚有道兄一人，令他見面，能料到十成，百無一失了。」靖轉告文靜，文靜允訂後會期，因即告別。屆期，虬髯客引一道士，與靖相見，復同謁文靜。文靜方弈棋，即邀道士入局對弈，又飛書邀世民觀棋。俄而世民到來，長揖就坐，顧盼不群。道士悵然，斂棋入匣道：「此局全輸，不必再弈了。」話中有話。遂罷弈請去。既出，語虬髯道：「此處已有人在，君不必強圖，可別謀他處罷。」言訖，飄然自去。虬髯客留語靖道：「李郎信人，妹尚棲身無所！我當為籌一安宅，今日便偕返西京，何如？」靖有難色。虬髯客道：「你怕楊素麼？他已死了。況有我同行，你怕什麼？」靖乃挈同張氏，與虬髯再返京中，果然素已早死，另派代王侑留守，便放心馳入京城。虬髯客復語靖道：「今日暫別，明日可與妹同詣某坊小宅，我當佇候。」語畢，掉臂徑去。

翌旦，靖與張氏同至某坊，果見一小板門，才叩一二聲，即有人出迎，延入重門，豁然開朗。室宇宏麗異常，奴婢數十人，導靖夫婦入東廳，廳內陳設，窮極珍奇。至虬髯出見，紗帽紫衫，迥殊前飾。後面隨一少婦，華服雍容，亦端莊，亦秀麗。靖料是虬髯妻室，即與張氏上前相見。虬髯客特別殷勤，導靖夫婦入中堂。四人甫經對坐，即有侍役搬入盛餚，開筵相待；並出女樂侑酒，列奏庭中，樂止酒酣，虯髯令蒼頭舁出寶箱，約二十具，分陳左右。因指告靖道：「此皆我歷年所積，今特贈君夫婦。我本欲在此建業，今既遇有真人，不應再留。太原李氏，真是英主，三五年內，當致太平。李郎具有長材，得輔真人，將來必位極人臣，妹獨具慧眼，得配君子，將來夫榮妻貴，亦足為兒女子生色。非妹不能識李郎，非李郎不能遇妹，虎嘯風生，龍騰雲合，原非偶然的際遇。李郎將我所贈，安心佐命，施功立業，努力前途，後此十數年，東南數千里外，傳有異聞，便是我得意時候。妹與李郎，可瀝酒相賀。」說至此，即將文簿匙鑰等，一併交出，並命家僮拜靖夫婦，且囑道：「兩人即你等主人，不得違慢！」靖與張氏，逡巡欲辭。那虯髯客已挈妻入內，須臾即戎裝出來，拱手告別，出門乘馬，也不多帶行囊，只有一奴隨著，揚鞭東去。奇極怪極！閱至此當浮一大白。靖夫婦送客出門，倏忽不見，乃惘然返室，檢點箱籠，價值不貲。復遺有兵書數篋，內詳風角鳥占雲祲孤虛等術。靖乘暇揣摩，更有所得，因此料事如神。後至唐太宗貞觀年間，東南蠻奏稱海外番目，入扶餘國，殺主自立，國已大定。靖知虯髯成功，入告張氏，共瀝酒向東南拜賀，藉踐前約，世人稱為風塵三俠，便指李靖夫婦，及虯髯客三人。事有所本，不得謂為虛誣。這且不必絮表。

單說李靖既得巨貲，特別豪放，到處交遊，官吏交相薦譽，遂得顯名仕籍，入朝為殿內直長，旋出任馬邑郡丞。聞李淵已起兵太原，料他必進攻長安，因借告變為名，自入檻車，解送長安，先行待著。果然長安被破，不出所料，至見了李淵，自知命未該死，樂得當面唐突，不願乞憐。世民曾與靖會面，且嘗聞韓擒虎遺言，自然有意憐才，竭力營救。嗣是靖留居世民幕中，遇事勛襄，無不效力。淵安民已畢，不再加戮，乃奉代王侑為皇帝，即位大興殿，改元義寧。遙尊煬帝為太上皇，淵自為大丞相，都督內外軍事，普封唐王，以武德殿為丞相府，設官治事。仍用裴寂為長史，劉文靜為司馬，召前尚書左丞李綱為相府司錄，專掌選事，前考功郎中竇威為司錄參軍，使定禮儀，一面追謚祖父虎為景王，父昞為元王，夫人竇氏為穆妃，又命長子建成為世子，次子世民為京兆尹秦公，四子元吉為齊公。

布置已定，忽報西秦霸王薛舉僭稱秦帝，遣子仁杲入寇扶風，且謀取長安。世民自請出擊，淵因令率部眾前行，到了扶風境內，遇著仁杲，即大刀闊斧的殺將過去。仁杲抵擋不住，紛紛逃走。扶風太守竇璡，及河池太守蕭瑀，均迎謁世民。世民接見如禮，引二人還見乃父。淵命璡為工部尚書燕國公，瑀為禮部尚書宋國公，復遣使慰諭河東，招降屈突通。通正與劉文靜等，相持月餘，嘗遣牙將桑顯和，襲文靜營。文靜與段志玄等，盡力痛擊，斬馘無算。顯和只帶數騎逃回。通勢日蹙，留顯和遏潼關，自引兵東趨洛陽。顯和即率眾降文靜，文靜遣竇琮等，與顯和合軍追通，通結陣自固。琮遣通子壽勸父歸降，通見壽至陣前，大罵道：「此賊何來？前與汝為父子，今與汝作仇讎。」隨命左右用箭射壽，壽狼狽奔還。顯和出呼通眾道：「今京城已陷，汝等皆關中人，去將何往？不若趕緊投降，尚可歸見家屬。」通眾俱釋械願降。通自知不免，下馬東向，再拜痛哭道：「臣力屈至此，非敢負國，天地神祇，實所共鑑。」究欠一死。部眾也不與多言，竟擁通至文靜營。文靜送通至長安，淵再三慰諭，命為兵部尚書，賜爵蔣公，且遣至河東城下，招諭堯君素。君素登城見通，唏噓泣下。通亦垂淚沾襟，因呼君素道：「我軍已敗，義兵所指，莫不響應。事勢至此，君應早降！」君素正色道：「公為國大臣，主上以關中委公。代王以社稷託公，奈何負國降敵，且為他人作說客呢？」通嘆道：「君素！我因力屈乃降。」君素道：「我力尚未屈，何用多言！」說至此，竟自下城。通也覺懷慚，返報李淵。淵因君素家屬，寓居長安，即命人將他家眷拘住，令君素妻致書勸降。君素仍然不答。淵調虞州刺史韋義節等，逼攻河東，令劉文靜東略弘農各郡，又遣從子孝恭等，撫慰山南山東。雲陽令詹俊等，往徇巴蜀，各地陸續投誠。

至義寧二年，淵命建成為撫寧大將軍，世民為副，統兵七萬，出徇東都。元吉為鎮北將軍，都督太原十五郡軍事。三子受命渡河，東南分趨，忽由江都傳到急報，煬帝為宇文化及所弒，另立秦王浩為帝了。淵不禁慟哭道：「我北面事人，不能往救故主，敢忘哀痛麼？」未免做作。原來煬帝久駐江都，荒淫日甚。從幸諸臣，無論文武，俱有歸志。將作少監宇文智及，與郎將司馬德戡、直閣裴虔通等，推兄許公化及為主，謀弒煬帝，乃乘夜縱火，引兵入玄武門，直至東閣，把煬帝牽出，歷數過惡，將帝縊死。所有煬帝弟蜀王秀、子齊王暕、趙王杲，及長孫燕王倓以下，無論宗室外戚，一併梟首。又殺大臣虞世基裴蘊來護兒蕭巨許善心等十餘人。唯煬帝姪秦王浩，素與智及交好，智及乃轉告化及，立浩為帝，令居別宮，只許發詔畫敕，不得與聞政事。化及自為大丞相，總百揆，擁眾十餘萬，據有六宮妃嬪，連煬帝后蕭氏，也公然被他奸宿，宣淫無忌，一如煬帝（煬帝遇弒，詳見《隋史演義》，故此處特從簡筆）。令弟智及為左僕射（士及為內史令，裴矩為右僕射，特錄士及裴矩兩人，為後文降唐張本），留左衛將軍陳稜守江都，自劫蕭后秦王浩等，出發江東，擬還長安。沿途儀衛甲仗，悉擬乘輿。奪江都人舟楫，取道彭城水路，陸續啟行。虎賁郎將麥孟才，虎牙郎錢傑，與折衝郎將沈光，謀誅化及，事洩被殺，既至彭城，水道不通，復奪百姓牛車，得二千輛，並載宮人珍寶，所有戈甲戎器，無車可載，統令軍士背負登途。道遠軍疲，相率嗟嘆。司馬德戡復聯繫郎將趙行樞等，議殺化及，且遣人詣曹州，密結孟海公為外助（孟海公見首回）。哪知化及惡貫，尚未滿盈。孟海公覆報未來，德戡等機謀已洩。化及佯擬出獵，召德戡等同行，帳下藏著伏兵，竟將德勘等拿下，一併處死。德勘有應死之罪，不得與麥孟才同例。

那時魏公李密，屯兵鞏洛，阻住化及。吳興太守沈法興，又起據江表十餘郡，聲討化及。梁王蕭銑，因煬帝被弒，居然稱帝，徙都江陵。李淵連得外報，也躍躍欲動，召還建成世民，脅代王侑禪讓帝位。淵受隋禪，明是逼迫而來，故本編書法，概不為諱。看官！你想代王侑是一個庸雛，性命都懸諸淵手，無論淵什麼說，只好唯唯從命。一班攀龍附鳳的臣僚，當然代為擬詔，今日加唐王九錫，明日許唐王戴十二冕旒，建天子旌旗，出警入蹕。至五月戊午日，宣告禪位，其詞云：

> 天禍隋國，大行太上皇遇盜江都，酷甚望夷，釁深驪北，憫予小子，奄造丕愆，哀號永感，心情糜潰。仰維荼毒，讎復靡申，形影相弔，罔知啟處。相國唐王，膺期命世，扶危拯溺，自北徂南，東征西怨，致九合於諸侯，決百勝於千里。糾率夷夏，大庇甿黎，保乂朕躬，緊王是賴。德侔造化，功極蒼旻，兆庶歸心，歷數斯在。屈為人臣，載違天命。在昔虞夏，揖讓相推，苟非重華，誰堪命禹？勉強附會。今九服崩離，三靈改卜，大運去矣，請避賢路。予本代王，及予而代，天之所廢，豈其如是？庶憑稽古之聖，以誅四凶，幸值維新之恩，預充三恪。雪冤恥於皇祖，守禋祀為孝孫，朝聞夕隕，及泉無恨。今遵故事，遜於舊邸，庶官群辟。改事唐朝，宜依前典，趣上尊號。若釋重負，感泰兼懷。假手真人，俾除醜逆。濟濟多士，明知朕意！

禪位詔下，即遣刑部尚書兼太保蕭造，司農少卿兼太尉裴之隱，奉皇帝璽綬，至唐王邸中。淵三揖三讓，才行受命，吾誰欺，欺天乎？乃改大興殿為太極殿，擇於甲子日登基。是日辰刻，先遣蕭造祭告南郊，然後即位。淵年逾五十，鬚眉斑白，因推五運為土德，服色尚黃，戴黃冕，著黃袍，由侍衛等擁登帝座。宗室貴戚及大臣，趨蹌入殿，列班朝賀，跪伏三呼，歷史上稱為唐高祖皇帝。乃頒詔改義寧二年為唐武德元年，大赦天下。官吏各賜爵一級。義兵過處，給復三年。罷郡置州，改太守為刺史。退朝後賜百官宴，賞賚金帛有差。越日，授世民為尚書令，從子瑗為刑部侍郎，裴寂為右僕射，劉文靜為納言，蕭瑀竇威為內史令，李綱為禮部尚書，竇璡為戶部尚書，屈突通為兵部尚書，獨孤懷恩為工部尚書。殷開山以下，各晉授官秩。廢隋大業律令，另頒新格，即就都城立四親廟。追尊高祖熙為宣簡公，曾祖天錫為懿王，祖虎為景皇帝，廟號太祖。父昺為元皇帝，廟號世祖。祖妣及母皆稱后。追謚妃竇氏為太穆皇后，追封皇子玄霸為衛王。立世子建成為太子，封世民為秦王，元吉為齊王，又推恩宗室，凡從弟蜀公孝基以下，封王約得十人。獨降故隋帝侑為酅國公，給宅京師，追謚隋太上皇為煬皇帝。江都太守陳稜，因備天子儀衛，改葬煬帝於江都宮西吳公臺下。被殺王公，俱列瘞煬帝墓側，隋朝自此了結。唯東都留守官段達王世充元文都等，得煬帝凶問，奉越王侗為皇帝，改元皇泰，與唐為敵。此外各據一方的草頭王，互相吞併，最強悍的數部，尚角逐中原，擾攘了好幾年。小子有詩嘆道：

> 歷年龍戰血玄黃，大統終教屬李唐！
> 成即帝王敗即賊，繇來天道是無常。

欲知各處戰爭情形，請看官續閱下回。

紅拂夜奔，虯髯讓室，事見張說所著《虯髯客傳》，而正史不錄，論者以為近誣。竊謂張說仕唐，距李靖不過數年，說以能文著名，詎屑以荒唐不經之語，留貽後世。且後世若以說為虛談，亦將置諸敝簏，何至流傳至今，播為豔聞？是可知紅拂虯髯，必有其人。曾見《隋唐演義》中，演述是事，且全載二人姓名。紅拂妓名出塵，虯髯客名仲堅，而說傳無之。張說猶未知其名，寧編《隋唐演義》者，顧獨能知之乎？故本編詳姓略名，存說傳之真也。煬帝被弒，化及驕淫，麥孟才司馬德戡等，先後敗事，而於孟才則書謀誅，於德戡則書謀殺，一字不苟，書法直追紫陽。及李氏受禪，名之曰脅，代王封公，名之曰降，書法謹嚴，尤足與綱目並傳，是固足以補正史之未逮，而不得徒目為小說也。

第五回　李密敗績入關中　秦王出奇平隴右

卻說越王侗既稱帝東都，命段達王世充為納言，元文都為內史令，共掌朝政。會聞宇文化及率眾西來，上下震懼，有士人蓋琮上書，請招諭李密，合拒化及。元文都等贊成琮議，即用琮為通直散騎常侍，齎敕賜密。先是密亡命入瓦崗，適東都法曹翟讓，逃獄至瓦崗寨，糾眾為盜。有單雄信徐世勣王當仁王伯當周文舉李公逸等，群起響應。密遂勸讓舉義，讓自謝不能。湊巧東都來一李玄英，入夥訪密，自述民間歌謠，有桃李章，共計五語。語云：「桃李子，皇后繞揚州，宛轉花園裡。勿浪語，誰道許。」玄英下一解釋，桃逃同音，李指李氏子，釋為李氏子逃亡。皇與後統言君主，宛轉花園，謂隋主在揚州，終無還日，將宛轉自斃園中。莫浪語誰道許兩語，暗藏一個密字，因此聞李密名，遂來尋訪。既與密遇，即將歌讖告密。密益覺自負，意欲藉讓起事。讓有軍師賈雄，素為讓所親信，密遂與雄相結，囑令說讓。雄乃語讓道：「李密系蒲山公後裔，將來必成大事。」讓謂密能自立，何必從我。雄復道：「將軍姓翟，翟有澤義，蒲非澤不生，故須倚賴將軍。」玄英所解已是附會，雄說更覺穿鑿。讓信以為真，與密情好日篤。密遂勸讓攻下滎陽諸縣，齊郡丞張須陁，驍勇善戰，奉調守滎陽，引兵擊讓。讓欲奔回瓦崗，密竭力勸阻，且為讓劃策，用埋伏計掩擊須陁。須陁敗死，讓大喜，令密自立一營，號蒲山公營。密又與讓襲據興洛倉，連敗東都援兵。讓於是推密為主，號為魏公，改元永平，置長史以下官屬。讓為上柱國司徒東郡公，亦得置吏。單雄信徐世勣等，俱任大將軍，各領所部。祖君彥為記室，傳檄討隋。略取河南諸郡，與唐通書結好，就在此時(三回第見大略，故本回再行補敘)。凡趙魏以南，江淮以北，所有揭竿諸徒，多半歸附。

讓奉密命，為行軍總管，夜率步騎襲東都，焚掠外郛。東都居民，悉數遷入宮城，由王世充等登陴固守。讓乃退去。鞏縣長柴孝和，監察御史鄭頲，及虎牢守將裴仁基，次第降密，密各授官職。又得秦叔寶(名瓊，以字著世。)程咬金羅士信趙仁基等，均令統兵，聲勢大振。嗣是與東都將士，屢相攻擊，勝敗不一。武陽郡丞元寶藏，又舉郡降密，密封寶藏為上柱國武陽公。寶藏令門客魏徵作啟謝密，徵系鉅鹿人，少貧好讀書，始為道士，由寶藏召為書記。密愛他文辭愜當，特召為參軍，兼掌記室。徵後為太平宰相，故此處敘明履歷。寶藏更會同徐世勣軍，襲破黎陽倉，發粟賑民，選丁壯為兵。不到十日，得兵三十萬名。永安義陽弋陽齊郡，聞風趨附。連竇建德朱粲等，亦遣使附密。

會王世充調兵十萬，來攻洛口，與密夾水列陣。密渡洛與戰，為世充所敗，奔還洛南，柴孝和等溺死。世充涉洛追擊，恰被密回軍擊退，敗竄石子河，再戰又敗，世充西走，於是密威益振。所有降附諸徒，且奉表勸進。密以東都未平，暫從緩議。偏翟讓兄弘，竟語讓道：「天子汝當自為，奈何與人？汝若不為，不妨與我。」讓司馬王儒信，亦勸讓自為塚宰，奪密大權。讓遲疑未決。總管崔世樞，左長史房彥藻，受讓責侮，濳以所聞告密，且勸密除讓。密尚未肯從。左司馬鄭頲道：「毒蛇螫手，壯士斷腕，公奈何顧戀私義，自誤大局？」導密賣友，不足為訓。密乃與數人定計。置酒召讓。讓與兄弘，及兄子摩侯，司馬王儒信，踐約入席，俱為所殺，密乃宣告讓罪，慰撫各營。讓本殘忍，身死後沒人銜哀。但因密忍心負友，也未免心懷顧忌，漸漸的疑貳起來。

密進攻東都，復與王世充相持，越王侗且募兵益世充。偏世充屢戰不利，密得據金墉城，東都大震。唐撫寧大將軍李建成，副將軍世民，又率兵至東都，名為援師，實是略地。城中越加惶急。密軍乘勢攻城，建成麾兵阻密，密乃引退。既而建成等還歸長安，密再擬進攻，適值宇文化及，引兵至黎陽，密將徐世勣扼守倉城，忙遣人向密告急。密回駐清淇，與化及隔水遙語。密朗聲道：「汝本匈奴皁隸，投入中國，父兄子弟，世受隋恩，累世富貴，舉朝無比。主上失德，不能死諫，反行弒逆，不學諸葛瞻的忠誠，反效漢霍瑀的悖惡，天地不容，汝將何往？若速來歸我，還可饒汝性命。」化及瞪視良久道：「今日只可言戰，說什麼書語？」密顧語左右道：「化及庸愚至此，還想自作帝王，一何可笑！雖折杖亦可驅他了。」乃深溝高壘，不與化及爭鋒，且寄語世勣，亦令他掘塹固守，俟化及糧盡退師，再擊未遲。化及大修攻具，進攻倉城，苦為城塹所阻，不能得手。世勣從塹下穿通道地，濳師出擊，縱火焚化及營。化及大敗，攻具多被毀去，唯尚未肯退兵。密正恐東都夾擊，巧值蓋琮齎書到來（以上俱是補敘前事）。密乃將計就計，自草降表，願滅化及以贖罪。當下遣使齎表，與蓋琮同報越王。越王侗時已稱帝（再回顧一語以醒眉目），即冊拜密為太尉，兼封魏公，俟蕩平化及，入朝輔政。冊使既去，元文都等以密肯來降，天下可定，遂就上東門置酒作樂。未免太早。王世充獨正色道：「朝廷官爵，輕授賊人，敢問意欲何為？」文都聞言，很是不平，因說世充私通化及，不可不防。由是兩人有隙。既而化及糧盡退師，北趨魏縣，密追躡得勝，報捷東都。文都等相率稱賀，世充偏揚言道：「文都等系刀筆吏，看不透盜賊心腸，將來必為李密所擒。且我軍屢與密戰，殺他部下兵士，前後不可勝計，若密來執政，部眾必圖報復，我輩將無噍類了。」文都得知此語，轉告段達，欲乘世充入朝，伏甲除患。不料段達反通報世充，世充遂乘夜襲含嘉門。文都聞變，即奉隋主侗御乾陽殿，閉門拒守。世充進攻太陽門，斬關直入，令段達進執文都，亂刀處死，即遣部將代為宿衛，然後入見隋主，拜伏謝罪。隋主本無權力，怎好加責，只得引與共語。世充更披髮為誓，詞淚俱下，說得隋主易疑為信，竟命世充為右僕射，總督內外諸軍事。嗣是大權盡屬世充，兄弟子姪，各掌重兵，隋主似傀儡一般，一切不能自主，只有南面拱手罷了。

李密已逐去化及，擬入朝東都，聞變乃還，令開洛口倉（即上文興洛倉）。賑民，不設限制，隨意取給。群盜競來就食，不下百萬口。東都兵民，亦多因丐食來降，粒米狼戾，隨散道旁。密喜語賈潤甫道：「這乃所謂足食呢。」潤甫道：「國以民為本，民以食為天，今百姓襁負而來，無非為就食計，乃有司毫不愛惜，一任取攜，待至米盡民散，何人與公成大業呢？」言之有理。密乃令潤甫判司倉，參軍事。王世充攬權東都，陰圖取密，佯遣使與密講和，願以布易米。密軍多米乏衣，許與交易。東都兵民得食，遂無人出降。密方知墮世充計，絕不與交。哪知世充已挑選精兵，飽飼戰馬，張著永通字號的旗幟，悉銳來攻。密留王伯當守金墉，邴元真守洛口，自引兵出偃師北境，迎擊世充。裴仁基獻策道：「世充悉眾前來，東都必虛，此處可分兵扼守要路，不與他戰，另遣精兵三萬，繞道河西，徑襲東都，世充若去還援，我好前後夾攻，不患不勝了。」的是好計。密頗以為善。偏單雄信陳智略樊文超等，主張速戰，遂致密亦有戰意。仁基苦勸不從，頓足嘆道：「公將來必自悔呢！」魏徵亦以為言，鄭頲目為迂論。密遂主張速戰。世充夜遣輕騎潛入北山，伏溪谷中，命兵士皆秣馬蓐食，待曉即發，突擊密軍。密新破宇文化及，士卒已疲，又藐視世充，毫不預防。至敵兵已至軍前，倉猝列陣，已是不及。那世充手下的士卒，統是江淮悍旅，拚死衝來，銳不可當。密軍尚勉強招架，忽伏兵乘高而下，馳壓密營，竟將密眾衝作數截。世充又索得一人，狀貌類密，把他兩手反綁，牽過陣前，佯呼道：「李密已擒住了！」軍士大呼萬歲。密軍已將敗退，怎禁得這番嘩亂，不由的誤認為真，頓時大潰。單雄信陳智略等，皆降世充。裴仁基鄭頲祖君彥等，統被世充手下擒去。

密狼狽奔回洛口，誰知守將邴元真，已潛遣人迎世充，反為世充圖密。密自知力不能支，東奔虎牢。王伯當亦棄去金墉城，退保河陽。當下集眾會議，密尚欲南阻河北，北守太行，東連黎陽，再圖進取。諸將道：「兵新失利，眾心危懼，若更逗留，恐人盡叛亡，如何能進取呢？」密長嘆道：「孤所恃唯眾，眾既不願，孤也沒法了。」已經一敗塗地，還要稱孤道寡，豈非增醜？說至此，欲拔劍自刎。伯當忙將密抱住，奪去密劍，且勸且泣。眾無不淚下。密乃語眾道：「諸君如不相棄，當共歸關中，密身雖無功，諸君必保富貴。」眾皆應命。密又語伯當道：「將軍室家重大，不應與密同行。」伯當道：「昔蕭何盡率子弟，隨從漢王，伯當豈因公失利，遂敢叛去。生願同行，死願同殉。」卒成死讖。左右統為感泣，從密入關，共二萬人。所有密遺下將帥，與據住州縣，多降東都。就是程咬金秦叔寶等，亦投入世充麾下。唯徐世勣尚守住黎陽，不願叛密。密既入關，語徒眾道：「我擁眾百萬，解甲歸唐，山東連城數百，知我在此，亦當同附，比諸漢時竇融，功亦不小，唐主念我有功，諒應以臺司見處呢？」不脫驕態。伯當道：「誠如尊論。」及至長安，入謁唐主，但授密為光祿卿，賜爵邢國公，密大失所望。廷臣又多輕密，因此密復懷異心，這且待後再表。

且說唐高祖李淵，既定都長安，便欲平定隴西。隴西為薛舉所據，有眾十數萬，聲勢頗盛。舉本隴西土豪，為金城府校尉。金城令郝瑗，命舉剿盜，舉反囚瑗僭號，初稱西秦霸王，繼且稱帝，立子仁杲為太子。仁杲善騎射，綽號萬人敵，所至皆捷，盡有隴西。唯扶風一戰，為世民所敗（應第四回）。及武德元年六月，薛舉寇涇州，詔遣世民率八總管兵，出都拒戰。師至豳岐，世民患瘧，令長史納言劉文靜，及司馬殷開山，代掌兵事，且囑勿妄戰。開山與文靜，違世民誡，竟耀兵高墌，被舉潛師襲擊，大敗虧輸。總管慕容羅睺李安遠等皆戰歿，士卒十亡五六。世民也只得引還。文靜等坐是罷官。越二月，舉復遣仁杲圍寧州，為刺史胡演擊退。未幾，舉即病死，仁杲嗣立。唐秦州總管竇軌，奉命征仁杲，敗績而還。仁杲復進圍涇州。驃騎將軍劉感，出城遇伏，為敵所擒，射死城下。長平王李叔良，率兵往援，入城固守，僅得自全（以上是補敘文字）。高祖聞警，乃再授世民為西討元帥，出擊仁杲。兵至高墌，仁杲使驍將宗羅睺，率眾抵禦。羅睺自恃勇悍，徑至世民營前，耀武揚威，指名搦戰。世民佯若不聞，但命將士堅壁自守，不得妄動，違令立斬。仍然是一條老法子。偏羅睺日來挑戰，且加嫚罵，惹得唐軍性起，個個摩拳擦掌，欲與死戰。只是軍令難違，不得不入帳請令。世民宣諭道：「我軍新敗，士氣沮喪，賊正恃勝而驕，輕視我軍，我宜閉壘自固，養足銳氣，彼驕我奮，乃可克敵了。諸君若違我軍令，休得後悔！」諸將半信半疑，只因權在他手，不好與他爭論，便耐著性子，退出帳外。今日不戰，明日又不戰，直至五六十日，仍然不戰，將士都憤悶得很。

忽由敵營來了一將，帶著數百騎，詣營乞降。世民召入，問他姓名，叫做梁胡郎，自言營中乏食，不免就擒，所以率部來降。諸將慮他有詐，復入帳諫阻。世民叱道：「梁將軍是見機君子，休得多疑！」遂用好言勸慰，令居後營。一面遣行軍總管梁實，移營淺水原，誘敵來攻。反去挑敵，妙極。羅睺大喜，盡銳攻梁實營。實據險不出。營中乏水，人馬數日不飲。羅睺卻圍攻甚急。世民乃召語諸將道：「今日可出戰了。」右武侯大將軍龐玉，奮然願往。世民道：「龐將軍可出陣淺水原南，倘賊兵併力來攻，應與奮鬥，不得怯退！我自當引兵援應。」龐玉奉命帶領部眾，至淺水原南，擇地布陣。陣方列就，那羅侯已移兵來攻，仗著人多馬眾，包圍龐玉部軍，四面環擊。龐玉抖擻精神，督軍酣戰，怎奈敵眾層層進逼，恁你如何奮勇，總是殺他不退，反將部兵傷害若干名。龐玉大呼道：「元帥料敵如神，定有精兵來援，大眾幸勿畏縮，須要拚死殺敵！我也不願求生了。」部眾聞言，再接再厲，真個是血肉相搏，天地為愁。忽見羅睺陣中，紛紛散竄，一大帥手持長矛，當先突入，後面隨著健將數人，奮勇進來，援應龐玉。玉見來帥不是別人，正是西討元帥秦王世民，不禁踴躍異常。軍士無不感奮，便與世民等合擊敵眾，外面又有唐軍接應，表裡夾攻，喊殺連天。羅部卒已疲，禁不起這支生力軍；更兼前後受敵，眼見得抵擋不住，四散奔逃。世民麾軍追擊，斬首數千級，復提出健卒二千騎，親自帶領，一直窮追。

竇軌繫世民從舅，叩馬苦諫道：「仁杲尚據堅城，我軍雖破羅睺，未可輕進。且收軍暫憩，再定進止！」世民道：「我已熟籌過了，今日戰勢，已如破竹，不可再失了。舅勿復言！」兵法所謂靜若處女，出若狡兔，便是此道。遂進攻仁杲所居的折摭城。仁杲列兵城外，與世民夾著涇水。兩陣相對，未及交鋒。仁杲驍將渾乾等數人，已渡水降世民軍。那時仁杲知不能戰，亟引兵退入城中。日已向暮，大軍繼至，合力圍城，到了夜半，守將多縋城投降，仁杲計窮力竭。沒奈何奉表投誠，開城納世民軍。世民入城後，收得精兵萬餘人，男女五萬口。諸將皆入賀世民，且問世民道：「大王一戰而勝，遽舍步兵，又無攻具，直趨城下。眾皆謂城未可取，乃不日即平，偏為大王所料。敢問大王憑何測度，得此奇功。」世民道：「羅侯部下，統是隴外悍卒，我出其不意，將他擊破。他四處散潰，傷斃不多，我若緩追，他俱入城，再為仁杲收撫，復成勁旅，據城固守，勢必難圖。唯乘勝急攻，潰卒無城可歸，當然散歸隴外。折摭虛弱，仁杲破膽，無暇為謀，不降何待？我所以得告成功哩。」於是諸將皆羅拜道：「大王勝算，誠不易及。」世民道：「我用謀，諸將用力，均為國家建功，何分彼此？」眾益悅服。

世民乃押送仁杲還長安，入朝獻俘。高祖諭世民道：「薛舉父子，多殺我士卒，必盡誅薛氏私黨，方可陰慰冤魂。」世民正欲奏阻，早有李密出班奏道：「薛舉殘殺無辜，所以致亡。陛下一視同仁，除仁杲外，既已降服，不可不撫。」密欲籠絡薛黨，故有是請，不應視為仁人之言。高祖乃命斬仁杲於市，並首謀數十人，餘皆赦罪不問。總計薛氏父子據隴西，五年而亡。仁杲已死，有部將旁屳地，已降復叛。屳地羌人，舉父子倚若長城，他自商洛出漢川，有眾數千，四處剽掠。大將龐玉往剿，反為所敗。屳地至始州，擄得王氏女，逼令野合。女有智謀，須屳地屏去部眾，方肯從命。至部眾去遠，復欲與屳地行合巹禮。屳地為色所迷，取酒同飲。女佯作媚態，勸屳地連飲數十觥，屳地頓時醉倒。女拔屳地佩刀，用力刺屳地喉，屳地立斃，乃梟首潛奔，送首梁州。梁州刺史以聞，詔封王氏女為崇義夫人。小子有詩詠道：

悍盜翻為弱女誅，誥封應降大唐都。

看她仗劍刺喉日，巾幗居然過丈夫。

薛舉已平，忽報宇文化及弒秦王浩，自稱許帝，朱粲也自稱楚帝，取唐鄧州，殺死刺史呂子臧，及撫慰使馬元規。竇建德復改國號夏，紀元五鳳，免不得又有一番征討事情，容至下回依次敘明。

本回敘李密及薛舉父子事，前後劃清，兩不相混，看似尋常敘述，而詳略處頗費苦心。且隋唐之交，群雄並起，幾不勝舉，非經犀利之筆，依次表明，則梳櫛不清，易眩人目。尤難在事不同時，興亡夾出，總敘則失之混淆，分敘則失之間斷，此豈率爾操觚，所得成章乎，若論夫李密之敗，咎在驕盈，薛仁杲之亡，未始非驕盈所致。古人有言：「驕必敗。」密以才智稱，尚蹈此失，遑論仁杲耶？故必忍其乃有濟，使驕即不足觀，謂予不信，盍觀是編！

第六回　盛彥師設伏斃叛徒　竇建德興兵誅逆賊

卻說宇文化及，及朱粲竇建德等，僭號稱尊，氣焰日盛。唐高祖欲依次往討，忽有一青年婦人，渾身縞素，踉蹌趨入，嚎啕大哭。高祖見了此婦，也不禁老淚濟濟。下筆奇突。看官道此婦是誰？原來是高祖第五女桂陽公主，自高祖受禪後，所有各女，無論嫡出庶出，俱封以公主名號。柴紹妻系是嫡出，特封平陽公主（此女佐父有功，且竇后所生，只此一女，故本文敘桂陽公主處，又附筆帶入）。此外庶出各女，唯桂陽公主聰穎工詩，亦為高祖所愛，下嫁華州刺史趙慈景。慈景美丰姿，且有膂力，高祖因河東未下，刺史韋義節屢戰不利，乃命他為行軍總管，與工部尚書獨孤懷恩，再率兵往攻。懷恩兵至蒲坂，不設壁壘，驟為隋將堯君素所襲，倉猝敗走。獨趙慈景挺刃力戰，陷入敵陣，卒因力盡援絕，為君素所擒，梟首城外。警耗傳達長安，高祖方遣使持詔，詰責懷恩。那桂陽公主，已自聞知，遂易裝入見高祖，泣請添兵派將，往報大仇。高祖情關兒女，未免愴懷，不得已勸諭再三，令返家守喪。一面命秦王世民為陝東大行臺，所有蒲州及河北兵馬，並受節制。世民促獨孤懷恩進兵圍蒲州，君素百計備御，終不能下。高祖屢遣降將招諭，且允賜鐵券，准令免死。君素始終不從。再令君素妻至城下，呼君素道：「隋室已亡，君何自苦？」君素道：「天下名義，豈是婦女所能知曉？」兩語說出，接連是颼的一聲，那妻已被射倒，急由唐兵救回，已是半死半活了。世民聞君素不降，再調兵助攻。君素以死自誓，每語及國家，無不唏噓泣下。嘗語將士道：「我為國家大義，不得不死。若天已絕隋！別有他屬，我當自行斷首，付與君等，持取富貴。今城池尚固，倉儲甚豐，勝敗尚未可知，諸君幸勿懷異呢！」將士等一律感激，且因他平日馭下，嚴而有恩，因此遵囑靜守。既而倉粟告罄，人自相食，君素部下薛宗，竟刺殺君素，持首出降。隋室忠臣，只有君素一人。懷恩正欲進城，不料城門復閉，他將王行本，復約束兵民，乘城拒守。懷恩不能入，只得把君素首級，函解京師，再行攻撲。偏行本驍悍得很，竟招募死士，出搗懷恩。懷恩不及防備，竟被擊退。城內糧道復通，守備益固。這消息報入唐廷，當然下詔切責。懷恩為獨孤太后從子，自恃懿戚，負氣不下，因遂懷怨望，反與王行本連和，謀附劉武周，及武周為世民所敗，始悉懷恩奸狀，給令入覲，縛置諸法。另遣將軍秦武通攻蒲州，一鼓即下。行本出降，亦梟首以徇。這事已在武德三年，小子因事蹟相連，所以一氣敘下。唯桂陽公主寂寂寡歡，時增悵觸，高祖恐她憂鬱成疾，索性勸她再醮，更嫁楊師道，竟得壽終，李唐家法，可見一斑。這且擱下不提。

且說李密出降後，因未得臺司，心甚不樂。高祖特別羈縻，常呼他為弟，並把舅女獨孤氏，給作妻室。無如狼子野心，不論什麼恩禮，總難滿他欲壑。王伯當任左武衛將軍，亦未如願，因此兩人時設祕謀，常有叛志。適遇大朝會，密列職光祿，應該進食。他卻甚以為辱，退語伯當。伯當遂勸密他去，密乃向高祖獻策道：「臣虛蒙恩寵，毫無報效，回憶山東人士，皆臣舊部，臣願自往收撫，去討東都，仰託陛下洪威，取世充當如拾芥呢。」高祖便道：「朕聞東都將士，多叛世充，本欲弟乘隙往討，弟卻自願效力，還有何言！」密復請與舊部王伯當賈潤甫同行，高祖悉從所請，且引密同升御榻，酹酒與誓。密再拜受命，即偕王賈二人啟行。群臣多進諫道：「李密狡滑好叛，今遣使東往，譬如投魚赴水，縱虎歸山，必一去不返了。」高祖笑道：「帝王自有天命，非小子所能取，就使叛去，也不足畏。今且令他二賊交鬥，我得坐收彼弊，亦未始非目前良策。」此語亦不免自誇。群臣乃默然俱退。密等既出關，長史張寶德獨上封章，言密必叛。高祖意乃中變，諭密單騎還闕，與商大計。密得諭，語潤甫道：「既遣我去，復召我還，想必朝中有人播弄。我若詣闕，恐無生理，不若襲破桃林，劫取兵糧，渡河而東，直達黎陽，然後可圖大事。君意以為何如？」閏甫道：「主上待公甚厚，不宜背德，況國家姓名，適應圖讖，天下終當一統，公既已委贄稱臣，復生異圖，就使得破桃林，急切亦無從集兵，一稱叛逆，何人相容？今為公計，不若且應朝命，示無貳心。主上見公恭順，必更遣往山東，此後再作計較便了。」金玉良言。密忿然道：「唐令我與絳灌同列，我如何受命？且彼姓李，我亦姓李，彼若應讖，我亦應讖，彼得關中，我得山東，天與不取，後且受殃。君系我故友，奈何不與我同意？」閏甫又泣諫道：「公姓雖雲應讖，但近觀天時人事，相去甚遠。自翟讓被殺後，人人都說公棄恩忘本，今日何人再肯助公？大福不再，請公三思！」實是苦口。密聽到此處，不由的怒氣上沖，竟拔出腰刀，欲殺潤甫。虧得伯當上前勸阻，才覺罷手。伯當亦婉諫道：「賈君所言，未始無見，請公審慎為是！」密瞋目道：「你亦來說此語麼？」伯當道：「義士為友盡忠，不以存亡易志。公必不見從，伯當願與公同死，但恐徒死無益呢？」伯當既知無益，何不自去？密竟殺朝廷使人，撕毀來詔。潤甫恐隨行惹禍，竟奔熊州。

密也無暇追回，竟至桃林縣署，語縣吏道：「奉詔暫還京師，隨來家屬，請暫寄縣舍。」縣令自然允諾。遲至日暮，密挈婦女數十名，徑入縣舍。縣令復出迎密，不意那當先健婦，竟拔出利刃，砉然一刀，將縣令頭顱劈碎，倒斃地上。更可怪的，是婦女卸除裙飾，個個變成了赳赳武夫。當下焚庫劫倉，掠取糧械，並驅掠徒眾，直趨南山，乘險東行，遣人馳赴襄城，通告刺史張善相。善相系密舊將，因令發兵來迎，外面卻揚言赴洛。右翊衛將軍史萬寶，適鎮熊州，由賈潤甫報知變端，遂語行軍總管盛彥師道：「密系驍賊，又有王伯當相助，必為大患。」彥師笑道：「但用兵數千人，即可梟二賊首級。」萬寶道：「計將安出？」彥師道：「兵法尚詐，此時不便與公明言，俟彥師殺賊回來，再與公說明未遲。」胸有智珠。言已，即率兵五千人，逾熊耳山，南據要道，高處伏弓弩手，低處伏刀斧手，且下令道：「俟賊半度，同時並發。」有偏將問彥師道：「密欲向洛，公乃入山，是何用意？」彥師道：「密素狡詐，向洛乃是偽言，他實欲去走襄城，依張善相，我料他必經此道。若縱令入谷，山路崎嶇，但教一人斷後，我便不能為力，今我先得入谷，賊必為我擒了。」好詐者卒以詐敗。於是靜伏以待。果然密與伯當等，逾山而南，彥師早已瞧著，待他半度，麾伏出擊。密部下不過千人，更因首尾兩分，不能相救。上面箭似飛蝗，下面刀似削草，恁他如何刁狡，逃不出這張羅網。才經數刻，即將密眾殺盡。密與伯當，同時授首。彥師奏凱而回，即將兩人首級，函送長安。總計密自起兵至此，六年乃滅。彥師得授爵葛國公，拜武衛將軍，仍鎮熊州。

時徐世勣尚據黎陽，未有所屬，高祖曾遣降臣魏徵，（徵本隨李密入關，故云降臣。）招世勣降。世勣仍將版籍獻密，令他自呈。及密既受戮，高祖復傳首相示，世勣北面號慟，表請收葬。有詔許歸密屍。世勣舉軍縞素，葬密於黎陽山南。高祖因他不負故主，稱為純臣，特授黎州總管，封萊國公，賜姓李氏。他本籍隸曹州，以字成名，後人呼他為徐棶功，便是他的表字（俗小說中過譽楙功，說他算無遺策，實則未足取信。故本文倒戟而出，特別點明）。高祖既除去李密，乃擬出師東征。忽由幽州遞到降表，乃是羅藝舉州來降。當下閱罷表文，立即頒詔，授為幽州總管。藝將薛萬徹萬均，各授官爵。還有黃門侍郎溫大雅弟大臨，曾在藝處為司馬，亦召入長安，命為中書侍郎。但看官道羅藝是何等人物？藝本襄陽人，曾仕隋為虎賁郎，隨征遼東，留屯涿郡，剿盜屢有功。但素性好剛，為諸將所忌。藝因激動眾憤，捕殺郡丞，庫儲賜戰士，倉粟給窮人，境內大悅。柳城懷遠諸城，次第歸附，遂自稱幽州總管，雄長一隅。及宇文化及至山東，遣使招藝，藝慨然道：「我本隋臣，如何降賊？」因即將來使斬首，為煬帝發喪三日。既而竇建德高開道等，亦遣人招藝，藝謂屬將道：「建德等皆劇賊，不足與共功名，唯唐公起義關中，民望所歸，王業必成，我不如歸附唐公罷？」溫大臨極力贊成，藝便命大臨草表，齎送長安。至接受詔敕後，突聞竇建德率眾十萬，自冀州來寇幽州。藝欲出城逆戰，薛萬均獻議道：「敵眾我寡，出戰必敗，不若使羸兵背城，阻水列陣，一面由萬均帶領健騎，埋伏城旁，待他渡水來攻，將值半濟，出兵掩擊，定可得勝。」藝依計而行。建德果引兵渡水，甫至中流，伏兵猝發。萬均持槊躍馬，領著健騎數百人，截擊建德。建德知是中計，急忙退還，已是傷亡無數。再分兵旁掠近邑，又被藝遣將擊退，建德乃返樂壽城。樂壽系建德根據地，號為金城宮，他本漳南農人，投入軍伍，以驍勇得充隊長，後因庇匿罪犯，為郡縣所側目。適張金稱聚眾河曲，高士達聚眾清河，四處剽掠，獨不入建德裡門。郡縣益疑建德通盜，捕戮建德家人。建德獨奔赴士達，士達奇建德才，委以兵權。隋涿郡太守張絢，出師往討，被建德用計擊斃，威名益著。會隋太僕楊義臣討平張金稱，乘勝擊高士達，建德勸士達暫避兵鋒，士達不從，一戰畢命。建德獨率百騎亡去，俟義臣退軍，復還為士達發喪，招集舊部，勢復大振，自稱長樂王，據樂壽為都城，備置百官。尋有大鳥五頭，集建德宮。群鳥數萬相從，經日始去，建德以為祥瑞，改元五鳳。又得玄圭一方，目為天錫。竟以夏禹自擬，復改國號為夏。嗣是破隋將軍薛世雄，殺偽魏帝魏身兒，略取冀易定等州，有勝兵十餘萬人。唯與羅藝對仗，竟至敗還（隨筆敘出建德履歷，好為後文開局）。

建德懊悵異常，再欲簡選精兵，往攻幽州。可巧宇文化及到了魏縣，檄招建德，建德召群下會議，且與語道：「我本隋民，隋系我君，今宇文化及，敢行弒逆，就是我的大仇，我欲為天下誅逆，可好麼？」此語卻是有理。納言宋正本答道：「大王奮布衣，起漳南，所有隋室列城，陸續趨附，大都是慕義前來。化及本隋室姻戚，乃敢弒君篡國，真是仇不共天，大王應即日發兵，聲罪致討，方不愧為義師呢？」建德大喜，親自督兵，往攻化及。是時唐淮南王李神通，也奉高祖詔命，進擊魏縣。化及不能抵禦，東走聊城，魏縣為神通所拔，且追逼化及，化及自知勢孤，就將隋宮中所劫的珍寶，貽送海曲賊帥王薄，乞他援助。王薄貪了賄賂，遂帶領徒眾，來到聊城，與化及合力拒守，支撐了好多日。突聞竇建德亦督兵來攻，城中很是恐慌，更因糧食將盡，多有怨言。化及不得已投書唐營，情願出降。神通怒罵道：「弒君逆賊，尚想屈膝求生麼？」安撫副使崔世幹入諫道：「他願降，不妨允許。」神通復叱道：「我軍暴露已久，無非為誅逆起見，現逆賊已食盡計窮。旦夕可克，我當入城誅逆，藉示國威，且好取他玉帛，賞給戰士，若今日受降，試問師出何名？且將何物作賞哩？」神通未免太愚，豈降賊不應再誅，賊物不應再取耶？世幹又道：「今建德方至，化及未平，內外受敵，我軍必敗。目前功已垂成，不戰可下，奈何貪他玉帛，拒降不受呢？」神通大怒，竟將世幹囚住軍中。既而宇文士及從濟北運糧入城，化及軍又得食，遂復拒戰。貝州刺史趙君德，在神通麾下，奮勇登城。神通反鳴金收軍。君德孤掌難鳴，只好退下，回詰神通何故收軍？神通道：「建德兵已將到，不便攻城。」君德向東遙望，尚未見有兵卒到來，料知神通忌功，只好付諸一嘆。過了一宵，才聞鉦鼓喧天，竇建德督眾馳至，神通見他勢盛，便引軍退去。名曰神通，實是不通。

化及因唐軍已退，單敵建德，便放膽出兵，與建德交戰。不到數合，被建德殺得七零八落，紛紛敗回。化及先策馬入城，敗軍一擁而入，復閉門拒守。建德縱兵圍攻，由王薄等登陴防禦，相持至晚，幸還沒有疏虞。是夕，攻城益急，王薄自恐有失，忙遣人往請化及，同來捍守。至去使返報，化及已安寢了。想是自知必死，樂得與隋室後妃盡歡一宵。王薄憤憤道：「今夕何夕，還好安寢？想這等酒色狂徒，總難成事，我還顧他做什麼？」言已，即令部下大開城門，迎納夏軍。建德麾兵入城，搜捕化及，化及正與蕭后酣睡，獨斥蕭后，筆法嚴刻。猛聞外面喊殺連天，方才披衣起床，走出寢門，向外亂闖。剛值建德兵到，一把抓住，捆縛起來。還有宇文智及楊士覽武元達許弘仁孟景等，或策馬狂奔，或持兵死鬥，結果是路窮力絕，均為所擒。建德既掃盡化及餘眾，即請蕭后出見。蕭后無可躲避，沒奈何靦顏出來。建德對著蕭后，卻恭恭敬敬的行了臣禮，對著淫婦，行什麼臣禮？建德見理不明，故終無結果。復立煬帝神位，素服發哀。然後把宇文智及楊士覽武元達許弘仁孟景五人，推到神主前，梟斬致祭。唯化及尚囚住檻車，並二子承基承趾，統行拘著。一面收集傳國御璽，及鹵簿儀仗，並蕭后以下等人，下令回國。既至樂壽，方將化及父子，一律磔死。

建德性不漁色，妻曹氏不衣綺綺，婢妾只十餘人，得隋宮人數千，悉數遣歸，唯蕭后無從安頓，獨從宮中闢一別室，令她安居。蕭后華色未衰，不願寂處，怎奈建德性格，迥異化及，徒對著春花秋月，悶坐愴懷。湊巧隋義成公主，自突厥來迎蕭后。建德問蕭后願否出塞，蕭后滿口應承，乃遣人送蕭后前行。還有煬帝幼孫政道（系齊王暕遺腹子），未曾遭難，向來隨著蕭后，也令他一同前去。到了突厥，由義成公主接著，當然歡迎。突厥主處羅可汗，系始畢可汗弟，承襲兄位，頗也禮待蕭后，且立政道為隋主，令居定襄，蕭后方耐心住下。可與處羅作連床夢否？

看官！你道隋朝的義成公主，如何出居突厥？我亦要問。說來又是話長，由小子約略敘明：突厥本匈奴別種，向居漠北，後魏末年，部酋土門，自稱伊利可汗，號妻室為可敦，擁眾數萬，勢日強盛。傳子俟斤，號木桿可汗。復併吞鄰國，威行塞外。北齊北周，分後魏地，互相攻擊，各與突厥連姻，倚為外援。及隋文帝篡周自立，俟斤姪沙缽略可汗，欲為周復仇，屢次寇隋，反為隋軍所敗。隋又行反間計，令俟斤子阿波可汗，與沙缽略相攻，奪沙缽略地，自立為國，稱西突厥。沙缽略大恐，乃向隋乞和，歲修朝貢。沙缽略死，傳弟莫何可汗，莫何又傳沙缽略子都藍可汗，嗣因莫何子染干，向隋求婚，文帝以宗女安義公主，嫁與為妻，禮賜特厚。都藍因猜忌染干，舉兵襲擊。染干敗走歸隋，隋封為啟民可汗，賜居夏勝二州間。安義公主病歿，復將宗女義成公主，給為繼室，啟民感激非常。尋聞突厥內亂，都藍被殺，啟民乃北歸，得主突厥，事隋益恭。啟民死，子始畢可汗立。胡俗，子可妻母，復以義成公主為可敦，始畢甚強，隋末群盜，多半臣附，就是唐高祖亦向他稱臣。始畢死後，傳弟處羅可汗，義成公主復與他配做夫妻。總算隨緣。因聞隋室已亡，蕭后等寄寓夏國，乃遣使來迎，這也算是鍾情骨肉，不忘母家呢（補敘處萬不可少）。

唯竇建德既遣送蕭后，復奉表東都，報明誅逆情形，隋主侗封建德為夏主，建德北面拜受，不意過了兩三月，那隋主侗竟被鴆身亡，小子敘述至此，不禁感喟起來，因隨記一絕句道：

紛紛亂賊走中原，誰顧三綱及五常？
追溯禍源非旦夕，祖宗造孽子孫當。

欲知隋主侗被鴆緣由，容至下回再敘。

敘事文中，亦有借賓定主法。看本回敘事文，可分四截。前半回先述堯君素事，次述李密事，君素，隋之忠臣也。有君素之忠，以襯李密之詐，君素死且不朽，李密死且貽譏，故君素足為文中之賓，而李密可為文中之主。後半回因羅藝事，折入竇建德事，蓋羅藝事少，而建德事多，就時事之相因，連類敘及，是藝為賓而建德為主，宗旨與前半回不同，而文法則同。標目曰擊斃叛徒，又曰捕誅逆賊，特舉其大者言之。密既投唐，又欲作亂，是明明叛徒也。化及弒君，人人得誅，建德雖一劇盜，亦以誅逆之名畀之，作此書者固寓有史法乎？

第七回　啖人肉烹食段欽使　討亂酋擊走劉武周

卻說隋主侗稱帝東都，本是一個現成傀儡，毫無權力，王世充專掌朝政，起初尚佯作謙恭，後來擅殺元文都，及戰勝李密，侈然自大，漸露逆謀，到了皇泰（隋主侗年號，已見上文）。二年三月，竟自稱鄭王，加九錫。越月，竟將隋主幽禁殿中，自備法駕入宮，居然稱帝，改元開明，廢隋主為潞國公，立子玄應為太子，玄恕為漢王，餘如兄弟宗族等十九人皆為王。世充圖逆時，嘗使人獻印劍，又捏稱河清，且羅取雜鳥，書帛繫頸，自言符命，縱鳥令去，為野人捕獻，各給厚賞，僚屬多知他虛誕，嘖有煩言。程咬金已改名知節，自李密敗後，與秦叔寶同降世充，至是語叔寶道：「王公器量淺狹，好作妄語，此種行為，彷彿似老巫嫗，難道好作撥亂主麼？我等須亟圖變計。」頗有識見。叔寶亦以為然，可巧唐驃騎將軍張孝珉等，來攻世充，世充率知節叔寶等，赴九曲城，迎戰唐兵。尚未交鋒，知節叔寶竟率數十騎西馳百步，復下馬遙拜世充道：「蒙公厚待，極思報效，只因公猜忌信讒，僕等不便托足，留恐有禍，因此告辭。」態度雍容，不同凡眾。世充望見，即飭人追還，哪知兩人早已上馬，揚鞭馳去，竟入唐營。害得世充瞠目結舌，轉恐部將效尤，不若返登大位，須給賞爵，或可維繫軍心，乃收兵不戰，竟返東都，逼隋主侗下禪位詔，隋主不肯，因把隋主軟禁，外面仍託名受禪，也有三表陳讓，及敕書敦勸等情，其實統是他一手做成，隋主毫不與聞。

裴仁基及子行儼，本李密部將，因為世充所擒，投降東都。仁基為尚書，行儼為大將軍，頗有威名。世充未免懷忌，二人亦心不自安，密與左丞宇文儒童等，謀殺世充，復立隋主，偏有人報知世充，立將二人殺斃，並夷三族，復想出了斬草除根的法兒，竟遣兄子仁則，及家奴梁百年，攜了毒酒，去鴆隋主。隋主侗幽禁含涼殿，不能自由行動，唯每日禱佛祈福。呆鳥。及為仁則等所逼，復布席禮佛道：「自今以後，願不復再生帝王家。」也屬可憐。乃硬著頭皮，飲了鴆酒，一時尚未絕命，被仁則用帛勒死。最可怪的是銅山西崩，洛鐘東應，潞國公侗被鄭所弒，酅國公侑病歿唐都，兩邊都追謚恭帝，不謀而合，豈非奇聞？了代王侑，暗寓刺唐之意。

唐高祖因群雄未靖，剿撫兼施，忽淮安土豪楊士林，聚眾萬人，襲擊偽楚，自稱楚帝的朱粲，殘虐不仁，大失眾望，驟聞外兵攻入，部下多半駭散。粲引親卒赴淮源，與士林戰不多時，又復大潰，慌得粲連忙返奔，直至菊潭，手下已不過百騎，眼見得不能為帝，只好遣人入關，向唐乞降。唐命粲為顯州道行臺，加封楚王，並遣散騎常侍段確，持節慰問。確至菊潭，與粲相見，粲置酒款待，頗極殷勤。這位段欽使素來嗜酒，對著這種杯中物，好似螞蟻遇羶，一杯未了，又是一杯，接連喝了數十杯，不覺喜極欲狂，隨口亂語，當下笑對朱粲道：「聞足下喜吃人肉，究竟人肉有甚滋味？」粲聽了此語，明知他有意嘲笑，也忍不住忿怒起來。原來粲前時剽掠淮漢，專擄婦女嬰孩，或烹或蒸，作為食品，嘗語徒眾道：「世間美味，無過人肉，但使他國有人，何憂饑餒。」想是老虎變的。因此每破州縣，不惜倉粟，往往焚去，至是聞段確相詰，遂勃然道：「人肉最美，吃醉人肉，越加適口，好似吃糟豬呢。」確怒罵道：「狂賊狂賊！你今日歸朝，不過一個唐家奴，你還想吃醉人肉麼？」粲此時亦含有酒意，便瞋目道：「吃你何妨！」說至此，即指麾左右，就座上拿確，確隨員只有數人，哪裡招架得住？都被他陸續捆住，一刀一個，盡行殺死，吩咐軍士洗刷烹調，供大家飽餐一頓，乘著果腹時候，索性將菊潭人民，屠戮垂盡，徑往東都投降王世充。世充令署龍驤大將軍。

唐高祖聞段確被烹，頓時大憤，亟欲發兵討粲，旋接外廷軍報，粲已奔投王世充去了。高祖乃召群臣商議，群臣以世充方強，非旦夕可能剿滅，應先儲糧積粟，秣馬厲兵，俟軍實已足，然後出師，可期必勝。於是制定租庸調法，法以人丁為本，田有租，身有庸，戶有調，酌量定額，支配悉均，又編置十二軍，分屯關內諸府，皆取天星為名。每軍將副各一人，無事督耕，有事出戰，漸漸的兵精糧足，所向無前（興邦之本，故特表明）。是時宇文士及，尚在濟北，伊妹曾入唐為昭儀，頗得高祖歡心，高祖又素善士及，遂召為上儀同。還有故隋臣封德彝，與士及同時入朝，高祖因他諂詐不忠，罷遣就舍，德彝揣摩迎合，挾策干進，也得入拜內史舍人，尋且遷官侍郎。獨民部尚書劉文靜，初因佐命有功，甚邀主眷，至涇州一役，違令致敗，坐罪奪職（見第五回）。後來隴西告平，仍復爵邑，列職尚書，文靜自恃材能，意尚未足，且因裴寂任右僕射，位在己上，功出己下，更覺憤憤不平。平時與寂論事，屢有齟齬，遂生嫌隙，會家中屢見怪物，文靜弟文起，召巫禳災，披髮銜刀，誦咒鎮符。有文靜妾失寵銜怨，竟令兄上書告變，誣文靜兄弟為巫蠱事。高祖遂令裴寂問狀，冤家碰著對頭，當然鍛鍊成獄，定了死刑。秦王世民固請道：「前在晉陽，文靜曾首建大計，乃告寂知。及入關以後，恩寵懸殊。文靜怨望，不可謂無，謀反事斷不致有，宜賜恩赦罪，矜全首功。」高祖尚是躊躇，偏裴寂又入奏道：「文靜才略過人，性實陰險，今天下未定，若留此人，必為後患。」睚眥之怨，一至於此。高祖點首稱善，即令拿下文靜兄弟，推出斬首。文靜臨刑長嘆道：「高鳥盡，良弓藏，此語果不謬呢！」何不早學范大夫？用佞戮功，類志之，以見高祖之謬。文靜既死，裴寂益得上寵，忽由晉陽遞到急報，乃是劉武周屢攻并州，乞即濟師。高祖乃命寂為晉陽道行軍總管，助太原都督齊王元吉，拒守并州，寂奉命出都，適有一隊人馬，押著一個草頭王，入都獻俘。城闉內外，一出一入，正是戈鋋蔽日，旗纛摩空，說不盡威武氣象。看官道因解進京的俘虜，究是何方草寇？小子於第一回中，敘及四方梟雄，曾有李軌起河西一語，軌系涼州豪民，喜賙人急，為鄉里所悅服，尋為武威司馬。自薛舉據有金城，軌亦欲乘勢稱雄，遂結豪民及諸胡，攻克內苑城，自稱涼王，薛舉遣將擊軌，反為軌兵所敗，軌因連拔張掖敦煌西平枹罕諸郡，盡有河西地。唐欲西討薛舉，曾遣使齎給璽書，稱為從弟，令他助征隴右，軌頗自喜，遣弟懋入朝，懋得受命為大將軍，與唐使張俟德還河西，冊軌為涼王，兼涼州總管。哪知軌已僭號稱帝，改元安樂，及俟德到來，居然南面召見，俟德面折廷爭，乃稍加禮貌，且私與群下會議道：「李氏已有天下，歷數所歸，我不如削去帝號，東向受封為是。」軌若抱定此旨，也不至懸首藁街。尚書右僕射曹珍道：「大涼奄有河右，已為帝國，奈何再受人冊封？必欲以小事大，請援蕭督事魏故例，對梁稱帝，對魏稱臣。」軌點首道：「此策甚善。」因作表謝唐，遣左丞鄧曉，偕張俟德入朝奉表，高祖展覽表文，首二句是：「皇從弟大涼皇帝臣軌，奉表兄大唐皇帝陛下。」不由的氣忿道：「軌稱朕為兄，明明是不守臣禮呢！」當下拘曉入獄，貽書吐谷渾（吐讀如突，谷讀如欲），令起兵擊軌。吐谷渾為鮮卑支族，建牙西域，隨時叛服靡常，煬帝嘗遣將出征，部酋伏允，敗奔党項，有子順曾入質隋朝，留居長安，隋末大亂，伏允收還故地，唐高祖與他連和，遣歸質子，伏允甚喜，願奉朝貢。至得高祖書，即發兵進逼河西，軌不得不出兵防禦，國內未免空虛。軌有屬將安修仁，受軌命為戶部尚書，與吏部尚書梁碩有隙，軌子仲琰，亦因碩傲不為禮，與修仁朋比譖碩，軌竟將碩鴆死。碩嘗助軌有功，自被鴆死後，群下多懷疑懼，陰生貳心。修仁兄安興貴，卻在唐為官，嘗與修仁通書，得知河西虛實，於是上書唐廷，願詣涼州招軌。高祖召問興貴道「軌據有河西，僭稱皇帝。豈汝口舌所能下？」興貴道：「臣家居涼州，頗有宿望，為民夷所附。弟修仁現在軌下，得軌信任，軌若聽臣，不必說了，否則臣伺隙以圖，亦無不濟。」高祖乃遣令西行，不數日已到涼州，由修仁替他先容，得進任左右衛大將軍。修仁因說軌道：「涼州偏僻，財力凋敝，雖有勝兵十萬，無險可扼，終難成事。且西北與戎狄為鄰，非我族類，必為我患。今唐室席據京師，略定中原，戰必勝，攻必取，混一區宇，便在目前，若舉河西地歸唐，唐必世予封爵，就是漢朝竇融，也未足比擬了。」軌遲疑半晌，方奮然道：「唐為東帝，我豈不得為西帝？汝今從東來，莫非為唐做說客麼？」興貴忙謝道：「古人有言，『富貴不歸故鄉，如衣錦夜行。』今同宗均蒙委任，何敢生異？不過愚見所及，略表區區，可行與否，仍候鈞裁！」軌乃無言。興貴退出，即與修仁暗結諸胡，裡應外合，踏破大涼城。軌戰敗被擒，由興貴兄弟，因軌入都。高祖責他倔強，命斬西市，授興貴兄弟為左右武侯大將軍，各賜田宅及金帛，河西遂平，總計李軌興亡，只隔三年。鄧曉釋出獄中，入朝謝恩，舞蹈稱慶。高祖正色道：「汝非涼國使臣麼？國亡不慽，主死不悲，乃反欲取悅朕心，奸佞可知！汝事軌不忠，尚肯盡心事朕麼？」言畢，將曉斥退，可見馬屁亦不易拍。曉赧顏自去。

高祖已無西顧憂，樂得銳圖東略，偏沈法興僭號毗陵，自稱梁王，李子通僭號江都，自稱吳帝，真個是一波才平，一波又起。劉武周又猖獗得很，屢寇并州，齊王元吉，力不能拒，添了一個行軍總管裴寂，總道他老成練達，決勝無疑，誰知他一敗塗地，反把那晉州以北的城鎮，盡行失去。那齊王元吉，聞敗驚心，夜攜妻妾奔還長安，好好一座太原城，平白地讓與劉武周，險些兒將河東一帶，拱手畀人，這豈非出人意外麼？看官欲知唐軍敗狀，且先說明劉武周來歷（折入劉武周，也不肯使一直筆）。武周祖籍瀛州，隨父匡徙居馬邑，少善騎射，喜交豪傑，兄山伯嘗詈辱道：「汝擇交不慎，必覆吾宗。」武周竟赴洛陽，投入隋太僕楊義臣帳下，後隨煬帝征遼，得補校尉。未幾返至馬邑，太守王仁恭愛他驍勇，令統帳下親卒，隨侍左右，日久相狎，與仁恭侍兒有染，情好日深，他恐事發被誅，索性先下手為強，密結裡中惡少年，入殺仁恭，持首出徇郡中，無人敢動。姦淫好殺，怎得有好結果。當下開倉賑窮，收得徒眾萬餘人，自稱太守，雁門丞陳孝意，虎賁郎將王智辯，合兵往攻，被他擊敗，乘勝入汾陽宮，掠得宮人，獻與突厥。突厥報以良馬，並贈狼頭纛一面，立他為定揚可汗，他遂僭稱皇帝，改元天興。適易州賊帥宋金剛，有眾萬餘，與魏刀兒連結。刀兒為竇建德所滅，金剛往援，也為所敗，乃率殘眾投奔武周，武周大喜，封為宋王，委以兵事。金剛亦喜得知遇，願效馳驅。武周有妹及笄，尚未適人，此時正在擇婿，金剛獨出去故妻，做了自薦的毛遂，武周方有意籠絡，允把妹子嫁給了他。盜賊心腸，不謀而合。他遂勸武周進圖晉陽，南向爭天下。武周命為西南道大行臺，統兵三萬入寇，破榆次，拔介州，進攻并州及太原。唐左武衛大將軍姜寶誼，及行軍總管李仲文，出師往剿，俱為所擄。寶誼被殺，仲文逃歸。齊王元吉一再告急，高祖乃遣裴寂往征。寂引軍至介休，駐營度索原，汲飲澗水。金剛遏住上流，寂軍無水可飲，移營他就。倉猝間為敵所乘，竟至全營潰亂，散亡略盡。寂一日一夜，奔回晉州。元吉大懼，召司馬劉德威入議，德威也無法可施，勉強說了一個「守」字。元吉佯囑德威道：「汝率老幼守城，我領強兵出戰。」德威唯唯而出。誰意元吉託詞出兵，夜間挈著妻妾，一溜煙的逃歸長安（補敘已完，下段是承接文字）。於是宋金剛攻入晉州，劉武周攻入并州及太原。總管裴寂，日日退兵。寇鋒直逼絳州，陷入龍門，未幾又陷入澮州。澮州附近，為虞泰二州，當然吃緊。寂並不往防，但絡繹發使，促州吏收民入城，焚民積聚。民驚擾愁怨，群思為亂。夏縣民呂崇茂，乘勢聚眾，起應武周，自稱魏王，四出劫掠。寂連得警報，只好往剿崇茂，偏部下都不耐戰，一經對壘，便有退志。崇茂鼓眾殺來，眼見得寂軍倒退，紛紛潰散，寂也飛馬逃回，沒奈何拜本乞援。高祖令永安王李孝基，與陝州總管於筠，內史侍郎唐儉等，助剿崇茂，一面發出手敕，飭關中守將，嚴行堵御，所有河東一帶，暫行棄置。

這敕一下，惱動了秦王世民，即奮然上表道：「太原為王業所基，乃是國家根本，河東殷實，京邑全仗資助，若因兵勢稍挫，遽爾輕棄，恐河東不保，必及關西，願假臣精兵三萬，出討武周，定能殄平劇賊，克復汾晉。」唐室只賴此人。高祖乃盡發關中將士。歸世民節制，令擊武周。世民即於武德二年十一月，引兵至龍門，巧值河冰方堅，揚鞭急渡，到了柏壁，前面駐有敵營，敵帥就是宋金剛，世民擇險駐軍，堅壁不戰，唯傳檄各郡，令他接濟軍需，各郡吏正相觀望，驟聞世民為帥，爭來趨附，陸續輸運糧食，解到軍前。是謂聲望服人。世民休兵秣馬，但命偏裨抄掠敵營，敵出即退，敵退復進，惹得金剛性起，率眾來攻。世民仍按兵不動，只用硬弓強矢，接連射去，一驍將應弦而倒，金剛乃退，世民照舊辦事。驀接夏縣敗報，永安王孝基等，全軍覆沒，連孝基以下，均被擄去，不由的大憤道：「賊勢有這般厲害嗎？待我自去督剿罷！」言未已，有二將軍入帳道：「此處不便移軍，但由末將等前去，即可破敵。」世民視之，乃是兵部尚書殷開山及行軍總管秦叔寶，便大喜道：「二將軍既願同往，勝似我行。唯賊已得勝，必然還軍，最好是中途邀擊，攻他無備，定可得勝。」二將領命前行，途次探得消息，系是武周部將尉遲恭（字敬德）。尋相，往助崇茂，夾攻唐軍，因致敗沒；現已擄得李孝基等，還相澮州，將至美良川了（敘明孝基被擄情由）。當下兼程前進，馳至美良川，正值尉遲恭等率軍半渡，兩將麾軍急擊，任你尉遲恭如何驍勇，已是不能成軍。唐兵東劈西斫，前刺後戳，斬得敵首二千餘級，方才收軍。唯尉遲恭等遁去，孝基等亦不能奪回。兩將恐窮追有失，馳還大營。世民錄兩將功，仍然不戰。諸將屢請出搗敵營，世民道：「金剛懸軍深入，兵精將猛，利在速戰，我閉營養銳，靜挫寇鋒，待他糧盡，自當遁走，那時自可追擊哩。」自是兩軍相持，竟至踰年。已是武德三年。

劉武周寇潞州，被唐將王行敏擊退，轉寇浩州，又被唐將李仲文張綸等擊走，接連喪師失律，軍威大挫。宋金剛銳氣亦衰，糧運不繼，只好回軍北走。世民督兵追逐，一晝夜行二百餘里，至高壁嶺，只有少許敵軍，不值唐兵一掃。將士請駐軍待糧，世民不從，忍饑疾馳，一直至雀鼠谷，始追及敵軍。金剛且戰且行，交鋒至八次，俱被世民殺敗，俘斬達數萬人，金剛落荒遁去。世民已三日不解甲。二日不進食，軍中止有一羊，乃命烹食，分給將士，稍稍療饑，復引兵趨介休。金剛已入介休城，尚有餘眾二萬，開門出戰，背城列陣，世民令前軍應敵，自率後軍繞出敵後，夾擊金剛。金剛大敗，輕騎復遁。世民追擊數十里，斬首三千級。尉遲恭尋相等，尚守介休，世民遣使招諭，兩人遂降。尉遲恭部下計八千人，世民令參入各營，且命恭為右府統軍。屈突通慮恭為變，屢諫世民。世民道：「我方喜得良將，請君勿言！」旋由陝州總管於筠，自敵營逃歸，報稱劉武周在并州，現已勢窮，有北遁意。世民即驅軍薄并州。到了城下，城門已是大開，劉武周早出城遁去了（世民平河東，與隴西相似，而筆下無復語，亦見苦心）。小子有詩贊世民道：

披襟獨具大王風，謀定應成百戰功。
薛氏已亡劉亦滅，威名從此振西東。

畢竟劉武周遁往何處？容至下回表明。

朱粲也，李軌也，劉武周也，皆據有一隅，悍然稱尊。粲勢最弱，性最不仁，禽獸猶不食其類，粲乃以人食人，何其殘忍乃爾？段確奉命慰諭，竟為所烹，雖確亦有自取之咎，而粲之惡益著矣。李軌喜賙人急，乃為鄉里所推，乘亂稱雄，較諸朱粲，毋乃霄壤，然小加大，疏間親，塞明蔽聰，不亡何待？武周逆亂背德，虐不若粲，而不義亦甚，所恃者一宋金剛，而金剛甘負糟糠，忍心害理，猶之一武周也。唯連陷汾晉，厥鋒甚銳，元吉遁，裴寂逃，孝基等且被擒，微秦王世民，其何自克復乎？本回依次敘述，俱有聲採，其間插入立法用人一段，亦關緊要，不得視為閒筆，妙在隨勢曲折，穿插無痕，於另筆提入處，亦有勾心鬥角之工。首段承接前回，因越王侗事，遂連及代王侑，按諸唐史歲月，毫不紊亂，非熟讀史事，及筆性聰明，烏能有此巧構也？

第八回　河朔修和還舊俘　鄭兵戰敗保孤城

卻說武周聞金剛敗還，料唐軍必攻并州，即開城遁往突厥。世民入并州城，不戮一人，再進軍攻晉陽，守將楊伏念舉城迎降。侍郎唐儉，前與永安王孝基，同被擒禁，儉至此得釋，唯孝基已為武周所殺。孝基為世民從叔，屍骸暴露，由世民收屍殮葬，一面分兵收服餘郡，於是武周所得州縣，悉數歸唐。宋金剛收集殘眾，意欲回兵再戰，奈部眾聞一戰字，統是膽顫心驚，又復散去。金剛也只得北走突厥，已而自突厥走上谷，為突厥所追獲，腰斬以徇。武周居突厥數月，亦欲亡歸馬邑，偏被突厥聞知，也將他殺死。先是武周南寇，謀臣苑君璋進諫道：「唐以一州兵取三輔（三輔指關中言），所向披靡，此乃天命，非人力所可與爭。太原南多險阻，今懸軍深入，後無援應，一或失敗，盡隳前功，不如北結突厥，南結唐朝，南面稱孤，最為上策。」武周不聽，及敗奔突厥，方泣語君璋道：「不用公言，竟至如此。」嗟何及矣。君璋隨武周奔突厥，武周被殺，突厥命君璋為大行臺，統領武周部曲，後來引突厥攻代州，為刺史王孝德擊退，唐屢遣人招降，一再抗命，且進擾馬邑及太原，至突厥漸衰，方率所部降唐，得拜安州都督，兼芮國公，竟得貴顯終身，這且擱過不提。

且說世民既平定太原，上書報捷，靜待後命。高祖命李仲文為并州總管，唐儉為并州道安撫大使，留鎮晉陽，促世民班師回朝。世民奉詔還都，飲至受賞，不消細表。高祖召宴群臣，酒酣與語道：「今薛劉二寇，已皆剿滅，此外如王薄郭子和蔣弘度徐師順李義滿綦公順等，均次第來降（借高祖口中，敘入群盜，以省筆墨），唯竇建德王世充，負固恃強，屢寇邊境，建德且虜朕從弟淮安王及朕妹同安公主，朕絕不與干休，現擬先討建德，後討世充。」世民獨進言道：「世充殘虐，神人共憤，臣意擬先行往討，一面與建德暫行議和，令歸我皇叔皇姑。俟世充平後，移軍北指，建德如肯投誠，不必說了，否則再剿未遲。」先討世充，名正言順。高祖道：「建德若肯歸我弟妹，自當先討世充了。」及宴飲已畢，乃派使赴洺州，與建德修好，索還淮安王神通及同安長公主。

原來神通曾為山東安撫大使，防禦建德。建德竟連陷邢滄洺相等州，神通不能拒，往依黎陽李世勣，且令慰撫使張道源鎮守趙州。建德進薄趙州城下，道源與總管張志昂，登城拒守，禁不住敵軍猛撲，竟被攻入。兩張巷戰不支，一併成擒。建德叱令斬首，國子祭酒凌敬道：「人臣各為其主，彼堅守不下，實是忠臣。大王若將他殺死，奈何策勵臣下？」建德乃將二人釋縛，留居軍中，再引兵趨衛州，前隊過黎陽三十里，李世勣遣騎將邱孝剛，率二百騎偵探敵蹤，途中與建德相遇，孝剛素善馬槊，自恃驍勇，即突擊建德，建德敗走，後軍進援建德，孝剛寡不敵眾，竟至戰死，建德遷怒黎陽，引兵還攻，城中不及預防，突被攻陷。淮安王神通，竟被擄去，同安公主為高祖胞妹，本嫁隋刺史王裕，寓居黎陽，也為所擄。還有祕書丞魏徵，曾奉高祖命招降世勣，羈留未返（事見第六回），至此亦作了俘囚，世勣倉猝走脫，連家屬都不及攜奔。建德拿住世勣父蓋，迫令招降，世勣得了父書，默想多時，方還見建德。建德令世勣為左驍衛將軍，仍守黎陽，唯留蓋為質，授魏徵起居舍人，館待神通及公主，復自督兵攻滑州。滑州刺史王軌，正擬守城，驀為怨奴刺死，攜首獻建德軍前。建德問明原委，大怒道：「奴敢殺主，悖逆極了。」即令左右縛奴處斬，仍返軌首至滑州，囑令合屍以葬。建德頗知仁義。吏民感悅，即日請降。嗣是附近州縣，統望風輸款，並豫州盜徐圓朗，亦致書投誠。

建德乃還都洺州。世勣仍欲歸唐，恐禍及乃父，謀諸故人郭孝恪。孝恪道：「君新附竇氏，動必見疑，計唯先為立功，俾他信任，然後可圖反正呢。」世勣乃襲破嘉縣，進擊新鄉，擄世充將劉黑闥，押獻建德。建德大喜，署黑闥為將軍，且嘉獎世勣。世勣復請取孟海公所據曹戴二州，建德遂遣妻兄曹旦，率眾五萬，往會世勣，並言將親自策應。世勣聞曹旦傳言，擬俟建德至營，掩殺了他，乘勢奪還父蓋，及建德土地歸唐，那知待了數日，並不見建德到來。曹旦又侵掠河南，人民交怨，世勣忍耐不住，率部眾襲曹旦營，偏曹旦預先防備，無隙可乘。自思不便再留，即與郭孝恪等數十騎奔唐。建德聞世勣西去，不過長嘆數聲，群下請速誅徐蓋，建德道：「世勣唐臣，為我所虜，不忘本朝，也是忠臣的素志，我何忍罪及乃父呢？」竟釋蓋不誅。

唯與羅藝一再交兵，始終不克。大將軍王伏寶，勇冠軍中，免不得侮弄諸將，諸將因此挾仇，誣稱他有叛志。建德信為真情，遽令處死。伏寶大呼道：「陛下奈何聽信讒言，自斬左右手呢？」建德仍以為誑語，竟把他梟首示眾。這是建德第一錯著。嗣是失一驍將，戰數不利。可巧唐使到來，貽書通好，建德恰也情願，許將淮安王神通及同安公主，偕唐使同歸，一面起兵二十萬，復攻幽州，仗著兵多將勇，四處緣梯，鼓譟登城，不意背後忽突入敵軍，悍鷙絕倫，銳不可當。建德部下，立腳不住，當然倒退。城內復殺出羅藝，自率精兵來攻建德，建德倉皇失措，不及收軍，慌忙返走；那踴躍登城的將士，也下城竄去，腳生得長的，還幸逃性命，稍遲一步，便做了無頭鬼，橫屍城下。看官道建德背後的敵軍，從何而來？其實就是城中二薛。薛萬均兄弟，因見建德大舉前來，自恐不能堅守，乃募敢死士百人，鑿通道地，潛行而出，掩至建德後面，一陣痛殺。又得羅藝出來夾攻，便將建德擊退，羅藝乘勝薄建德營，建德已招集全軍，填塹出戰，麾眾奮鬥，究竟藝兵寡力單，殺不過建德，只好敗回城中。建德復進兵圍城，藝與萬徹萬均等，勉力捍禦，且遣使告急漁陽，求發援兵。漁陽為高開道所據，自稱燕王，他本滄州人氏，世業煎鹽，隋末朔方盜起，也糾眾作亂，始據北平，繼陷漁陽。適懷戎僧人高曇晟，戕官據縣，自號大乘皇帝，以尼靜宣為后，建元法綸，和尚配尼姑，確是相當。遣使與開道約為兄弟，開道引眾往從，留居三月，竟掩殺曇晟，並有懷戎部曲，尼姑皇后，如何發落？可惜史中不載。也居然改易正朔，署置百官。既接羅藝來書，樂得發兵揚威，自率二千騎馳救幽州。建德見援兵到來，恐再蹈覆轍，也即退還。羅藝出迎開道，入城宴敘，席間勸開道歸唐，開道也即照允，遂因藝遣使進表，願作唐藩。唐封藝為燕郡王，開道為北平郡王，均賜姓李氏，藝與開道，各受冊封，轄境如故。

是時唐高祖因東和建德，弟妹來歸，即遣秦王世民，督諸軍討王世充。世充曾屢寇唐境，多不能下，反失去愛將羅士信。李君羨田留安，依次投唐。唐以士信驍勇，命為陝西道行軍總管，隨世民東征。世民即用為先鋒，進圍慈澗，王世充聞唐軍東下，派兄弟子姪等，防守各城，且恐群下叛亡，特立厲禁，一人失蹤，全家具戮。即此一法，已足致亡。自將戰兵三萬，援慈澗城。世民親率輕騎，往偵世充，途中猝與相遇，眾寡不敵，竟為所圍，乃左右馳射，箭無虛發，射斃世充部下數十人。世充驍將燕琪，躍馬來刺世民，相去數步，但聽箭簇一響，已是應聲而倒，立被唐軍擒住。世充知不可取，引兵退去。世民馳還營中，翌日率步騎五萬，直抵慈澗，援應士信，守兵駭散，棄城歸洛。世民驅軍入城，因派遣諸將，分道進兵。行軍總管史萬寶，自宜陽南入龍門，將軍劉德威，自太行東圍河內，上谷公王君廓，自洛口斷敵餉道，懷州總管黃君漢，自河陰攻回洛城，四路偏師，奉令而去。世民自督大軍，連營北邙，步步進逼，且傳檄各郡，勸令速降。洧州長史張公謹與刺史崔樞，舉城歸附，鄧州土豪，也執世充所署刺史，獻俘軍前。總管黃君漢一軍，用舟師襲破回洛城，連下二十餘堡，世充子玄應，趨攻回洛，連日不克，於是世充自統銳卒，列陣青城宮，來敵世民。世民隔水置陣，與他相對。世充遙語世民道：「隋室傾覆，唐帝關中，鄭帝河南，世充未嘗西侵，王獨舉兵東來，是何用意？」世民令宇文士及應聲道：「四海以內，皆奉大唐正朔，獨公執迷不悟，為此前來問罪。」何不責他殺逆事，想是投鼠忌器，所以諱言。世充又道：「天下擾亂，已歷數年，長安洛陽，各有分地，若相與罷兵講好，豈不甚善？」世民又使士及回應道：「我只奉詔取東都，不聞令我講好，公若解甲歸降，當可保全富貴，否則決一勝負，不必多言！」世充乃默不復語。相持至暮，各自退歸。既而顯州總管田瓚，舉所部二十五州降唐。瓚系楊士林長史，士林擊敗朱粲，奉表唐廷，獻漢東四郡版籍，唐命為顯州道行臺。士林陽受唐封，暗中卻南通蕭銑，北結世充。唐正欲遣將往討，士林已為瓚所殺，竟向世充處請降。世充令為顯州總管。至是瓚聞唐軍大舉，屢敗世充，乃復舉屬地歸唐。自是襄漢聲聞，與世允絕不相通。唐總管史萬寶，進攻甘泉宮，王君廓又進拔轘轅，河南大恐，各州縣相率來降。

世民在軍，每夕必檢查將士，忽不見降將尋相，並前時河東降卒，亦多亡去。尋相與尉遲恭曾同時歸降世民，至尋相一逃，尉遲恭當然遭嫌。屈突通殷開山等，竟將尉遲恭拿下，入帳白世民道：「敬德（注見前）驍勇絕倫，恐滋後患，不如趁早殺卻，借杜禍根。現已拿至帳下，聽候處決！」世民瞿然道：「二君以尋相叛去，遂疑及敬德麼？要知敬德若叛，必不落尋相後。今敬德尚存，顯見得無叛志呢。」說至此，即趨出帳外，親與釋縛，又引入臥室內，取金相贈道：「丈夫意氣相期，勿以小嫌介意，必欲他去，此金可作路資，聊表袍澤誼，我怎肯因讒害正呢？」尉遲恭聞言下拜，不禁涕泣道：「大王如此相待，恭非木石，寧不知感，誓為大王效死，厚贈實不敢受。」世民扶他起身道：「將軍果肯屈留，金不妨受。」尉遲恭仍然固辭，世民乃道：「留此以作後賞。」恭拜謝而退。世民真善於馭將。

隔了一宿，世民率五百騎巡行戰地，猝遇王世充掩至，步騎不下萬餘，為首的乃是單雄信，手持長槊，來刺世民。世民忙拔刀招架，怎奈短不敵長，幾乎手忙腳亂，突來了一員大將，從刺斜裡橫戳雄信，雄信墜馬，由他部下救去。那來將護住世民，馳出戰線；再率騎兵還戰，出入世充陣中，左挑右撥，橫厲無前。屈突通復引大兵繼至，來援那將，一番酣鬥，斬首至千餘級。世充喪膽竄去，留冠軍大將軍陳智略斷後，那將追趕過去，趁手一槊，立將智略擊落馬下，由唐軍活捉而來，乃收兵回寨，進謁世民。世民起座迎勞道：「眾將疑公必叛，我謂公無他意，相報竟這般速麼？」遂賜他金銀一篋，那將方才拜受。究竟那將是誰？看官不必多猜，便可知是尉遲敬德。當下檢驗俘虜，除陳智略外，獲得排稍兵六十名，俱稱願降。世民安插已畢，復來了敵將張鎮周，亦入營投誠，均由世民推恩錄用。嗣是遠近聞風，爭相趨附。杜才幹以濮州降，楊慶以管州降，魏陸以滎州降，王雄以陽城降，王要漢以汴州降，徐毅以隨州降，接連是許亳十一州，都來請降。

轉眼間已是武德四年，梁州總管程嘉會，亦率部眾來降。世民復招撫淮南杜伏威，助剿世充。伏威本齊州人，與同裡輔公祏，亡命為盜，出沒江淮，據有歷陽，自號吳王。及得世民招諭，乃輸款唐廷，受唐封冊，即遣部將陳正通徐紹宗率精兵二千，來助世民，攻下大梁。世民復挑選精騎千餘騎，均著皂衣玄甲，分為左右隊，令秦叔寶程知節尉遲恭翟長孫為偏帥，自為統帥，每戰即作為衝鋒，無堅不破。屈突通竇軌等，按視行營，為世充所襲，幾至敗衄。世民聞警，急率玄甲兵往救，馳入敵陣，好似蒼龍攪海，駭浪奔騰，殺得世充棄甲曳兵，逃歸洛陽。世充子玄應，因攻回洛城不下，移戍虎牢，至是聞世充敗歸，亦收運儲粟，拚命還洛。簡直是同去就死了。世民乃使宇文士及，馳還長安，奏請進圍東都。高祖准奏，並語士及道：「返語爾王，如得洛陽，乘輿法物，圖籍器械等，可收取來朝。子女玉帛，悉賜將士。」士及受命，還白世民。世民仍移軍青城宮，壁壘未立，王世充已率健卒二萬，出臨谷水，負險列陣，唐將皆有畏心。世民駐營北邙，登高遙望，下語諸將道：「賊勢窮了，悉眾前來。僥倖一戰，我今日若得破他，他自然不敢再出了。」此語寓激勵意，所以釋諸將之疑慮。遂召屈突通入帳，令率步卒五千，渡水挑戰，臨行時授以要語道：「如已交鋒，速即縱煙，我當親來接應。」通唯唯而去。

世民令將士裹甲以待，自己專瞭望煙起，俄見隔岸有青煙一縷，飛入雲霄，因即一躍上馬，當先馳去。將士等魚貫而進，踴躍渡河，與通合軍力戰。世民欲知敵陣厚薄，獨率數十騎冒險突入，從陣前殺到陣後，眾皆披靡。驀見前面有長堤阻住，只好退轉，仍從敵陣中殺回。那時人自為戰，不能相顧，世民與從騎相失，隨身只一邱行恭，世充部下，有數騎來追，且用強箭射世民。世民身上，好似有神祇護衛，箭不能入，偏馬竟中箭欲踣，險些兒將世民掀翻，虧得世民先已跳下，才免傾跌，馬竟倒斃。世民專喜冒險，若非神助，恐亦難免。行恭忙回馬接箭，箭一到手，發無不中，接連射斃數人，追騎不敢徑前，乃下馬授世民轡，請他上馬，自在馬前步行，手執長刀，距躍大呼，砍死敵人複數名，始得突陣而出，返入大軍，再行督戰。世充亦麾眾死鬥，兩下裡鼓聲大震，又混戰了三四個時辰，忽散忽合，屢蕩屢決，世充才不能支持，引兵退去。世民乘勝追殺，直抵東都，事有湊巧，羅士信已屠滅千金堡，王君廓亦襲據虎牢城，各有捷報到來。世民喜道：「世充失去二險，差不多似甕中鱉、釜底魚了，洛陽雖堅，怕不為我所取麼？」遂四面圍攻，晝夜不息，城中守禦甚嚴，大砲飛石，足重五十斤，擲至二百步，強弩似車輻，硬簇似巨斧，射遠且至五百步。唐軍受著矢石，無不立倒，世民射書諭降，守將屢欲內應，均被世充察出，一律殺死。還有世充所署的御史鄭頲，自願削髮被緇，亦為世充所疑，斬首市曹。世民屢攻不下，又貽世充書，曉諭禍福，亦不見報。唐將士多疲敝思歸，總管劉弘基請班師，世民搖首道：「目今大舉前來，無非為一勞永逸起見，東方諸州，已望風款服，唯洛陽孤城，尚未能下，我料他亦不能久持，功在垂成，奈何棄去？」言之甚是。乃下令軍中道：「洛陽一日不破，大軍一日不還，敢言班師者斬！」諸將乃不敢復言。嗣接高祖密敕，亦令世民退軍，世民遣封德彝入朝，囑他面奏道：「世充只有一城，智盡力窮，旦暮可克，今若還師，賊勢復振，更相連結，將來轉勢大難圖了。」德彝受教而去，忽接到東方警報：竇建德起兵十萬眾，來援洛陽，管州被陷，刺史郭士安遭害，滎陽陽翟等縣，亦多失守；建德部眾，水陸並進，不日將到此地了。唐將士均相顧失色，連世民亦頗費躊躇，正疑慮間，有巡官入報導：「夏主竇建德遣使致書，現來使靜候營外。」世民道：「引他進來。」巡官去後，即引來使入見世民，正是：

目擊危城如累卵，笑看外使枉投轅。

欲知來使如何致詞？且看下回敘明。

隋末群雄，鄭夏最強，然竇建德非王世充比也，建德起自漳南，投入戎伍，位不過百人長耳，與世充之居高官，食厚祿者，本不相同。及奉表皇泰，擒誅化及，為隋討逆，師出有名。且虜淮南王神通，暨同安公主，仍以賓禮相待，毫不侮辱。他如誅王軌奴，不殺李世勣父，其識量毋亦過人乎？唐與通和，即還舊俘，假令安居河朔，長此修睦，唐亦無隙可乘，何至遽滅？惜乎其志不堅定也。世充大逆不道，敢鴆嗣君，罪不亞於化及，秦王世民，決議東征，而夾水一語，未嘗聲討，得毋以掩耳盜鈴，內省不能無疚耶？但大兵一至，河內瓦解，不仁者寧能得國？其得苟延數年，猶幸事也。故本回敘述建德，不掩其長，所以原建德之猶善。至敘述世充，極言其敗，所以嫉世充之不仁。

第九回　擒渠殲敵耀武東都　奏凱還朝獻俘太廟

卻說秦王世民，見了來使，問明姓名，叫做李大師，曾在建德處充任禮部侍郎，當由他呈上一函，經世民拆閱畢，不禁微笑道：「來書欲我退軍潼關，返鄭侵地，試想我軍到此，已將一載，費去了若干糧餉，喪亡了若干軍士，才得這數十郡縣，今洛陽旦夕可下，反勸我退兵還地，能有這般容易麼？」大師道：「貴國既有志安民，不應窮兵黷武，還是得休便休，罷戰修和，一來可休息兵民，二來免傷動和氣。」世民聽到末語，激動三分怒意，便瞋目道：「鄭夏本系敵國，我滅世充，與爾國何干？今爾國前來勸阻，究是何意？」大師道：「敝國為休兵息民起見，所以遣大師前來致書，代鄭請和，殿下若不肯俯從，敝國現已發兵，不便收回了。」世民更怒道：「爾國出兵，我亦何怕？」說至此，即喝令左右，將大師牽至帳後，羈住軍中，一面召僚佐會議，諸將多面面相覷。統是飯桶。郭孝恪獨進言道：「世充窮蹙，勢將出降，今建德遠來相救，這是天意欲亡他兩國，我軍可據住武牢，伺間而動，必能破敵。」言未已，又有一人接口道：「世充保守東都，府庫充實，部下皆江淮精銳，很是耐戰，只因缺了糧餉，所以困守孤城，坐以待斃。若建德來與合兵，輸糧相濟，恐賊勢益強，戰爭不了，今請分兵困住洛陽，深溝高壘，休與爭鋒，大王親率驍銳，先據成皋，以逸待勞，決可破滅建德，建德既破，世充自下，不出兩旬，兩虜酋俱就縛了。」確是妙算。世民視之，乃是記室薛收，便答道：「君言甚善，我意亦作此想，即當照行。」蕭瑀屈突通等，聞世民言，且上前勸阻：「請退保新安，依險自固。」世民駁斥道：「建德新破孟海公，將驕卒惰，不足一戰。我出據武牢，扼他咽喉，他果冒險來爭，我自有法抵禦。若逡巡不進，不出旬月，世充必潰，城破兵強，氣勢自倍，一舉兩克，即在此行，否則賊入武牢，諸城新附，必不能守，兩賊併力，與我相爭，我軍尚能自固麼？」蕭瑀等乃默然而退。世民召回屈突通，令佐齊王元吉，圍住東都，不得浪戰，自率李世勣程知節秦叔寶尉遲敬德等，共三千五百騎，東趨武牢去了。

看官！你道竇建德何故救鄭？原來世充屢戰屢敗，早遣兄子代王琬及長孫安世，往河朔乞援，建德本與世充有嫌，互相侵伐，至是亦不願赴援，偏中書侍郎劉彬進勸建德道：「天下大亂，唐得關西，鄭得河南，夏得河北，鼎足三分，互相牽制。今唐舉兵臨鄭，自秋涉冬，唐兵日增，鄭地日蹙，唐強鄭弱，勢必不支，鄭亡必將及夏，我亦不能自保了。不如解仇除忿，發兵援鄭，夾擊唐軍，唐若敗退，鄭可襲取，合兩國兵士，乘唐疲敝，攻入關中，天下亦不難統一呢！」良心太狠，反足致亡。這一席話，說得建德鼓掌稱善，便召入鄭使，允發援兵。唯因孟海公占據周橋，恐他乘虛來襲，俟剿平孟海公，然後出師。琬與安世，拜謝而去。建德遂出兵赴周橋，擊孟海公。海公系濟陰人，好弄拳棒，不喜文字，隋末群盜紛起，他也聚眾為盜，占據曹州的周橋，自稱錄事。因地居偏闢，無人注目，被他安住了六七年，及建德兵到，海公不識好歹，就率眾與他對仗。建德兵經過百戰，海公兵統是烏合，一經交戰，勝負立分。海公逃回周橋，被建德一鼓攻入，把他活捉了去，立刻殺死，餘眾皆降。建德留降將戍周橋，遂率眾西趨，陷管州，拔滎陽陽翟等縣。兵遵陸行，糧從水運，途次遇著鄭將郭士衡，系是王世充弟世辯差來，有兵數千，迎接建德。建德進至成皋東原，築宮板渚，作為行轅，一面遣報世充，一面致書唐營，不亟進兵，便是失著。尚眼巴巴的專待李大師歸報，痴心妄想。哪知唐秦王世民，已帶著驍騎，歷北邙，過河陽，徑入武牢來了。

建德待使未至，遣偵騎出營探望，甫經三裡，見前面有騎士四人，為首的執弓，隨後的執槊，威風凜凜，控馬前來，偵騎還疑是巡卒，正要動問，忽聽得一聲大喝道：「我是秦王，你等看箭！」語音未了，箭聲已到，一騎便撞落馬下，餘騎慌忙逃回。原來世民既入武牢，即率五百騎來探敵營，沿途設伏，留李世勣程知節秦叔寶等，分頭伏著。單領尉遲敬德，及從騎二人前進。至射死敵騎一名，兩從騎請世民回馬道：「敵騎還報，必有大軍來攻。不如速返！」世民顧敬德道：「我執弓矢，公執槊，雖有百萬敵騎，亦怕他什麼？」此言亦未免太誇。正說著，前面塵頭大起，有五六千騎，馳逐而來。兩從騎不覺失色，世民從容道：「汝兩人不必驚慌，儘管返行，我自與敬德斷後。」於是勒馬以待，看敵騎將至，即引弓注射，每發一箭，必斃一敵，敵三卻三進，世民復射斃數人。敬德舞槊前迎，也刺殺敵騎十餘人，敵騎不敢進逼。世民反佯作怯狀，逡巡退卻，那敵騎不知是計，一擁追來，才經裡許，伏兵猝發，世勣等上前奮擊，斬首三百餘級，擒住敵將殷秋石瓚，餘眾竄去。世民乃收兵回營，作書報建德道：

趙魏之地，久為我有，今為足下所侵奪，不情孰甚？但以淮安見禮，公主得歸，故相與坦懷釋怨，世充前與足下修好，已嘗反覆，今亡在朝夕，更飾詞相誘，足下乃以三軍之眾，仰哺於人，千金之資，坐供外費，甚非策也。今前茅相遇，已遽崩摧，郊勞未通，能無懷愧。故抑止鋒銳，冀聞擇善，若不獲命，恐後悔且難追矣，幸足下垂察焉！

書成後，遣人齎遞建德，建德不答。嗣是兩人相持，屢有戰事，建德毫無便宜，反失去許多人馬，唐將王君廓又率輕騎千餘，截擊建德餉道，把建德大將張青特，擒了回去，建德方有懼意。祭酒凌敬獻議道：「唐兵現據武牢，勢難前進，為大王計，不如統兵渡河，攻取懷州河陽，戍以重兵，然後張旗鳴鼓，逾太行，入上黨，徇汾晉，趨蒲津，據河東以窺關西，最為上策。」建德道：「我若往取河東，洛陽還能不亡麼？」凌敬道：「依臣言，卻有三利：唐兵俱在洛陽，我得乘虛入境，師出萬全，這便是第一利；拓地可以得眾，形勢益強，兵不疲敝，這便是第二利；我軍既入唐境，唐兵必還救關中，鄭圍自然得解，這便是第三利。失此機會，曠日持久，恐洛陽必亡，我軍亦將坐困了。」此計若行，唐軍且疲於奔命，鄭夏何至偕亡！建德沉吟良久道：「卿言亦是。」方說此語，那鄭使代王琬及長孫安世，又來乞援，一入帳前，即拜倒地上，泣請速進。彷彿是催命符。弄得建德忐忑不定，只好應允進兵。琬與安世，方才起身，留住建德營內，一日三催，且暗把金帛饋送諸將，託他敦促建德。諸將俱入白建德道：「凌敬書生，何知戰事？大王宜急速進兵，無庸遲疑！」建德乃下令進攻武牢，凌敬忙入諫道：「大王奈何不用臣言？」建德道：「眾議皆主張進兵，這是天助成功，定期大捷，卿言不便相從。」敬嘆道：「不用臣言，大王休得後悔！」建德怒起，竟令左右將敬扶出，自己踱入宮中。

建德妻曹氏，也隨軍到此，上前相迎，見建德面有慍色，便問明情由。建德略述數語，曹氏道：「祭酒所言甚善。今大王乘虛入河東，不患不克，若再連結突厥，西抄關中，唐必還師，鄭圍自解。若在此屯留，老師費財，何日可成？望大王詳察！」建德道：「這非婦女所能知，你若聽信婦女，何至於死。我為救鄭而來，鄭正危急得很，我乃捨此就彼，豈非失信？且將士亦疑我畏敵了。」遂不從曹氏語，即於次日調齊兵馬，自板渚出牛口，列陣達二十里，鼓行而進。唐將士見建德勢盛，恰也有些膽怯。世民帶領尉遲敬德等，登一高邱，立刻遙望，半晌才道：「賊起山東，未嘗遇著勁敵，今雖結成大陣，我看他部伍不整，紀律不嚴，徒然靠著人多，有何益處？我且按兵不出，待他銳氣已衰，陣久兵饑，勢且自退，乘此追擊，無不獲勝。今與諸公預約，過了日中，必能破敵了。」敬德等皆唯唯如命。

那竇建德輕視唐軍，遣三百騎渡過汜水，直薄唐營，且大呼道：「唐營中如有勇士，請出來決鬥！」叫了數聲，但見唐營開處，走出一員大將，領了二百長槊兵，前來搏戰，旗幟上面寫著一個斗大的「王」字，才知他是王君廓。君廓與夏兵交鋒，約有幾十個回合，不分勝負，各自引還。不意尉遲敬德躍馬出營，隨身只有二騎，一是高甑生，一是梁建方，竟追躡夏兵背後，逕抵建德陣前。可巧鄭使代王琬，騎著隋煬帝所乘的青鬃馬，昂然立著，他正看夏兵歸營，毫不防備，猛聽得一聲道：「哪裡走？」餘音未畢，那身子不知不覺，被別人抓了過去，剩下坐騎，也有人牽住，此時急呼救命，由夏陣內馳出數騎，聞聲赴援，偏見了鐵騎鐵甲的唐將，正是持槊的尉遲敬德，不由的倒退數步。敬德擒住王琬，高甑生牽住琬馬，竟安安穩穩的馳還大營。原來世民望見建德陣前，立著王琬，騎著一匹良馬。遂指示敬德，說了好馬二字。敬德即自請往取，世民禁他不住，他竟與高梁二將，控馬過去，連人帶馬都擒奪過來。世民恐敬德有失，亟令宇文士及，領著三百騎接應敬德，且與語道：「若敬德已歸，汝可繞出敵陣，由東馳歸，敵若堅壁不動，速即馳還，毋輕惹禍。」仍是一個誘敵計。士及領計前行，途次接著敬德，見他立功而歸，當然欣慰，就趁勢往繞敵陣。敵兵爭來攔截，士及不與鏖鬥，但奪路東去。世民早已瞧入眼中，且見夏兵多向河飲水，或散坐陣前，便指麾眾將道：「賊勢已懈，急擊勿遲！」世民敗敵，專用此策。李世勣程知節秦叔寶等，一聞將令，便即出馬先驅，世民也不願落後，挺身前往，餘軍依次隨著，渡過汜水，直搗夏陣。

建德因日已過午，軍不得食，正召集將士，商議行止，忽聞唐軍到來，不及整列，忙令騎兵出戰，自率步兵退後，依踞東坡。世民瞧著，命竇抗領兵繞擊建德，自與尉遲敬德等攔殺騎兵，一陣搗亂，把敵騎殺得零零落落，盡行散去，再乘勝前進。適值竇抗被建德擊退，勢將不支。世民大呼突陣，敵皆披靡，還有淮陽王李道玄（系高祖從兄子），挺身陷敵，直上南坂，穿過敵陣，復自敵陣殺還，中矢如蝟，勇氣不衰。唯馬負重傷，不能再用，世民給他副馬，令勿再入敵中，一面督軍大戰，塵氛滾滾，天日皆昏。程知節秦叔寶及西突厥人史大奈等，卷旆齊進，衝出敵後，復張起大唐旗號，飄揚天空。夏兵相顧錯愕，頓時大潰。唐軍追奔三十里，斬首三千餘級，建德為槊所傷，竄匿牛口渚中，唐車騎將軍白士讓楊武威兩人，已是瞧著，驟馬趕來，嚇得建德渾身亂抖，連馬上都坐不安穩，正要向蘆林中躲避，已被士讓追及，一槊刺中馬股，馬負痛一蹶，立將建德掀下。士讓再用槊刺建德，建德忙搖手道：「休要殺我，我便是夏王，若能相救，富貴與共。」呆話。士讓本不認識建德，因見他金甲燦爛，料非常人，所以窮追不捨，偏建德自行供認，喜得心花怒放，一躍下馬，把建德捆住，帶回營中。這番廝殺，夏國十數萬雄兵，死的死，逃的逃，尚有五萬人作了俘虜，就是世充長孫安世，及世辯將郭士衡，統被擒住。

世民收軍升帳，檢點敵囚，那白士讓楊武威上帳獻功，報稱拿住竇建德。世民大喜，即令將建德推入，建德立而不跪，世民冷笑道：「我自討王世充，干你甚事？你卻越境前來，犯我兵鋒，今日何如？」樂得嘲笑。建德對答不出，反說兩句趣語道：「今不自來，恐煩遠取。」既已被捉，還想乞憐，建德何無英雄氣？世民復笑了一笑，令把建德置入囚車，然後將所有俘虜，悉數遣還鄉里，再派將士往視板渚，只有虛設的一座行宮，裡面已寂無一人了。將士返報後，世民遂押著建德，回抵洛陽城下，用鞭指建德囚車，仰呼城上道：「王世充！你看囚車裡面，是什麼人？便是來救你的竇建德。」世充正在城樓，向下一瞧，果見一人悶坐囚車。便問道：「囚車內是否夏王？」建德道：「不必說了，我來救你，先作囚奴，你真害得我好苦呢。」言畢泣下。世充也不禁垂淚，正欲出言相答，那唐營內復牽出囚車三乘，被囚的便是兒子琬、長孫安世，及郭士衡，一時愁上加愁，痛上加痛，險些兒立腳不住，墮下城來。世民復指示世充道：「你若不降，我即要將他斬首。」世充嗚咽道：「且慢！我當出降，大王肯許我免死麼？」世民道：「准你免死！」世充乃下城，召諸將集議，有說是不如出走，有說是不如死戰，弄得世充又復懷疑。湊巧長孫安世，由唐軍放他入城，力勸出降，世充乃改著素服，率領太子群臣，共二千餘人，開城迎降。見了世民，俯伏流汗，頓首謝罪。一蟹不如一蟹，但不殺世充，得毋由是。世民卻以禮相待，命他引入城中，當令蕭瑀等封好府庫，籍收金帛，頒賜將士，又複查核降將罪惡，得段達王隆崔洪丹薛德音楊汪孟孝義單雄信楊公卿郭什柱郭士衡董睿張童兒王德仁朱粲郭善才等十餘人，罪跡較著，俱縛至洛水上，一一處斬。人民獨仇恨朱粲，爭拾瓦礫，投擊粲屍，須臾如塚。何不將他屍寸斬，喂飼豬狗？世民觀隋宮殿，不禁長嘆道：「逞侈心，窮人慾，怎得不亡？」乃命撤端門樓，焚乾陽殿，毀則天門闕，廢諸道場，再傳檄大河南北，諭令速降。除州行臺王世辯，繫世充弟，聞世充降唐，並接到檄文，遂舉徐宋十三州，至河南道安撫大使任環處請降。建德妻曹氏，與左僕射齊善行等，遁還洺州，餘眾議立建德養子為主，再圖規復。善行謂不如降唐，乃出金帛盡賞兵士，悉數遣歸，自奉建德妻曹氏，及右僕射裴矩，行臺曹旦等，齎著傳國八璽，並破宇文化及時所得珍寶，乞降唐廷。他如魏徵等人，早已入關，仍作唐臣。淮安王神通，乘勢慰撫山東。徇下二十餘州，於是鄭夏兩國的土地，盡為唐有。

世民奏凱還朝，共率鐵騎萬匹，甲士三萬人，分作前後兩隊，沿途鼓吹，返入長安，詔令獻俘太廟，然後將建德世充牽至殿階，候高祖發落。高祖御殿，先召入世充，世充跪下，三呼萬歲，復磕了好幾個響頭。高祖叱道：「汝殘虐不仁，朕已早聞，最可恨的是殺我降臣李公逸張善相，非將汝正法，無以慰冤魂。」世充又叩首道：「臣罪原應伏誅，但秦王已許臣不死了。」是時秦王世民在側，高祖顧語道：「有是語否？」世民應聲道：「卻有是說。」高祖又道：「朕非必欲誅世充，但杞州總管李公逸，越境來朝，被世充邏捕殺死，伊州總管張善相，自李密伏誅，即舉州來歸，為朕竭力守城，世充屢次往攻，朕無暇發兵往援，致遭陷害。善相不負朕，朕負善相，至今回思二臣，很是悼惜。今既獲住世充，不誅何待？」借高祖口中，補敘李公逸張善相事，但不責其篡弒之罪，究屬非當。數語說畢，把那世充的靈魂，已嚇得不知去向，只是抖個不住。世民也覺不忍，竟替他代請道：「仁主網開三面，還乞明察！」世民不免多事。高祖乃令將世充暫禁，再召建德入殿，建德雖然下跪，卻不似世充的哀求，高祖責他背盟敗約，他竟俯首無言，於是也將建德囚住。越二日，竟下了一道詔命，竇建德斬首東市，王世充赦為庶人，挈族徙蜀。臣下便依詔奉行，總計建德起兵至滅，凡六年，世充篡位至滅，凡三年。後人譏高祖不誅世充，獨斬建德，未免失刑。小子也有詩詠道：

罪同罰異本非宜，亂賊當誅更有辭。
怪底唐廷成倒置，誤刑誤赦啟人疑。

世充將行，偏有一將出報父仇，把他殺死，自首請罪，究竟此人為誰，且待下回敘明。

竇建德之援王世充，不當援而援者也。建德嘗稱臣皇泰，皇泰主為世充所弒，是建德與世充，應有不共戴天之仇。奈何大舉往援乎？況與唐修和，口血未乾，遽爾背好與惡，不信孰甚？乃惑於劉彬之說，竟欲學卞莊刺虎之技，自以為智，實則甚愚。迨凌敬獻議而復不從，曹氏進言而又不悟，外有良臣，內有賢妻，反至以身殉仇，誅死東市，謂之不愚得乎？建德被擒，世充自蹙，素服出降，勢有必至，故本回詳於建德，而略於世充，唯建德可赦而不赦，世充當誅而不誅，唐高祖之貽譏後世也宜哉。

第十回　下江東梁蕭銑亡國　戰洛南劉黑闥喪師

卻說王世充奉詔徙蜀，出居雍州廨舍，正要啟程，忽有數騎持敕而入，令世充出外跪讀。世充即與兄世惲趨出，剛要下跪。突有數人下馬，拔出腰刀，將他兄弟殺死。看官道是何人？原來是定州刺史獨孤修德，帶領兄弟來報父仇。他父名機，嘗事越王侗，越王被弒，機欲誅逆歸唐，為世充聞知，屠戮全家，幸修德弟兄寓居長安，才得免害。修德仕唐，得為定州刺史，既聞世充被擒，只望高祖將他正法，偏偏有詔特赦，頓令他無從洩冤，當下想出一法，詐傳上命，往殺世充。既已得手，遂上書自首，情願受罪。其跡可誅，其情可憫。高祖因他父忠子孝，特別減輕，但飭令免官罷了。還算明白。世充子玄應，及兄世偉，相率就道，行至中途，密圖叛亡，被監吏察覺，飛奏唐廷，詔令一體就戮，於是全族誅夷。篡弒之報。這且不必細表。

且說河朔已平，竇氏餘眾，散歸鄉里，就中驍桀諸徒，仍然暋不畏死，糾眾橫行。地方官吏，免不得遣役往捕，加以捶撻，因此益生異心，官吏恐他肇禍，當即奏聞。有詔召竇氏故將入京，范願董康買曹湛高雅賢等，名均在列。大家私相聚議，范願先開口道：「王世充舉洛降唐，大臣如段達單雄信等，均就誅夷，我輩若入長安，想亦同彼一轍，試思我輩自十年以來，身經百戰，九死一生，今何惜餘年，不再起事？且夏王得淮安王，待以客禮，釋歸唐闕，唐得夏王，立即殺死，我等均受夏王恩厚，今不替他報仇，既無以對夏王，復無以見天下士，自問豈不惶愧麼？」高雅賢接入道：「誠如君論，我因官役時來偵察，欲將家屬他徙，偏這班狐群狗黨，先已聞風，把我家眷捕去數人，虧我不在家中，才得脫身，今又來給我入京，明明是置我死地。同是一死，何不他圖？」董康買曹湛等都齊聲贊成。當下謀舉主帥，議久未決，問諸卜筮，謂當以劉氏為主。雅賢道：「漳南劉雅，非夏主舊將麼？我等便去請他出來便了。」遂偕往漳南，同見劉雅。雅問為何事？大眾以密謀相告。雅搖首道：「天下方才安定，我但求耕田種桑，做個老百姓罷了，不願再談兵事。」語卻有理。雅賢等變色道：「這般說，是不願出去麼？」雅亦奮然道：「這是由我自便。」雅賢等又逼一句道：「你不願去，是沒有故人情誼了，我等亦將與你無情。」雅即起立道：「你等與我無情，亦屬何妨。」說至此，不防范願竟拔出腰刀，向雅亂斫，餘眾亦趁此動手，雅只赤手空拳，如何對敵？眼見得是不能活了。大眾既殺了劉雅，一鬨而回。范願復提議道：「前漢東公劉黑闥，勇略冠群，性又仁善，我嘗聞劉氏當王，今欲收夏王亡眾，共舉大事，非此人不可。」乃再往見黑闥。黑闥亦漳南人，初屬李密，繼歸王世充，復降竇建德（見第八回）。建德用為將軍，封漢東郡公。及建德敗死，回裡務農，適在園中鋤菜，驀見范願等攜手前來，便即迎入室中，問明來意。范願略述祕謀，黑闥稍稍遜讓，經高雅賢再行敦促，因即樂從。當下宰殺耕牛，與同飲食，定計聚眾得百人，便襲據漳南縣城，戕官發粟，招徠舊黨，不到數日，有眾數千。又進攻鄃縣，貝州刺史戴元祥，魏州刺史權威，合兵往援，黑闥用埋伏計，誘入檻阱，兩刺史同時敗死，兵械俱為所虜，黑闥遂設壇漳南，立建德神主，率眾祭告，大意是「起兵復仇」四字。乃自稱大將軍，出兵東向，攻陷歷亭，殺守將王行敏。饒陽盜崔元遜，襲據深州，殺刺史裴晞，響應黑闥，兗州盜徐圓朗，自洛陽平定後，已拜表降唐，授爵魯國公，兼兗州總管，至是也與黑闥連和，自稱魯王。兗鄆陳杞伊雒曹戴諸州土豪，陸續趨附，山東大震。

是時唐廷方欲南下江陵，命夔州總管李孝恭（高祖從姪），大造戰艦，練習水軍，指日待發。偏值山東警報，絡繹前來，乃令淮安王神通為山東道行臺右僕射，宣撫各郡。將軍秦武通，定州總管李玄通，會同幽州總管李藝（即羅藝），共討黑闥，東師已發，乃下南軍（南征蕭銑，較黑闥為遲，而平定恰先於黑闥，故從此間插入）。南軍為討蕭銑而發，銑系梁宣帝蕭詧曾孫（見首回），為隋蕭后親屬，煬帝任為羅川令，隋末為巴陵校尉董景珍等所推，尊為梁王，改元鳴鳳，服色旗幟，皆如梁舊。起兵五日，遠近歸附，已達數萬人。未幾又自稱皇帝，徙都江陵，封董景珍以下功臣七人為王，召鄧州人岑文字為中書侍郎，委曲機密，遣魯王張繡出徇嶺南。郡縣多降，再令部將蘇胡兒取豫章，楊道生取南郡，威振一方。凡南自交趾，北距漢水，西至三峽，東達九江，俱為所有，勝兵達四十萬，武德二年，楊道生進寇峽州，為唐刺史許紹擊退。銑又遣將陳普環，率舟師入峽，復經許紹邀擊西陵，據險破敵，擒住普環。銑心終不死，尚屯兵安蜀城，窺視巴蜀。高祖命李靖經略夔州，因為銑兵所阻，久不得進，詔令許紹責靖逗留，處以死罪，紹代為奏解，靖才得免。既而董景珍弟謀亂，事洩被誅。景珍已出守長沙，懼罪降唐。銑令張繡攻景珍，珍登城語繡道：「功成者死，君豈不聞，為怎麼相攻呢？」繡不肯聽，竟麾眾圍城，城內食盡，景珍欲突圍出走，為部下所殺。銑以繡為尚書令，繡未免驕盜，又為銑所殺。自是功臣諸將，漸漸離心，兵勢日弱一日。敗亡之象。

唐峽州刺史許紹，復拔梁荊門鎮，黔州刺史田世康，又下梁五州四鎮。李靖遂獻取梁十策，上達唐廷。高祖即命趙郡王李孝恭為夔州總管，整練舟師，李靖為行軍總管，兼孝恭屬下長史，委以軍事。武德四年秋八月，孝恭閱兵夔州，巧值秋汛暴漲，江水泛濫，靖勸孝恭速即進兵，諸將多以為非。靖勃然道：「用兵全尚神速，今我軍初集，銑尚未知，若乘著江漲，順流東下，掩他不備，我料銑不及施防，定為我所擒了。」觀李靖言，才知前日阻兵，並非有意逗留。孝恭大為讚賞，便奏請出師日期，自率戰艦二千餘艘，與李靖等即日東下，越荊門宜都二鎮，直抵彝陵。銑將林士弘，駐兵清江，毫不裝置，被舟師一鼓搗入，獲住戰艦三百艘。士弘踉蹌走脫，由唐軍追奔至百里洲，再與士弘接戰，又得大勝，長驅入北江。江州總管蓋彥舉，以五州來降。銑方罷兵營農，聞唐師猝至，倉猝徵兵，一時未能遽集，只好調齊宿衛兵士，前來拒戰。孝恭將與交鋒，靖力言不可，偏諸將一齊請戰，靖說道：「銑為救敗計，悉銳來拒，此鋒殆不可當。不若泊舟南岸，堅持不動，待他銳氣已衰，或分兵歸守，那時出去奮擊，庶可得志。」秦王世民善用此策，李靖所言亦然，英雄所見，大略相同。孝恭不從，留靖守營，自率銳師出戰，果然敗走，退保南岸。銑眾散駛江心，收掠軍資，靖見他艦隊散亂，獨請往攻，孝恭方悔不用靖言，至此自然照行，遂令靖督兵出擊。銑兵正四散掠取，不意唐軍殺來，大家逃命要緊，還有何心戀戰？靖縱兵追逐，殺敵無算，乘勝直抵江陵，衝入外郛，分兵拔水城，大獲戰艦，盡令散擲江中。諸將又動起疑來，共來語靖道：「所得敵艦，正足利用，奈何棄擲江流，反為敵有？」靖笑道：「諸君有所未知，今蕭銑屬地，南出嶺表，東距洞庭，我懸軍深入，若攻城未破，援兵四集，我且表裡受敵，進退兩難，雖有舟楫，亦無用處。今將敵舟散擲，令沿江而下，彼遠來援兵，必疑是江陵已破，未敢輕進，往來探伺，動淹旬日，待彼察悉，我已早拔此城了。」的是妙計。遂下令圍城。銑在城中，日望援兵到來，哪知援兵已中靖計，望見沿流舟楫，果然懷疑不進，交州總管邱和，長史高士廉，司馬杜之松等，來朝江陵，因見全城被圍，嚇得倒退，竟詣孝恭處請降。銑內外阻絕，惶急萬分，商諸岑文字，文字勸銑出降。銑乃語群下道：「天不祚梁，勢難再支，若必待力屈乃降，恐滿城生靈，必遭塗炭，奈何為我一人，貽害百姓？罷罷！不如早日出降便了。」群下都相顧無言。銑乃以太牢入告太廟，然後下令出降，守陴皆哭。銑率群臣緦縗布幘，至唐營謁見孝恭，慘然道：「有罪唯銑一人，百姓無罪，請免殺掠！」婦人之仁。孝恭滿口答應，及入城，諸將竟欲大掠，孝恭亦模稜兩可，岑文字入白孝恭道：「江南人民，遭隋虐政，更兼群雄相爭，受苦不堪，日夜延踵跂頸，仰望真主，今王師到此，所以蕭氏君臣，決計歸命，為民息肩，今若縱兵俘掠，士民失望，恐從此以南，處處阻礙，無復向化了。」孝恭稱善，乃嚴申軍令，禁止殺掠。諸將又言：「敵將拒鬥，死有餘辜，應籍沒家資，賞給軍士。」李靖亟勸阻道：「王師入境，應使義聲載道，彼為主而死，實是忠臣，奈何與叛逆同科呢？」恭孝亦依言申禁，城中安堵，雞犬不驚，南方州縣，聞風款附。援兵來了十數萬，亦皆解甲歸降。孝恭乃送銑至長安，高祖面加詰責，銑長嘆道：「隋朝失鹿，群雄共逐，銑無天命，因致失算，若以為罪，也無所逃死了。」比王竇二人，恰高出一籌。高祖竟命斬都市。總計銑建國號梁，五年而亡。孝恭受命為荊州總管，請得封永康縣公，兼上柱國，招撫嶺南。銑部將劉洎李礱志等，皆舉城率眾，乞降靖前，連南方酋領馮盎等，亦多令子弟入謁，南方悉平。

杜伏威歸唐後，助世民平王世充（見第八回），唐授伏威為東南道行臺尚書令，兼江淮安撫大使，仍封吳王。聞唐又平定南方，更欲借公濟私，屢出兵擊李子通。子通沂州人，素業漁獵，有膂力，先依長白山盜左才相，得部眾萬人，才相敗死（了過左才相），子通南奔，渡淮依杜伏威，嗣與伏威有嫌，自往海陵，潛兵襲伏威營。伏威敗走，子通復移眾攻江都，逐去太守陳稜，自稱皇帝，建元明政。伏威記念前仇，嘗遣輔公祐攻子通，陷丹陽，進屯溧水，子通率眾迎戰，一再失利，並因糧食已盡，遂棄了江都，走保京口，嗣復轉入太湖，收集散卒二萬人，往襲沈法興。法興曾為吳興郡守，因隋亂起事，糾眾掩入毗陵，再下江表十餘州，自署江南道總管。武德二年，僭號梁王，改元延康。平時橫行殺戮，將士離心，突聞子通兵至，相率嘩散。法興不得已，退奔吳郡。賊帥聞人遂安，遣部將葉孝辯往迎，法興隨孝辯趨會稽，忽萌悔意，竟欲襲殺孝辯，孝辯偏已覺著，麾眾圍住法興，法興無法可施，投江溺死。自法興起兵至此，僅歷三年。李子通得據有法興屬地，餘威復振。伏威又遣王雄誕往擊。雄誕為伏威養子，素有勇名，與子通交戰蘇州，子通走保獨松嶺，雄誕命偏將陳當世，乘高據險，多張旗幟，夜間縛炬林中，照徹山谷，嚇得子通晝夜不安，毀營南走，退入餘杭，雄誕進薄城下，四面猛撲，子通料不可守，開城出降，被雄誕執送伏威，伏威轉獻唐廷，高祖赦子通罪，賜宅給田，令居京師，後來子通謀叛，亡命藍田，為關吏擒獲，才致伏法。子通僭號七年而亡（了結沈法興李子通，回應第七回）。新安賊帥汪華，據有黟歙等縣，已有數年，至是也為雄誕擊敗，窘蹙請降。就是聞人遂安，進據崑山，又由雄誕單騎招降。於是淮安江東，盡屬伏威。

獨高開道本已降唐，受封北平郡王，因聞劉黑闥勢盛，復密與連結，自稱燕王，一面通使突厥，為自固計。此時唐廷已出征黑闥，無暇顧及高開道。黑闥勢日猖獗，唐淮安王神通，及李藝等合兵往擊，均為所敗。黑闥復進陷瀛州，殺刺史盧士睿，再陷定州，執總管李玄通。玄通引刀自刺，潰腹而死。又陷冀州，殺刺史麴稜。趙魏境內，所有竇氏故將，爭殺唐吏，響應黑闥，黎州總管李世勣，屯戍宗城，聞黑闥率眾來攻，自恐力不能敵，急往洺州，途次被黑闥追及，所率步卒五千人，不值黑闥一掃，還虧世勣命不該絕，才得孑身奔走，那時顧命要緊，還有何心顧及洺州？眼見得全城失守了。黑闥到了城下，築壇東南，先告天地，次祭建德，然後入城，嗣是下相州，取黎州，入衛州，才閱半年，已將建德舊境，一律收復。又遣使北連突厥，作為外援。唐將軍秦武通，洺州刺史陳君賓，永年令程名振，俱自河北遁歸長安，高祖也覺著急，只好再令秦王世民，及齊王元吉，共赴山東，再討黑闥。時已為唐武德五年。黑闥自稱漢東王，改元天造，定都洺州，用范願為左僕射，董康買為兵部尚書，高雅賢為左領軍，凡竇建德故將，悉復舊位，一切行政，均遵故制。

適值秦王世民，鼓勇而東，先將相州奪還，再進軍肥鄉，列營洺水南岸，逐層進逼。幽州總管李藝，也率兵數萬，來會世民。黑闥留范願守洺州，自領精兵拒藝，暮宿沙河，世民遣程名振夜運大鼓，共六十具，至城西二裡堤上，一齊槌擊，頓時鼓聲大震，響徹遠近，連城中都搖動起來。好一條疑兵計。范願大驚，遣人馳告黑闥，黑闥慌忙還城，但遣弟十善，與行臺張君立，率兵萬人進戰，到了徐河，與藝兵一場角鬥，大敗而逃。洺水人李玄感，舉城降唐，世民使王君廓入城，與玄感共守，黑闥還攻洺水，因城在水上，不便進攻，就從東北兩隅，築二甬道，濟兵薄城。世民引兵往援，直至三次，均被黑闥擊回，乃召諸將問計。李世勣已在軍營，便進言道：「賊築甬道，已將告成。若達城下，城必不守，不如令君廓突圍出來，再作計較。」言未已，有一少年自請道：「末將願往守城。」世民見是羅士信，便道：「將軍雖勇，奈城已垂危，恐不能守。」士通道：「城存與存，城亡與亡。」死計決了。世民乃登城南高塚，張旗招君廓回營，且遣士信接應，士信率二百騎前往，正值君廓殺出，由士信助了一陣，君廓得還，士信馳入，黑闥又復圍攻，夜以繼日，接連至八晝夜，士信衣不解甲，目不交睫，專在城上督守，才免攻陷。偏老天降下大雪，全城皆白，目為之眩，黑闥乘機攻入，士信尚挺著長矛，刺死敵目數人，敵眾都為辟易，奈身上已迭受重創，不能再戰，策馬返奔。因大雪迷漫，急不擇路，竟陷入泥淖中，敵眾四面競集，無從脫身，被他擄去。黑闥愛他驍勇，勸令歸降。士信大罵道：「黑賊！羅將軍肯降你麼？」遂被殺死，年才二十餘歲。士信齊州人，初歸李密，既降王世充，至奔唐後，竟為唐盡忠，這也所謂士死知己呢（俗小說中，有羅成一人，想是羅士信誤傳）。世民因為雪所阻，不得往救，及聞士信殉難，很是悼惜，乃購屍殮葬，追謚曰勇。

黑闥又進兵挑戰，世民與李藝合營，堅壁不動，尋探得敵將高雅賢，在營中置酒高會，乃潛遣李世勣出兵襲擊，殺入雅賢營內。雅賢時已酣醉，乘馬出戰，為世勣部將潘毛所刺，墜落馬下，正要梟他首級，被雅賢部下救去，但已是氣息奄奄，頃刻斃命。世民又遣程名振斷敵糧道，鑿沉黑闥糧船，焚去黑闥糧車，黑闥尚不肯退，兩下相持，直達六十餘日。世民料黑闥糧盡，必來決戰，乃潛使人堰洺水上流，令他監守，且諄囑道：「待我與賊戰，然後決水，勿誤勿忘！」黑闥果然渡水南來，進壓唐營，世民自統精騎，破他前軍，復搗入後隊，與黑闥相遇，黑闥督兵死戰，自午至暮，鬥至數十百合，漸漸的支撐不住。黑闥部將王小胡，語黑闥道：「智力盡了，不如早還。」黑闥遂與小胡先遁，餘眾尚未聞知，勉力格鬥，不防洺水大至，泛濫兩岸，竟把黑闥部眾，漂去了數千人。還有一半留著的，不及逃奔，被唐兵立刻殺盡，黑闥渡過洺水，手下只有二百騎，自知不足敵唐，竟北奔突厥去了。正是：

胡兒慣納逃亡客，帝子又成偉大功。

世民竟擊走黑闥，山東復平，乃移軍討徐圓朗，欲知戰事如何，請看下回便知。

討蕭銑者為李孝恭李靖，而李靖之功為大，孝恭不過因人成事而已。討劉黑闥者為秦王世民，齊王元吉，而功實出自世民一人，於元吉殊無與焉。是回於江東一役，詳述靖謀，而孝恭特連類及之，功有攸歸，不相掩也。洺南一役，獨述世民，不及元吉，功有專屬，不容混也。彼如李子通沈法興高開道等，乘便插入，本屬依時敘事之法，但亦俱有線索可尋，互相聯繫，是非讀書得間，安能穿插無痕乎？閱者試靜心觀之，當知著書人之苦心矣。

第十一回　唐太子發兵平山左　李大使乘勝下丹陽

卻說秦王李世民，移軍討徐圓朗，圓朗大懼，不知所措，河間人劉復禮，語圓朗道：「彭城有劉世徹，才略不凡，且有異相。可作帝王，將軍若欲自立，恐終無成，不若迎他為主，指揮天下，定可成功。」圓朗頗以為然。即遣使赴浚儀，禮迎世徹，不料又有人諫阻圓朗，引李密殺翟讓事，作為證據，惹得圓朗又疑惑起來。為圓朗計，迎劉世徹，原是不合。至世徹率眾馳至，留待城外，滿望圓朗出迎，不意圓朗卻召他入謁，他知圓朗變計，意欲亡去，更恐圓朗出兵追擊，反為不妙，沒奈何入城進見。圓朗令為司馬，將他部眾留住，但命親卒數百人，同他東往，招撫譙杞二州。東人聞世徹名，無不歸附，事為圓朗所聞，益加猜忌，竟將他召還，刺死了事。

唐秦王世民，正欲進擊兗州，忽有朝使到來，促令入朝，乃將兵事屬齊王元吉，自己馳驛入都，及謁見高祖，具陳圓朗可取狀，高祖因復遣詣黎陽，會大軍趨濟陰，連拔十餘城，聲振淮泗，不料詔命又下，復令班師。已伏後事。世民不敢違慢，只得令淮安王神通，及行軍總管李世勣任瓌進攻兗州。哪知劉黑闥借到突厥兵士，又復長驅南下，來攻山東，於是淮安王神通，不得不移兵防禦，就是幽州總管李藝，也奉詔助攻黑闥。偏黑闥進兵甚猛，就是舊屬曹湛董康買等人，亡命鮮虞，也聚眾來會，先攻定州，繼陷瀛州，刺史馬君武被殺。神通自知不支，急請濟師，有詔令淮陽王道玄為河北道行軍總管，與行臺民部尚書史萬寶，協同討賊，再命齊王元吉，作為後應。道玄年才十九，負勇使氣，引兵三萬，直抵下博，一面約萬寶繼進。萬寶含糊答應，密語部將道：「我奉手敕，曾雲淮陽小兒，恐致債事，軍務俱委老夫。今王輕躁妄進，若與他同出，必致盡陷，不如以王餌敵，王若失利，賊必爭進，我堅陣待著，乃可破敵。」言已，遂約束軍士，不准輕出。陷死淮陽，咎有專歸。道玄總道他來援，大膽前驅，適有泥淖在前，傳令三刻逾溝，自把馬韁一扯，兩足一夾，便一躍過去。部兵不敢落後，也陸續逾溝；才越半數，那劉黑闥竟帶領大眾，漫山遍野而來。道玄不及整列，未免著忙，但已碰著大敵，也只可拚出性命，上前抵敵。說時遲，那時快，黑闥鼓眾直前，立把道玄圍住。道玄仗著勇力，左衝右突，大呼殺賊，可奈敵眾越來越多，衝開一層，又有一層，衝開兩層，又有四五層，看看手下將盡，自身也受了數創，索性從敵眾最多處，闖將進去，格斃了數十人，大吼一聲，噴血而亡。寫道玄之戰死，懍懍有神。部眾失了主帥，當然大潰，一大半為賊所殺。這時候的史萬寶，方整軍出來，但見前面潰兵，紛紛竄回，隨後便是劉黑闥大眾，大約有四五萬，統是雄糾糾的大漢，亮晃晃的利械，不由的害怕起來。萬寶方下令進戰，偏軍士不依號令，反向後倒退，害得萬寶也沒有主見，只好策馬返奔。敵眾乘勢追上，好似泰山壓頂一般，唐軍不及逃走的，都冤冤枉枉的送了性命。萬寶不死，尚無天道。秦王世民，聞到敗耗，不禁唏噓道：「道玄嘗從我征伐，見我嘗深入賊陣，也不顧利害，冒險輕試，誰料也竟因此斃命呢。」一面說，一面流涕。高祖也為悲悼，追贈左驍衛大將軍，謚曰壯。何不加罪史萬寶？

自道玄敗死，山東震駭，洺州總管廬江王瑗棄城西走，州縣又降附黑闥，不到半月，黑闥已盡復故地，仍據洺州，作為都城。齊王元吉，及淮南王神通，都逡巡畏縮，不敢向前，高祖欲再遣世民出征，只心中卻有些遲疑，一日一日的延宕下去，可巧太子建成，自請東征，頓時喜溢龍顏，立授他為山東道行軍元帥，所有河南河北諸州，並受建成節制，建成奉旨，自歡歡喜喜的啟程去了。就中卻有一段別情，待小子略行表明：原來秦王世民，屢建奇功，受封天策上將，位居王公上，開府置屬。世民延攬文豪，共得一十八人，俱號為文學館學士。所有十八人姓名籍貫，列表如後：

杜如晦（杜陵人）。房玄齡（臨淄人）。虞世南（餘姚人）。褚亮（錢塘人）。姚思廉（萬年人）。李元道（隴西人）。蔡允恭（江陵人）。薛收（汾陰人）。薛元敬（收從子）。顏相時（萬年人）。蘇勖（武功人）。于志寧（高陵人）。蘇世長（武功人）。李守素（趙州人）。陸德明（蘇州人）。孔穎達（衡水人）。蓋文達（信都人）。許敬宗（新城人）。

這十八個學士分為三番，輪流值館。世民暇時，常至館中討論文籍，徹夜不倦，且令閻立本影像，褚亮作贊，時人稱為十八學士登瀛洲，便是這處的出典（特別表明）。太子建成，及齊王元吉，陰忌世民，且因高祖起兵時，曾與世民面約，立為太子，及受禪即位，將佐復以為請，經世民一再固辭，方立建成為太子。建成性耽酒色，又好遊獵，元吉酷肖乃兄，並且加甚，高祖屢加訓斥，且有易儲的意思。建成惶懼得很，遂與元吉協謀，共傾世民。高祖晚年，又多內寵，妃嬪生子，不下二十人，內有張尹二妃，便是晉陽宮內入侍的二姝，妖柔善媚，尤得高祖歡心。是兩個開國功臣，理應加寵。尹德妃生子元亨，封酆王，張婕妤生子元方，封周王。建成元吉，諂事妃嬪，各有饋遺不絕，至對著尹張二妃，更為曲意奉承，甚至略跡言情，無微不至。一語夠了。獨世民不屑內交，就是遇著二妃，亦不過一揖了結，所以宮禁裡面，統稱讚建成元吉，未嘗說及世民。

至世民平洛，高祖遣妃嬪數人，赴洛陽選閱宮女，並收檢府庫珍物，妃嬪等有私求，世民一律拒絕。淮安王神通有功，世民撥給公田數十頃，偏張婕妤的父親，也羨此田，令婕妤轉求高祖。高祖未悉前情，竟下敕指給。神通因世民已有教令，占先不占後，毅然不與。張婕妤遂入訴道：「奉敕賜妾父田，秦王偏奪給神通，未知何意？」高祖遂怒責世民道：「我的詔敕，難道尚不及汝的教令麼？」世民料有讒言，但亦不欲遽辯，含糊謝罪。高祖餘恨未平，復語左僕射裴寂道：「此兒久握兵權，為書生輩所教壞，不似前日的恭順了。」尹德妃父阿鼠，倚勢作威，秦王府屬杜如晦，行經阿鼠家門，被豪奴拖落馬下，毆折一指，且詈道：「汝系何人？敢過門不下馬麼？」如晦狼狽回府，方訴知秦王。那宮監已傳秦王入宮，既見高祖，即遭呵責道：「我妃嬪家，尚為汝左右所陵侮，況下民呢？」世民據實陳明，高祖終未肯信，將他叱退。開國之主，尚且如此。無怪夏桀商辛。張尹二妃，因讒間得行，越發裝嬌撒痴，說得世民一錢不值。且白高祖道：「皇太子仁孝，陛下應把妾母子，託附與他，必能全保。」何如賜為太子妃？高祖信為真言。嗣因世民入宮侍宴，見諸妃嬪環列座前，未免憶念生母，背地下淚。尹張等復交譖道：「海內無事，陛下春秋已高，宜尋宴樂，獨秦王侍宴下淚，料他深意，定是憎嫌妾等，陛下萬歲後，妾等母子，必不為秦王所容，所以妾等前日，曾願陛下囑託太子哩。」高祖勸慰數語，遂日親建成元吉，漸與世民相疏，就是世民東討圓朗，忽召忽遣，忽遣忽召，無非是懷疑的見端。

還有太子中允王珪，及洗馬魏徵，也恐世民功高，將奪儲位，因勸建成道：「秦王功蓋天下，中外歸心，殿下但因名分居長，得就東宮，此時不立大功，恐未能鎮服海內。今劉黑闥亡命餘生，復據東土，脅從無多，人心未定，殿下可自請出征，討平殘孽，借取功名，且結識山東英俊，作為指臂，庶幾儲位得安了。」建成依計請行，魏徵等一同隨往。途次接得相州桓州的警電，接連被陷，倒也驚心。嗣得魏州總管田留安捷報，說已擊破黑闥，擒住莘州刺史孟柱，收降敵卒六千人，於是放心前行，會同齊王元吉，直向魏州出發。是時山東州縣，多應黑闥，上下相猜，人心離怨，唯田留安待遇吏民，坦然不疑，嘗語吏民道：「我與爾曹，均為國禦賊，應該同心協力，必欲棄順從逆，可斬我首，自去求取富貴。」吏民聞言，皆涕泣誓死。內有黑闥舊黨苑竹林，陰懷異志，由留安察悉情偽，反引置左右，好言慰諭，委以管鑰。竹林竟因此感激，願為所用。黑闥連攻數次，均被擊走。不沒田氏。

至建成元吉，行至昌樂，黑闥即引兵來爭，兩次列陣，均未交鋒。魏徵語建成道：「前破黑闥，所有賊將，都掛名處死，妻子系虜，所以餘眾尚存，統為盡力。今宜悉釋俘囚，一律慰遣，彼等既得生機，何必自投死路？此離彼散，黑闥自無能為了。」釜底抽薪，莫善於此。建成立即照行，果然黑闥部下，逐日散去；更兼糧食已盡，不能再持，遂乘夜遁走，至館陶永濟橋，橋尚未成，不得徑渡。建成元吉，率大軍從後追趕，將至橋旁，為黑闥所見，令王小胡背水為陣，自督兵火速造橋。橋已粗成，即策馬奔過橋西，眾遂大潰，多半棄仗降唐。唐軍渡橋追黑闥，才過千人，橋忽崩壞，黑闥得率數百騎遁去。建成收軍回營，遣騎將劉弘基，率萬人窮追黑闥。黑闥日夜奔走，不得休息。及至饒陽，從騎只百餘人，俱有饑色。饒州刺史葛德威，開城出迎，黑闥不欲入城，由德威再三固請，乃隨入城中，暫憩市間。當有官役持送酒食，黑闥狼吞虎嚥，大喝大嚼，正在興高采烈的時候，驀見德威引兵到來，一聲吆喝，便把黑闥等圍住，拿得一個不留。黑闥弟十善，也同時獲住，送詣大營。建成恐中途被劫，遂將黑闥兄弟等，梟首洺州，黑闥臨刑嘆道：「我本在家鋤菜，為高雅賢輩所誤，竟致此禍，悔無及了。」黑闥既平，圓朗大懼，淮安王神通，與李世勣合兵，又進攻圓朗，圓朗硬著頭皮出城，屢戰屢敗，結果是棄城夜奔，走至中途，為野人所殺，了結殘生。唐軍方移攻高開道，巧值開道部將張金樹，梟開道首，投營輸誠。有詔授金樹為北燕州都督，於是東北一帶，均已蕩平。總計劉黑闥先後僭號凡三年，徐圓朗僭號亦三年，高開道僭號共六年，爝火微光，終歸消滅（再作一束，了過三盜始末）。

李藝杜伏威，陰憚唐威，先後入朝稱賀。高祖封藝為左翊衛大將軍，伏威為太子少保，兼行臺尚書令，均暫留京師，伏威素與輔公祏友善，親若昆弟，軍中亦稱公祏為伯父，畏敬與伏威相等。唐封伏威為吳王，公祏亦得受封為舒國公，既而伏威令養子闞稜為左將軍，王雄誕為右將軍，推公祏為僕射，表面上是尊重公祏，暗中實奪他兵柄，令二養子監製左右。公祏知伏威意，也託言學道闢穀，藉端自晦。以假應假，也是好看。及伏威入朝，留公祏守丹陽，令雄誕握兵為副，且密囑雄誕道：「我至長安，如不失職，毋令公祏為變。」雄誕允諾。哪知伏威一去，公祏即欲舉事，可巧雄誕有疾，遂詐為伏威書，囑代掌兵，一面遣私黨西門君儀，嗾使雄誕助己為逆。雄誕聞兵權被奪，正疑伏威食言，及與君儀會談，才知公祏詐計。竟從床上躍起道：「天下方定，吳王又在京師，大唐所向無敵，奈何無端為逆，自求滅族呢？雄誕今若從公，不過誕生百日。大丈夫怎可偷生惜死，自陷不義？為語輔公，不敢從命。」君儀返報公祏，公祏即發兵至雄誕寓中，將他拿下，用帛勒死。雄誕雖忠，可惜無才。公祏又詐稱伏威不得南還，貽書令起兵北向，遂大修鎧仗，厚積糧儲，居然自稱宋帝，遣部將徐紹宗侵海州，陳正通寇壽陽，用故人左遊仙為兵部尚書，兼越州總管，處置軍務。

唐廷聞報，即命趙郡王孝恭，率舟師趨江州，嶺南道大使李靖，率交廣泉桂步兵趨宣州，懷州總管黃君漢出譙亳，齊州總管李世勣出淮泗，四路會齊，同討公祏。孝恭將發，與諸將宴集，命吏取水，忽變為血，諸將皆相顧失色。孝恭談笑自如，且語諸將道：「這是公祏授首的預兆，令人喜慰，何有他慮？」孝恭此言，頗有大將材。遂調集戰艦，即日起行。途次聞黃州總管周法明，為洪州總管張善安所殺，不禁失聲道：「善安也從賊麼？盜心未改，恰是可憂。」嗣復接到捷音，乃是安撫使李大亮，已誘執善安，送往長安，又喜語諸將道：「公祏已失去右臂，可保無虞了。」看官道張善安是何人？他本是個兗州賊帥，兗州平後，降唐為洪州總管，至公祏叛命，陰與聯繫，據住夏口。周法明出兵黃州，進屯荊口鎮，夜在戰艦中飲酒，善安恰令軍士扮作漁人，潛上周船，將法明刺死。李大亮聞法明被刺，即領兵往攻洪州，與善安隔水遙語，諭以禍福。善安道：「善安初無反意，只為將士所誤，逼我至此，今若再降，恐終不免禍，奈何？」大亮道：「張總管既有降心，便與我同是一家了。」因單騎渡水，徑至善安軍前，與善安攜手共語，示無猜嫌。善安大喜，情願悔過投誠。大亮與約而歸，善安也率數十騎詣大亮營，大亮禁從騎入門，只引善安入談。善安語畢欲辭，忽大亮背後，閃出武士數人，竟將善安拿住。從騎倉皇遁回，召集全營，來攻大亮。大亮令人示諭道：「我未嘗羈留張總管，張總管恐回營以後，將士或有異心，因自願留住，君等何故恨我？」絕妙好辭。善安部眾聽了此言，但痛罵張善安，說他賣眾媚人，遂陸續散去。大亮即遣人押送善安，徑往長安去了。

孝恭聞報後，兼程疾進，連破公祏守兵，拔鵲頭鎮，復下梁山等三鎮，公祏遣部將馮慧亮陳當世等，領舟師三萬，屯守博望山，陳正通徐紹宗率步騎三萬，屯守青林山，再就梁山下面的江路，連線鐵鎖，阻住來船，並在兩岸築城結壘，屹成巨障。孝恭與李靖進次舒州，李世勣引步卒逾淮，拔壽陽，次硤石，慧亮等堅壁不戰，孝恭遣奇兵斷他糧道，敵營遂慮乏食，夜出襲孝恭營，孝恭早已預備，也還他一碗閉門羹，敵無從逞技，只好引還。越日，孝恭集諸將議事，諸將皆前請道：「慧亮等擁兵據險，急切未易攻下，不若直指丹陽，搗他巢穴。丹陽一破，慧亮等不降何待？」孝恭頗欲依議，李靖獨出阻道：「公祏精兵，雖多在此地，但手下健卒，料尚不少，今博望諸柵，尚不能拔，公祏保據石頭，難道反容易攻取麼？若我軍進攻丹陽，旬日不下，慧亮等躡我後塵，腹背受敵，豈非危道？靖看慧亮正通，皆百戰餘賊，本意非不欲戰，但因公祏立計，令他持重，意欲老我師徒，乘懈來擊，我今先用羸卒誘他出來，然後驅精兵壓賊，一舉便可蕩平了。」說至此，正值伏威部將闞稜到來，孝恭即差人迎入。原來闞稜隨伏威入朝，受命為越州都督，伏威病歿京師，高祖令他撫綏部曲，及助討公祏，所以奉命南下，來見孝恭。孝恭大喜，當下命羸兵先攻賊壘，自勒精兵結陣，在後待著。果然正通等出兵來追，才經裡許，即遇孝恭大軍，那時明知中計，也只得挺身接仗，忽見唐軍中突出闞稜，免冑語敵眾道：「汝等不識我麼？敢與我戰。」敵眾多闞稜舊部，自然倒退，或且下拜。唐軍趁勢殺出，奮力向前，正通等尚想攔截，奈部眾已無鬥志，紛紛逃走，隨你正通如何驍悍，到此也敗退下去。孝恭與靖窮追數十里，斃敵無數。博望青林兩戍卒，統皆潰散。李靖遂進薄丹陽，嚇得公祏膽顫心驚，無心固守，竟潛出後門，帶了家屬，及從騎數千人，飛風般的遁去了。正是：

詐力兩窮唯出走，興亡各判在須臾。

究竟公祏能否逃生，待至下回續敘。

劉黑闥之亂，誰激之？唐高祖激之也。建德舊將，既不能殺之，又不能用之，故黑闥一起，而嘯聚至數萬人，迨既奔突厥，死灰復燃，不數月間，又得規復故地，李道玄輕進喪身，史萬寶甫戰即敗，廬江王瑗棄城遠遁，齊王元吉逗兵不進，建成才智，不秦王若，而獨得平賊者，賴有魏徵一策以解散賊心耳。輔公祏挾詐起兵，一王雄誕且不能屈，徒偽託杜伏威之貽書，號令部曲，其不足維繫眾心，已可想見。闞稜免胄相示，賊即解散，吾猶怪唐廷當日，伏威尚未病歿，何不令其作書諭眾，借杜禍萌。必待四路並進，乃得幸克，毋乃晚歟。然尚賴有李孝恭之鎮定，與李靖之智謀，才能破敵，類敘之以見二寇之易滅，及高祖之尚屬失算云。

第十二回　誅文幹傳首長安　卻頡利修和突厥

卻說輔公祏棄城出走，意欲南奔越州，因左遊仙已出任越州總管，所以有心往依。偏唐將李靖入丹陽，李世勣不肯放鬆，連夜追來。公祏奔至句容，從騎只五百人，到了天暮，投宿常州，聞部將吳騷等，擬執己獻唐，連忙斬關逃去，隨身妻子，一併棄去，只有心腹數十人，走至武康，為野人所攻，西門君儀戰死，公祏被擒，送至丹陽，立即梟斬，傳首長安。又出兵分捕餘黨，凡自左遊仙以下，多半捕誅，約計公祏僭號，僅閱六月，即就殲滅。江南皆平，高祖聞捷，大喜道：「靖係蕭輔的膏肓呢（蕭輔指蕭銑及輔公祏）。雖古韓白衛霍，無以過此。」遂授孝恭為東南道行臺右僕射，靖為行臺兵部尚書。既而行臺罷撤，孝恭改任揚州大都督，靖為都督府長史，唯張善安解入京都，廷訊時委罪諸將，自稱無辜，高祖卻也赦宥，嗣由丹陽搜得逆書，由孝恭盡行齎獻，善安明與公祏通書，無可抵賴，方才伏誅。只公祏偽造伏威的詐書，也由高祖檢視，疑為實事，即追除伏威名籍，籍沒家資。闞稜恃功不遜，為孝恭所憎，也把他所有田產，一併籍沒。闞稜不服，竟與孝恭爭論，惹得孝恭怒起，竟誣他與公祏通謀，殺死了事。伏威受枉，闞稜尤覺含冤。孝恭之罪，百口難辭。

秦王世民，頗知伏威等含冤，及即位初年，始為昭雪，發還家產，這且慢表。

且說唐高祖武德七年，中國大勢，已歸統一，所有從前盜名竊字，割據州縣諸草寇，盡行消滅，只有梁師都尚據朔方，未曾削平。高祖暫息兵爭，整頓內治，於是正官階，定學制，修刑法，官階分作數級，以太尉司徒司空為三公，次尚書、門下、中書、祕書、殿中、內侍、為六省，又次為御史臺，又次為太常、光祿、衛尉、宗正、太僕、大理、鴻臚、司農、太府，共九等，又次為將作監，又次為國子學，又次為天策上將府屬，又次為左右衛至左右領衛為十四衛，東宮置三師（即太師，太傅，太保）、三少（即少師，少傅，少保）、詹事，王公置府佐國官，公主置職司，並為京職事官，州縣鎮戍，為外執事官。文散官自從一品起，至從九品，分二十八階，武散官自從一品起，至從九品，分三十一階，大致是參照隋制，互有損益，學制有國子學（三品以上之子孫入之）、太學（四五品以上之子孫入之）、四門學（六七品之子孫及庶人之俊造者入之）、律學（八品九品之子孫及庶人之習法令者入之）、書學（習文字者入之）、算學（習計數者入之）六種，均隸屬國子監，唯崇文館弘文館等，為宗親及功臣子弟入學，不歸國子監統轄。此外如各州縣鄉，一律置學，限年畢業，按次遞升，與選舉法並行，學校以習經為主要科，選舉以命策為主要科，各有進階，不相混雜。刑法多從隋舊，十惡不赦，謀反、謀大逆、謀叛、惡逆、不道、大不敬、不孝、不睦、不義、內亂。五刑，笞、杖、徒、流、死。八議，議親、議故、議賢、議能、議功、議貴、議勤、議賓。俱依隋律。另訂十二律，名例、衛禁、職制、戶婚、廄庫、擅興、賊盜、鬥訟、詐偽、雜律、捕亡、斷獄。與隋制互有異同，此三條為立國大綱，故特別敘明。就是租、庸、調三法，亦重行訂定，人民十六歲以上為丁，每丁給田一頃。歲入租粟二石，便叫做租。丁男隨鄉所出，輸納綾絹絁綿布麻等，立有定限，便叫做庸。人民每歲應充公役二十日，如不欲充役，當酌出庸值，以日為計，每日出絹三尺，二十日須出絹六丈，便叫做調。倘或有事征發，閱十五日，將調免去，三十日租調俱免，遭小災免租，遇中災免調，遇大災租庸調俱免。士大夫既經食祿，不得與民爭利，徵取有制，海內稱便（唐立租庸調法，已見第十回中，此處再行敘及，因相傳為唐室美制故耳）。

正在整綱飭紀的時候，忽由慶州出一駭聞，乃是都督楊文幹造反，全州俱被占領了。原來楊文幹嘗宿衛東宮，與建成最相親暱，建成與世民有隙，常與文幹密謀，欲害世民，元吉亦嘗參議，且語建成道：「欲殺世民，但教弟一舉手，便足了事，何必多設謀劃呢。」談何容易。文幹很是贊成。一日，世民從高祖幸元吉第，元吉令護軍宇文寶等，埋伏室內，因潛告建成，欲踐前言。建成搖手勸止，元吉艴然道：「我不過為兄設法，與我何關得失呢？」建成道：「弟不聞投鼠忌器麼？父皇已老，倘或受驚，豈非增罪。」建成尚知有父。元吉乃止。建成私募壯士二千餘人，為東宮衛士，更調入幽州健騎三百名，分置東宮諸坊，一面薦文幹為慶州總管，暗令募選驍壯，送入長安。高祖幸仁智宮，建成居守，世民元吉皆隨行，建成語元吉道：「秦王此行，且遍見諸妃，渠多金寶，必一律賂遺，諸妃得了厚賂，總替秦王幫忙，我怎得箕踞受禍？安危大計，決諸今日。」元吉笑道：「兄前日若依弟言，此人已早除去了。」建成道：「今日父皇出行，可以舉事。」元吉問計將安出？建成附耳道：「如此如此。」元吉道：「此計甚妙。」遂與建成別去，建成即陰令郎將爾朱煥，校尉橋公山，潛運甲仗，往遺文幹，令他即速起兵，表裡相應。煥等行至中途，自恐事洩被禍，徑向高祖前告變。高祖大怒，立遣司農卿宇文穎，馳召文幹，元吉聞知，捏著一把冷汗，忙囑穎傳語文幹，令毋入京。文幹既得穎言，便道：「一不做，二不休，我不如造反罷！」遂引兵趨寧州，高祖又親書手詔，促召建成，建成大懼，不敢徑行。詹事主簿趙弘智，勸建成貶損車服，輕騎謝罪。建成左思右想，也無別法，不得已輕車減從，往抵行宮，入謁高祖，便投身委地，接連磕頭。高祖痛責一番，令左右拘住建成，監禁幕下。那寧州警報，已似雪片般到來，初說被圍，繼說被陷。高祖忙召世民問計。又要請教令郎。世民答道：「文幹豎子，有何足畏？地方有司，如不能剿滅，但遣一將往討，自可立平。」高祖道：「事連建成，恐多響應，不如由汝親行，待平賊回來，當立汝為太子，黜建成為蜀王。蜀兵脆弱，不足為變，若再跋扈，汝亦容易掃平呢。」此語亦屬失當。世民奉命即行。元吉亟賄託妃嬪，為建成緩頰，復浼封德彝勸回上意。德彝本隋室佞臣，此時竟邀高祖寵眷，往往三言兩語，得快天顏，內浸外潤，不怕高祖不為所迷，仍命建成還守京師，但責他兄弟不睦，後當痛改前非，一面歸罪王珪韋挺，及天策參軍杜淹，說他攛掇是非，並流嶲州。三人真是晦氣。世民引軍西向，才至寧州附近，文幹部眾，已是驚懼萬分，因即刺殺文幹，攜手迎降。宇文穎也被擒住，押送長安，訊明正法。至世民還軍，高祖已經還朝，並不提及易儲事。世民料知中變，付諸一笑罷了。天子無戲言，況易儲問題，關係重大，奈何輕許，又奈何輕忘？

且說東突厥主處羅可汗，既迎納蕭后，及煬帝幼孫楊政道（見第六回），便欲為隋報仇，有意南侵。更兼梁師都據有朔方，屢遣人至突厥乞師，且願為嚮導。處羅乃遣將分出，自擬督兵取并州，安插楊政道，群臣多半勸阻，處羅道：「我父失國，賴隋得立，此恩如何可忘？」（事詳第六回。）遂不聽群謀，決計親行。命駕將發，忽然生起病來，二豎為災，數日殞命。處羅有子奧射設，面醜身弱，隋義成公主，將他廢錮，另立處羅弟頡利可汗，自己又嫁與頡利，作為可敦。原來為此。堂堂帝女，四嫁胡主，太不怕羞。公主從弟善經，與王世充使臣王文素，均留居突厥，乃共白頡利道：「從前啟民可汗，為兄弟所逼，脫身奔隋，幸虧文帝救護，得還故土。今唐天子非文帝子孫，可汗應奉楊政道，南伐唐室，借報前恩。」頡利正席父兄遺業，士馬強盛，屢圖南略，一聞此言，當然樂從，遂屢次入寇。高祖以中國未寧，不欲與突厥相爭，常遣使齎書修好。偏頡利請求無厭，屢將唐使拘住，且與梁師都再四加兵，自武德四年至七年，爭戰不休，互有勝敗。唐并州總管府長史竇靜，請就太原廣置屯田，即耕即戰，秦王世民也以為請，乃依議舉行，歲收谷得數千斛，少紓邊困。但頡利總出沒無定，防不勝防，或勸高祖道：「突厥屢寇關中，無非因長安繁麗，意欲入境大掠，得償欲壑，若陛下棄此不都，把長安化作一炬，那時胡人失望，自不願再來了。」真是呆話。高祖竟信為良策，即遣宇文士及，赴襄鄧間擇都，以便南徙。太子建成，齊王元吉，又竭力慫恿，愈早愈妙。愚不可及。獨世民進諫道：「戎狄為患，自古皆然，陛下以聖武龍興，奄有中夏，精兵百萬，所向無敵，奈何因胡虜擾邊，遽欲遷都他避，這不但貽羞四海，並且遺笑千秋。願假臣兒數萬兵士，寬限歲月，保可系頡利頸，生致闕下，萬一不能，遷都未遲。」快人快語。高祖也不禁勃然道：「此言深合朕意。」當召還士及，取消此議。世民乃退。不意建成復連結妃嬪，共譖世民道：「突厥犯邊，得賂即退。秦王託詞禦寇，實欲總握兵權，為篡奪計，陛下奈何不察？」為此數語，又把高祖的心腸，似小轆轤的亂撞起來。名為開國之主，實是一個糊塗人物。

越宿，出獵城南，令建成世民元吉馳射角勝。建成有胡馬肥壯，獨喜蹶躍，遂持轡授世民道：「此馬甚駿，能超過數丈深澗，弟素善騎，試一乘何如？」世民即一躍上馬，往逐一鹿，鹿將追及，馬忽僕倒。世民不待馬蹶，已跳出圈外，待馬僕而復起，復躍上馬身，三僕三躍，毫不受傷，因旁顧左右道：「死生有命，豈是暗算所能致死麼？」建成聞言，不覺失色。至校獵已畢，又去賄託尹張二妃，尹張二妃，復向高祖饒舌，謂：「秦王自言天命所歸，將為真主，斷不至有浪死的情理。」高祖頓時大怒，先召建成元吉侍側，然後召世民面斥道：「天子自有天命，不是智力可求，汝為什麼專想此位哩？」世民忙免冠頓首，請下法司案驗。高祖怒尚未解，忽有一內監入報導：「突厥大舉入寇，前鋒已到豳州了。」恰是世民的救星。高祖被他一驚，才將怒意打消，改容慰勉世民，令他仍然冠帶，與商戰守事宜。世民道：「火來水淹，兵來將擋，臣兒願出去一戰。」高祖喜慰道：「元吉可隨同前去，可戰乃戰，可和便和。」世民元吉，同聲應命，當即出調將士，隔宿啟行。高祖親至蘭池餞別，賜世民美酒三杯，元吉一杯。世民並非小孩子，何高祖待之若嬰兒。兩人飲畢謝恩，炮聲一響，大軍啟行，高祖還蹕，世民元吉，均駕馬馳去。

將至豳州，聞突厥連營百里，氣焰甚盛，元吉已有懼意，世民令偵騎再行探明，俟得返報，說是：「頡利突利二可汗，舉國入寇，兵士確有數十萬人。」世民從容道：「兩酋同來，我自有法破他，不必多慮。」已有成算。遂驅軍再進，徑抵豳州，依城下寨。是時關中久雨，糧運阻絕，士卒又久苦征役，疲敝不堪。朝廷及軍中，均以為憂。獨世民不動聲色，措置自如。到了次日，頡利率鐵騎萬餘，奄至城西，列陣五隴坂，昂然待戰。世民顧元吉道：「今虜騎憑陵，斷不可示他怯弱，理應出營與戰。弟能與我同往否？」元吉囁嚅道：「虜……虜勢這般強盛，勿……勿宜輕出與爭。倘或失利，悔……悔不可追。」世民答道：「頡利突利，名為叔姪，實具猜嫌，突利乃始畢子，始畢傳弟處羅，處羅復傳弟頡利，兄弟相及，因致突利失位，應亦不平。頡利恐突利生嫌，因令鎮守東方，也封他為可汗。今日連兵來此，我正可就中取事。別人怕他，我卻不怕，汝不敢往，我當獨往。」知己知彼，百戰百勝（突利履歷，即借世民口中敘過）。言畢，即帶領百騎，馳詣頡利陣前，大聲呼語道：

「我朝與可汗和親，為什麼負了前約，深入我地？我便是秦王李世民，可汗能鬥，快出與我鬥，若率眾來戰，我亦不怕，我手下只有百騎，足當汝等萬人。」子龍一身都是膽，此語可移贈秦王。頡利聞言，還疑世民是誘敵計，笑而不答。已墮世民計中。世民見突利自為一隊，與頡利隔一溝水，遙對作斜角狀，因復遣騎將往告突利道：「爾前日與我同盟，有約在前，緩急相救，今乃引兵攻我，奈何沒有香火情？」別人用反間計，都從祕密處下手，世民卻故意明言，令他啟疑，用計尤妙。突利亦寂然不應。突利也墮入計中。世民又故意馳至溝旁，牽韁欲涉，頡利乃遣人來止世民道：「王不必渡溝，我來並無他意，不過欲與王更申盟約呢。」世民乃勒馬道：「可汗既欲申盟，但遣一介使臣，即足了事，何必用大兵前來？欲戰即來，欲和即退。」再逼數語，妙不可階。頡利乃麾兵少卻，會值大雨滂沱，乃各引兵還營，世民語諸將道：「胡虜所恃，唯有弓箭，今積雨連旬，箭膠俱解，弓不可用，他似飛鳥折翼，無從高飛，我卻刀槊快利，以長制短。及此不乘，尚待何時？」於是令軍士飽餐一頓，冒雨復進。且遣人往諭突利，極陳利害，突利欣然應命。頡利因世民驟出，正在驚疑，亟召突利入商，意欲出戰，突利道：「天雨未霽，運餉艱難，我軍又深入無繼，就使戰勝，亦不能深入長安，一或敗衄，禍將不測。況秦王素號能軍。未見得定是我勝，不若與他講和為是。」頡利默然，乃遣突利與部帥阿史那思摩，往見世民，申請和親。世民坦懷相待，突利甚喜，願與世民結為兄弟，彼此很是款洽，遂定盟而去。

世民收軍回朝，突厥復遣阿史那思摩入覲，高祖引升御榻，慰勞再三，並封他為和順王。思摩拜謝欲歸，詔令左僕射裴寂，偕思摩至突厥答聘，許他互市，裴寂也修好而還。無如戎狄無信，性好反覆，講和未幾，又遣將寇邊。高祖不覺動怒，顧語侍臣道：「突厥如此狡詐，朕將督大軍親征，往時通使突厥，以敵國禮相待。所以通用國書，今當改書為敕，問他何故屢擾我境，卿等可替朕草詔便了。」侍臣承旨擬敕。敕文擬定，由高祖閱過，即遣使齎遞。看官！你想頡利可汗，本是個驕矜自大的人物，驟然接到詔敕，怎肯順受？當下將唐使拘住，即發兵分寇靈相潞沁韓朔諸州。代州都督藺纂，與突厥兵交戰新城，失利而還，乃令行軍總管張瑾屯石嶺，李高遷趨大谷，分御突厥。一面向唐廷告急，高祖命秦王世民出屯蒲州，調李靖為安州大都督，出屯潞州，任瓌為行軍總管，出屯太行，李靖甫至潞州，見張瑾單身逃來，報稱全軍覆沒，連長史溫彥博，都被擒去。靖留住張瑾，行文至秦王世民，及總管任瓌，約他三路齊進，併力夾攻。世民正擬出發，忽由頡利遣使請和，願將溫彥博放還，仍敦舊好。世民正言詰責，命他速歸彥博，才准罷兵。來使唯唯而去。原來彥博被執，頡利因他職掌機要，問及唐廷兵糧虛實，彥博默不一答，竟被徙往陰山，復縱兵進逼靈州。靈州都督王道宗，兜頭痛擊，殺死虜兵數千人，頡利乃退，嗣聞秦王世民等，將會師前來，又覺惶急異常，乃遣使卑辭乞和，經世民與他定約，慌忙追還溫彥博，送歸唐營。兩下裡又算息兵，世民仍入都復旨，自是威名益著，遭忌益深。建成元吉，佯與為歡，邀世民夜宴，置毒酒中。世民哪裡曉得？及飲畢歸府，猝然心痛，喉中亦非常作癢，竟至咯血數升，臥不能起。百密未免一疏。不死還是大幸。淮安王神通，報知高祖，高祖親往問疾，由世民嗚咽陳詞，粗述情由。高祖長嘆數聲，乃語世民道：「我起自晉陽，得平中原，多出汝力，本擬立汝為太子，汝乃固辭，因立汝兄建成。現在儲位久定，不忍再易，但看汝兄弟終不相容，同處京師，暗鬥日烈，計唯遣汝出居洛陽，自陝以東，由汝作主，可建天子旌旗，如漢梁孝王故事。」大都耦國，尚為亂本，況一國中有兩天子耶？唐天子所囑諸語，俱屬謬誤。世民涕泣道：「這非臣兒所願，臣兒豈可遠離膝下。」高祖道：「這是權宜的計策，汝宜順我意計，免得相殘。」世民勉強受命。待高祖回宮，又休養了數日，病勢漸癒，乃召集僚屬，整頓行裝，專待明詔一下，即行陛辭。不料俟至兼旬，並沒有明詔下頒，眼見得是又信讒言了。小子有詩嘆道：

人心最忌是懷私，一寓私心即被欺。
況是堂堂天子貴，胡為投杼屢生疑？

究竟世民能否赴洛，且至下回表明。

建成元吉，智勇遠不逮世民，乃得此賢兄弟以為助。正應式好無尤，聯作指臂，而乃兩不相容，私結妃嬪，陰募壯士，且嗾使楊文幹之叛命，欲為表裡相應之舉，是誠何心哉？豈除去世民，即能安然為嗣皇帝，儼然作皇太弟乎？況文幹一發而即誅，勢若發蒙振落。至於出拒突厥，元吉畏縮不前，獨世民從容談笑，卒卻強胡，為建成元吉計，亦當自愧弗如，收拾邪念，乃復下毒酒中，唯恐世民不早死，骨肉成仇，一至於此，是真李氏之大不幸也。然推原禍始，實皆由高祖釀成之，立儲不慎，已為一誤，欲易儲而復不易，又為一誤。迨命世民居洛陽，又復中悔，卒至喋血宮門，手刃同氣，可勝慨歟！讀是回，可為世之父子兄弟，作一龜鑑焉。

▇▇▇▇

第十三回　玄武門同胞受刃　廬江王謀反被誅

卻說建成元吉，聞世民將往洛陽，又私自相謀道：「秦王若至洛陽，大權在手，勢更難制，不如留住長安，尚是一個匹夫，還可設法除他呢。」乃密令心腹數人，迭上封事，只說是「秦王左右，得赴洛陽消息，無不喜躍；此去恐不復來」云云。那時老昏顛倒的唐高祖，又為他所惑，竟將秦王鎮洛的囑言，擱置腦後。世民以高祖一再信讒，也自覺孤危起來。可見玄武門之禍，全是高祖激成。元吉且想出一法，欲招誘秦府驍將，使為己用。他平時所最畏懼的，是秦府中的尉遲敬德，敬德善用槊，又善避敵槊，每當出戰，輕騎入敵陣中，敵雖聚槊攢刺，終不至受傷，且往往奪取敵槊，還刺敵人，各將無不畏服。元吉亦常習槊，欲與敬德角藝，敬德請元吉加刃，自己獨把刃除去，一往一來，角逐多時，元吉恨不得將敬德一槊刺死，偏敬德似生龍活虎一般，左跳右躍，無從下手，嗣經元吉覷出破綻，兜心一槊，總道他已受創，哪知敬德是賣弄手段，故意直立，令他刺來，待至槊已接近，竟用手接住，奮力一扯，把槊奪去，元吉反剩了一雙空手。敬德復將槊給還元吉，令他再刺，元吉再刺再失，三刺三失，方不敢與敬德交手，赧顏而退（史稱敬德善槊，一再提及，俗小說中反說他用鐵鞭，不知何據）。但心中卻很是畏忌，密勸建成與他結交，私贈金銀器一車。敬德拜辭道：「敬德出身微賤，值天下喪亂。久陷逆地，幸虧秦王提拔，得事聖朝，現欲酬報知遇，尚愧未遇，至於殿下前更無功效，何敢當賜？若私許殿下，便懷二心，徇利棄忠，恐殿下亦所不取呢。」建成無詞可答，只得收回送禮。敬德轉語世民，世民道：「公心如山岳，雖積金至鬥，公亦不移。但恐非自安計，還應思患預防。」敬德受教而出。隔了數日，果有刺客在門外探望，敬德竟把門大開，安臥不動，刺客逡巡自去。建成元吉，復入訴高祖，誣言敬德有謀反意，高祖竟欲殺敬德，賴世民入朝固請，乃得免罪。元吉又譖程知節，有詔出知節為康州刺史。知節語世民道：「大王股肱羽翼，若盡被摧折，身何能久？知節誓死不去，幸早決計。」世民尚是躊躇，忽又接到詔敕，勒令房玄齡杜如晦兩人，出秦王府，於是秦府僚佐，類皆自危。長孫無忌，繫世民妻舅，與房玄齡為莫逆交，玄齡私語無忌道：「今嫌隙已成，禍機將發，不早為謀，禍及社稷。公與秦王誼關至戚，不若勸王為周公事，保全家國。存亡安危，正在今日。」無忌告知世民，世民又召問杜如晦，如晦亦勸世民從玄齡言。他如秦府門客，無不慫恿世民，速定大計。只李靖李世勣兩人，不發一言。

會突厥兵又來犯邊。建成薦元吉將兵北討，高祖遂將兵事屬元吉。元吉請調尉遲敬德為先鋒，且悉簡秦府精卒，同討突厥，敬德亟與長孫無忌，入白世民道：「大王尚不早決，禍在目前了。」世民道：「同氣相關，怎忍下手？」敬德道：「人情無不畏死，大眾願以死奉王，這是所謂天授了。天與不取，反且受殃，王奈何沾沾小仁，不顧大局？」世民默然不答。忽有率更丞（唐府官名）王晊馳入，似欲有言，因見長孫尉遲兩人在側，一時又未敢遽發。世民早已覺著，便起與王晊密談。晊說了數語，便即退出。世民因告無忌道：「適由王晊來報，謂齊王與太子定計，欲我與太子至昆明池，餞齊王北行，即就席前伏著勇士，置我死地，太子可入求內禪，齊王當立為太弟。」無忌不待說畢，便道：「先發制人，後發為人制，兩語可決了。」世民嘆道：「骨肉相殘，古今大惡，我誠知禍在旦夕，但欲待他先發，然後仗義出討，方為有名。」觀此言，可知世民亦處心積慮。敬德在旁接入道：「大王若再不聽敬德，敬德不能留居大王左右，束手就戮，請從此辭。」無忌復道：「王不從敬德言，無忌亦當相隨同去。」一推一扯，不怕秦王不上此臺。世民乃再召府僚集議，大眾齊聲道：「大王以舜為何如人？」世民笑道：「舜是古聖人，何消問得。」眾復道：「假使舜徇父命，浚井不出，必為塗泥，完廩不下，必為灰燼，怎能澤被天下，法施後世？大王既知舜為聖人，何不權宜行事？」世民道：「且問諸龜卜，再決行止。」眾乃取龜為卜，突有一人進來，投龜棄道地：「卜以決疑，不疑何卜，今日箭在弦上，不得不發，難道問卜不吉，便好罷手麼？」爽快之至。世民視之，乃是幕僚張公謹，便道：「如公言，事果可行麼？」公謹道：「非但可行，且應速行。」世民乃決。遂令長孫無忌，密召房杜二人定計。玄齡如晦，均謝無忌道：「敕旨令我二人，不得事王，今若私謁，必坐死罪，不敢奉教。」無忌還報世民，世民不覺動怒，竟拔出佩刀，持給敬德道：「玄齡如晦，怎敢叛我，公試持刀往觀，若彼二人果無來意，可用我刀殺死了他，持首回來。」前緩後急，是前情亦寓做作。敬德遂與無忌同行，見了房杜二人，即與語道：「王已決計，公等宜速入！」玄齡道：「我等四人同去，恐惹人注目，宜各歸各行，且我與杜公，亦須改裝方可。」於是玄齡與如晦，皆改服方士裝，令無忌先行，兩人陸續前往，敬德獨繞道回秦府。世民即與房杜等定下密謀，越宿照行。

是夕，太白經天，太史令傅奕，密奏太白星現秦野，秦王當有天下，高祖閱奏畢，正值世民入朝，因舉原奏示世民，世民請屏去左右，密陳建成元吉，淫亂後宮。高祖大驚道：「有這般事麼？」

世民又道：「臣兒自問，無絲毫辜負兄弟，偏他二人時欲加害，謂替世充建德復仇，臣兒若果枉死，永違君親，已是可痛，且魂歸地下，亦愧見諸賊，還乞陛下恩宥！」說罷，竟嗚嗚咽咽的哭將起來。慧兒也會撒嬌。高祖益愕然道：「明日即當審問，汝宜早參。」世民應聲趨退，即於夜半調兵，命長孫無忌等帶領，往伏玄武門。未幾天曉，建成元吉，已由張婕妤密遣內侍，走報世民密奏情形。元吉即語建成道：「今日入朝，恐防有變，不如託疾為是。」建成道：「內有妃嬪，外有宮甲，秦王雖強，恐亦無法可施，我等不如往參，自探消息。」乃俱乘馬入玄武門。進至臨湖殿，聞高祖已召集裴寂蕭瑀陳叔達封德彝宇文士及竇誕等人，臨朝會審，彷彿一出六部大審。料知情勢不佳，立即返奔，將出玄武門，忽聞背後有人叫道：「太子齊王，何故不入朝？」元吉回頭一顧，並非別人，就是積世冤家李世民。他也不遑答應，便從弓袋中取出弓箭，接連三射，均被世民閃過。似此沒用，焉能濟事？最後一箭，經世民接住，也取弓搭著，向建成射去。建成總道是他還射元吉，毫不備防，颼的一聲，竟倒撞馬下，嗚呼哀哉！元吉不暇顧建成，三腳兩步的逃至門首，兜頭碰著尉遲敬德，又復返走。世民正追元吉，不防元吉回馬撞著，兩人都墜落馬下。元吉先起，奪世民弓，敬德馳救世民，嚇退元吉，即扶世民至別室暫憩，又出室去追元吉。元吉欲入武德殿，面奏高祖，偏後面弓弦一響，轉身卻顧，已是不及，恰巧箭入咽喉，立時暈倒。敬德搶步上前，拔刀下斫，梟取首級，復回至建成屍旁，也將他首級梟下，驀聞玄武門外，人聲馬沸，料知外面已有戰事，因即攜了兩首，跨上了馬，跑至門前。見張公瑾閉關拒守，便問道：「外勢如何？」公謹道：「東宮將馮翊馮立，齊府將薛萬徹等，領著好幾千人，來攻此門，我故將門掩住，免他闖入。」敬德道：「長孫公所領伏兵，曾否出擊？」公謹道：「區區百騎，怎能退敵？現雲麾將軍敬君弘，在此宿衛，已領兵殺出去了。」敬德道：「待我出兵觀戰。」公謹乃放他出門。敬德一馬馳出，正值守兵敗回，報稱：「敬將軍陷入敵中，已經殉難。還有中郎將呂世衡，也經戰死，東宮齊府兩軍，移攻秦府去了。」敬德大怒，策馬徑進，馳至秦府門首，為東宮齊府兩軍所阻，不由的瞋目怒叱道：「咄！你等試看這兩個首級，系是何人？」說著，即將兩首級懸在槊上，擎示兩軍，且復大聲道：「奉詔誅此兩人，如爾等抗違上命，罪與兩人相類，爾等亦何苦尋死呢。快快解散，免同受刑！」東宮齊府兩軍，見血淋淋的兩顆首級，確是建成元吉，且聽敬德說著奉詔二字，越覺心虛膽怯，便一鬨而散。薛萬徹禁遏不住，即帶了數十騎，亡奔終南山。馮翊馮立，也各自逃去。

高祖因三子俱未朝參，還疑他是彼此避面，樂得模糊過去，再作計較，匆匆輟朝，留裴寂蕭瑀陳叔達等待命朝堂，自挈妃嬪至海池中，泛舟為樂。外面打架，甚是熱鬧，他尚全未聞知，挈眷遊湖，也可謂莫愁天子。忽見岸上有一個鐵甲鐵鍪的大將，持著長槊，匆匆奔來，便遙叱道：「來者何人？」那將即下馬置槊，倒身下拜道：「臣便是尉遲恭。」高祖道：「卿來做什麼？」敬德答道：「秦王以太子齊王作亂，起兵誅逆，恐驚動陛下，特遣臣來宿衛。」高祖驚詫道：「卿且起來！太子齊王現在哪裡？」敬德起答道：「已俱授首了。」高祖不覺失色，連侍側的妃嬪，也都玉容慘淡，顫慄異常。高祖亟命內侍，往召裴寂蕭瑀陳叔達等人，內侍慌忙馳去；小子乘這來往的空隙，且把尉遲敬德至海池事，略行表明（急忙補敘，不肯滲漏一筆）。敬德既嚇退宮府兩軍，復入玄武門回報世民，世民問明情由，便道：「事已至此，我只好入宮謝罪。」敬德道：「且慢！上意尚未可測，容敬德先去探明。」便將兩首級交給世民，自己馳入朝堂，晤著裴寂等人，便與他說明原委。裴寂道：「此事如何上聞？」敬德道：「待敬德闖入宮去，寧死敬德，毋死秦王。」言畢，即大踏步跑入裡面，禁兵攔他不住，竟被他闖至宮前。有內侍出阻道：「聖上幸海池泛舟。」敬德不待說完，便轉向海池跑去。既已謁見高祖，據實陳明，便即拱手立著，過了片刻，裴寂蕭瑀陳叔達等人，均隨內侍到來。高祖已命攏舟泊岸，便問裴寂等道：「不圖今日竟見此事，後事將如何處置？」蕭瑀陳叔達齊聲道：「太子齊王，自起義以來，未嘗預謀。反一立儲貳，一封王爵，又不聞有什麼功德，徒然離間骨肉，肇禍蕭牆。唯秦王功蓋天下，內外歸心，為陛下計，正當乘這事變，立為太子，委以軍國重務。陛下便可垂拱而治了。」樂得推重秦王。高祖方轉驚為喜道：「這本是朕的素願哩。」敬德在旁，即乘機入奏道：「陛下既願立秦王，現在外事尚未平靖，請速降手敕，令諸軍並受秦王節制。」高祖即顧宇文士及道：「卿速去擬詔，待朕回朝發落。」士及聞命即去。高祖仍帶著妃嬪，乘輦入宮，敬德及裴寂等，還至朝堂候旨，既而高祖臨朝，由宇文士及呈上草詔，高祖即命士及出東上閤門，宣布詔敕，安定眾心。復遣黃門侍郎裴矩，赴東宮曉諭將士，一律罷歸。隨即語敬德道：「卿去召秦王來！」敬德似飛的去了。高祖仍復還宮，時為武德九年六月庚申日（看似閒筆，恰為承上起下，點醒眉目之文，萬不可少），適當盛暑，高祖開襟納涼，忽見世民趨入，伏地請罪，高祖慰撫道：「近日以來，種種懷疑，幾似曾母投杼，不能自解。今建成元吉，膽敢作亂，死有餘辜，不過事關骨肉，出此變端，可恨亦可悲呢。」誰叫你釀成此禍。世民仰首，見高祖露著兩乳，便用口吮他乳頭，眼眶中卻簌簌下淚，淋溼高祖胸前。高祖也忍淚不住，世民益復大號。恐是假情。父子正在對泣，那宇文士及及裴矩等，入宮復旨，當然勸慰一番，世民乃告別出外，回入秦府。秦府中人，復白世民道：「斬草不除根，終貽後患，建成元吉，各有子嗣數人，應一併捕誅，方可無虞。」世民也不禁止，一聽僚佐所為。於是建成子安陸王承道，河東王承德，武安王承訓，汝南王承明，鉅鹿王承義，元吉子梁郡王承業，漁陽王承鸞，普安王承奬，江夏王承裕，義陽王承度，統行捕到，一併處死，罪人不孥，況屬猶子，謂非世民之忍，其誰信之？秦府僚佐，尚欲搜捕東宮餘黨，列名計百餘人，世民也不加禁，還是尉遲敬德，極力諫阻道：「為罪只有二人，今已誅死，不宜再及支黨。若輾轉牽連，恐反激成禍亂，何以求安？」世民乃請旨大赦。高祖因頒發赦文，大致謂：「凶逆大罪，止建成元吉二人，其餘黨與，一無所問。」又詔立世民為皇太子，國家庶事，皆由皇太子處分。自此詔一下，世民雖未受禪，已不啻一嗣皇帝了。句中有刺。

太子洗馬魏徵，曾勸建成早除世民，至是為世民所知，即召徵入見，徵長揖不拜，世民益怒，遂呵責道：「汝何故離間我兄弟？」徵坦然道：「先太子若聽徵言，何至今日受誅？從前管仲為子糾臣，曾射齊桓中鉤，人各為主，何必諱言？」世民聽了，轉易怒為喜道：「公可謂抗直了。」遂引為詹事主簿。又召還王珪韋挺杜淹，命珪與徵同為諫議大夫。嗣又查得廬江王瑗，曾與建成密通書牘，謀害世民，乃令通事舍人崔敦禮，馳驛召瑗，令他入京對薄，敦禮至幽州，見瑗時，只說是促令入朝，尚未明言對簿事。瑗已自覺心虛，亟召將軍王君廓入商。看官聽著，廬江王瑗，系太祖孫，高祖從弟，例封王爵，曾與趙郡王孝恭，合討蕭銑，無功可述，移調洛州總管，又因劉黑闥入犯，棄城西走。高祖顧念本支，不忍加罪，改任瑗為幽州都督，且恐他才不勝任，特令右領軍將軍王君廓輔行。任官務求稱職，不應私及親舊，高祖此舉，也是失策。君廓前本為盜，悍勇絕倫，降唐後積有戰功，瑗欲倚為心腹，許與結婚，聯成親屬，每有所謀，輒為商議，所以奉召入朝，亦邀他入決行止。哪知君廓卻自有肺腸，偏視瑗為奇貨，欲借他一個頭顱，討好新太子，圖些後來的功業。當下眉頭一皺，計上心來，便語瑗道：「事變未可逆料，大王為國家懿親，受命守邊，擁兵十萬，難道一介使來，便從他入京麼？況太子齊王，為皇上親子，尚受巨禍，大王入京，恐未必能自保呢。」說著，即佯作涕泣狀。瑗奮然道：「公誠愛我，我計決了。」死了死了。遂拘禁敦禮，徵兵發難，並召北燕州刺史王詵，參謀軍事。兵曹參軍王利涉進言道：「王今未奉詔敕，擅發大兵，明明是造反了。若諸刺史不遵王令，王將如何起事？」瑗聞言，又不禁憂懼起來，便搓手道：「這……這且奈何？」實是沒用。利涉又道：「山東豪傑，嘗為竇建德所用，今皆失職為民，不無怨望，大王若發使馳語，許他悉復舊職，他必願效馳驅，然後遣王詵外連突厥，由太原南趨蒲絳，大王自整兵入關，兩下合勢，不過旬月，可得中原了。」瑗大喜，轉告君廓。君廓道：「利涉所言，未免迂遠。試思大王已拘住朝使，朝廷必發兵東來，大王尚能需緩時日，慢慢的招徠豪俊，聯結強胡麼？現乘朝廷尚未征發，即日西出，攻他不備，當可成功。君廓不才，蒙王厚待，願作前驅。」這一席話，又把瑗哄動過去，便道：「我今以性命託公，內外各兵，都付公排程便了。」君廓索了印信，立即趨出。利涉得知此信，慌忙入白道：「君廓性情反覆，萬不可靠，王宜以兵屬詵。幸勿委任君廓。」瑗又生起疑來，正在猶豫未決，似此庸柔，還想造反，一何可笑。忽報君廓調動大軍，誘去王詵，將詵殺死了。瑗驚惶失措，接連又有人入報導：「朝使敦禮，已由君廓放出獄中，現正曉示大眾，說明大王造反，將來攻殺大王呢。」瑗愈覺驚惶。回顧利涉，已是不知去向，轉思君廓已與己結婚，或者所報失實，就是語語是真，也可親往詰問，奈何叛我至此？遂披甲上馬，帶領左右數百人，疾馳而出。巧值君廓過來，即欲開口質問，偏君廓已叫著道：「李瑗與王詵謀反，拘敕使擅徵兵，詵已伏誅，爾等奈何尚從逆瑗，自取夷戮？快快回頭，助我誅逆，可保富貴。」說罷數語，瑗手下俱奔散，單剩瑗一人一騎，哪裡還能脫逃？當由君廓指揮眾士，將瑗拖落馬下，反綁了去。瑗罵君廓道：「小人賣我，後將自及。」君廓也不與多辯，竟將他絞死，傳首京師，有詔廢瑗為庶人，升君廓為幽州都督。

小子有詩嘆廬江王道：

> 絕無才智敢稱戈，事事狐疑可奈何？
> 白刃臨頭還未悟，徒言賣我是由他。

幽州既平，太子世民，令魏徵宣慰山東。欲知魏徵宣慰情狀，且看下回分解。

尉遲敬德之殺齊王，與王君廓之殺廬江王，兩相映照，彷彿一回對偶文字。敬德雖為秦府宿將，然總不得謂非高祖臣，觀其躍馬禁中，擅殺元吉，繩以《春秋》大義，無君之罪，固已顯然。但世民敢殺太子，敬德亦何不可殺齊王？晉趙穿弒靈公，《春秋》且歸獄趙盾，況如世民之手刃同胞，夷戮諸子乎？於敬德何尤焉？王君廓之計殺廬江王，為國除逆，較諸敬德之只知秦王，不知高祖，情狀迥殊。但廬江王既願與為婚，倚為心腹，則先當忠告善道，格其非心。吾料瑗性懦弱，當必畏而相從，萬一不然，乃聲罪致討，公私兩盡，瑗亦尚有何辭耶？狡哉君廓，陷瑗於法，藉此圖功，《春秋》之律在誅心，蓋視敬德為尤忍者。敬德小忠，不能無譏，君廓之忠似大矣，而實則大奸。大奸似忠，亶其然乎？

第十四回　納弟婦東宮瀆倫　盟胡虜便橋申約

卻說諫議大夫魏徵，自宮府平定後，屢勸世民坦示大公，借安反側；及幽州誅逆，復白世民道：「人心未靖，不再撫慰，禍恐難解。」世民乃遣徵宣慰山東，許他便宜行事。徵受命東行，途遇太子千牛李志安，齊王護軍李思行，由地方官吏押送京師，徵慨然道：「前東宮齊府左右，已有詔赦宥，不復按問，今復因解二李入京，是赦文轉同虛下了，天下尚肯信從詔敕麼？」當下將二人釋歸，然後上聞。世民喜他有識，傳語獎勉，一面下令宣布，凡事連東宮齊王，及廬江王瑗，均不准訐告，違令反坐。自是無人告密，內外咸安。就是馮翊馮立薛萬徹等，亦均令歸裡，概不加罪。應該如此。

唯有一種特別加恩的事件，說將起來，乃是當時東宮的趣聞，便是後來唐朝的穢史。元吉身死時，年只二十四歲，留下妃子楊氏，與元吉年貌相當，生得體態風流，性情柔媚，面如出水芙蓉，腰似迎風楊柳。唐室王妃中，要算這個楊氏婦，最為美豔。平時與秦王妃長孫氏，頗稱莫逆，往來款洽，兩下無猜。元吉謀害世民，她嘗暗中諫阻，請勿與世民為仇，偏元吉不肯聽從，終落得身亡家破，子姓同誅。楊氏年才花信，怎禁得孤帷寂寞，舉目無親，幸虧長孫氏念娣姒情，嘗邀她過來敘舊，好言勸慰，俾解愁煩。一日，正當娣姒坐談，忽見世民趨入，楊氏即起座相迎，經世民坐定，她忽屈膝下跪，對著世民，竟自請死，反弄得世民語默兩難，無從擺布。長孫氏在側，慌忙勸解，偏楊氏嬌啼宛轉，楚楚可憐，這是楊氏獻媚處，並非記念齊王。那世民雖是絕世英雄，到了此時，也不禁牽動情腸，代為淒楚，況看她淡裝淺抹，秀色可餐，一種哀豔態度，真是有筆難描，令人魂銷魄蕩；急切無可答詞，只好離開了座，連稱請起。長孫氏忙來攙扶，好容易把楊氏掖起，楊氏還是哭個不住，方由世民婉告道：「王妃休得過悲！齊王謀亂，應該伏法，與王妃無干。我在世一日，總當保護王妃一日，休戚與共，憂樂同嘗，幸勿過慮！若嫌在府寂寞，不如徙居我處，好在你娣姒兩人，素無嫌隙，彼此相安度日，我也好免得耽憂了。」言為心聲，聽言已可知意。言至此，復囑長孫氏好意相待，乃揚長而去。

長孫氏素性溫和，事翁盡孝，相夫無違。兩語括盡婦德。一經世民諄囑，總道沒有歹心，且與楊氏情好無間，樂得勸她徙居東宮，得以朝夕相親，互敦睦誼。楊氏本是個隨高逐低的人物，當然唯命是從，即日遷居。哪知這位新太子，已看上這嬌嬌滴滴、裊裊婷婷的弟婦，特地收拾淨室，令得安居，凡室中一切布置，均是親手安排，又密撥心腹侍女數人，作為楊氏室中的服役。好教去做紅娘。楊氏也覺心喜，世民平日無事，嘗往她室中敘談，漸漸的不避嫌疑，引得耳鬢廝磨，兩情入彀，還有侍側的宮娥，統是知情識意，就彼此眉來眼去時，湊趣幾語，益覺春山脈脈、秋水依依。一夕，夜漏將半，楊氏已經就寢，忽有侍女入報導：「太子駕到。」楊氏慌忙起床，略整衣裳，便即出迎。深夜迎客，其情可知。世民趨入，與楊氏行過了禮，楊氏即啟問道：「殿下為何深夜到此？」世民答道：「父皇召我侍宴，多飲了幾杯御酒，且參議內禪事宜，至此才得脫身，是以覺得過遲了。」楊氏道：「何日行內禪禮？」世民道：「大約正在本月內。我勸父皇再過數年，奈父皇自稱倦勤，定要禪位與我，這也是沒法推辭了。」楊氏即跪伏稱賀，世民趁著數分酒意，竟用手攙起楊氏，一面說道：「我尚未受禪，怎好受賀？」楊氏輕輕推開世民的手，才半嗔半喜的立將起來。半嗔半喜，四字妙極。此時正值仲秋天氣，皓月將圓，清輝入戶，更兼銀燭高燒，明同白晝。世民就在燈月下面，定睛瞧著楊氏，但見她雲鬟半卷，星眼微餳，穿一套縞素羅裳，不妝不束，更顯出花容明媚，玉骨輕柔。越是淺妝的美女，越覺好看；越是睡起的美女，越覺好看；越是從燈光月下看美女，越覺好看。楊氏見世民注著雙瞳，也不禁還他一笑。世民卻轉眼顧明月道：「中秋將屆，玉兔在輝，想嫦娥在廣寒宮，應亦跂望團圓哩。」楊氏卻淒然道：「天上也留缺陷，令嫦娥長此寡居。」是淒寂語，是勾引語。世民微笑道：「嫦娥又要得時了。我因步月至此，王妃可偕我賞月否？」楊氏尚未及答，那侍女已湊趣道：「廚下尚有酒餚，待使女們搬了出來，就可賞月了。」世民道：「極好極好。」侍女等連忙出去，不到片時，竟將酒餚攜至，且笑語道：「賞月須要登樓。」好幾個牽頭。世民道：「這個自然，就請主人導引。」楊氏遲疑半晌，經侍女等攙扶了去，不得不移步上樓。還要做什麼身分？世民即龍行虎步的，趨上扶梯，那時西軒早啟，晚宴初陳，世民邀楊氏入席，楊氏尚有難色，侍女又從旁慫恿，謂有賓不可無主，乃相對而坐，由侍女斟上酒來。古人說得好：「酒為色媒，色為酒媒。」楊氏入席時，尚不免有三分靦腆，及至酒過數巡，漸把那一種羞澀態度，撇在腦後，且抬頭看那風流倜儻的儲君，畢竟生得不凡，英姿灑落，眉宇清揚，巫峽襄王，未必有此儀表，洛川魏冑，幾曾得此丰神，回憶那齊王元吉，與世民生本同胞，偏面龐兒一妍一醜，大不相同，想到這裡，禁不注意馬心猿，竟把平生的七情六慾，一古腦兒堆集攏來。盡情描摹。世民幾次溫存，她似不見不聞，彷彿痴聾一般，惹得席旁侍女，都吃吃暗笑，楊氏方才覺著，不由的兩頰愈紅，低頭弄帶。世民便道：「夜已深了，再盡一杯，便好撤席。」楊氏唯唯遵命，遂各斟一滿杯，彼此一飲而盡。好作兩人的交杯酒。侍女等撤去殘餚，次第出外，單剩兩人坐著，好一歇才行進去，那兩人都不知去向，尋至裡面的臥室，已是朱扉雙掩，繡幕四垂，料知他一對璧人，已同去演龍鳳配了。虛寫得妙。侍女等方各歸寢。翌晨，世民乃去。

隔了數日，果然內禪詔下，高祖自稱太上皇，傳位太子，擇吉於八月甲子日即皇帝位。是日黎明，太子世民，先朝見高祖，接受御寶，乃返至東宮顯德殿中，南面升座，受文武百官朝賀，遣左僕射裴寂祭告南郊，大赦天下，賜文武官勛爵，蠲關內及蒲、芮、虞、泰、陜、鼎六州租賦二年，免全國庸調一年，民八十以上賜粟帛，百歲倍賜，各種恩詔，次第頒發，然後退朝還宮，歷史上稱為唐太宗即位，小子也沿例稱為太宗。越十日，放宮女三千餘人，又越二日，冊立長孫氏為皇后。

后系洛陽人氏，其先為魏拓跋氏后，曾為宗室長，因號長孫。父晟仕隋為左驍衛將軍，(已見首文)。后少好讀書，循尚禮法，及為皇后，務崇節儉，一切服御，不尚繁華。太宗嗣位後，嘗與論及新政，后默不一答。再三問及，后溫顏對道：「陛下豈不聞古語麼?牝雞司晨，唯家之累，妾系婦人，只知治宮中事。外政怎敢預聞?」不沒賢后。太宗益加敬重。唯元吉妃楊氏居然納為妃嬪，日加寵眷。后悔未預防，致成大錯，但木已成舟，無法諫止，只好將錯便錯的模糊過去，就是待遇楊氏，依然和好，不過換了稱呼。楊氏初覺自慚，後來成為習慣，也不以為意了。楊花性質，宜乎姓楊。太宗嬖寵楊氏，不得不推恩元吉，欲為元吉加封，又不得不類及建成，乃追封建成為息王，諡曰隱太子，元吉為海陵郡王，諡法乃一剌字，均以禮改葬，後來復改封元吉為巢王，因號為巢剌王，這且慢表。

且說突厥主頡利可汗，與唐廷屢有交涉，忽和忽戰，反覆無常。偽梁帝梁師都，又屢次慫恿突厥，侵擾唐境。頡利意尚未決，師都竟親自往朝，面為劃策，勸令進兵。於是頡利突利二可汗，復合兵十餘萬騎，入寇涇州，進次武功。太宗下詔戒嚴，亟命尉遲敬德為涇州道行軍總管，統兵出御。敬德到了涇陽，適與突厥兵相遇，即乘著銳氣，殺將過去，突厥兵抵擋不住，被他橫衝直撞，斫斃了千餘人，一邊得勝，一面當然敗走，待敬德收軍，頡利可汗獨從間道趨渭水，駐兵便橋，先遣心腹將執失思力，入都進謁，窺視虛實。太宗召見執失思力，問他何故加兵？思力道：「上國給發金幣，歲無定額，或作或輟，不加誠意，所以敝國兩可汗，特統兵百萬，前來請命。」太宗毫不畏懼，且怒叱道：「朕與汝可汗面約和親，贈遺金帛，前後無算，今汝可汗自負盟約，引兵入寇，汝曲我直，我有何愧？朕想汝雖居戎狄，應有人心，怎得全忘大恩，自誇強盛，應先將汝斬首，然後與汝可汗交戰，看汝可汗能勝我軍否？」理直詞嚴，足使外人氣折。思力聽了數語，嗒然若喪，沒奈何叩首謝罪。蕭瑀封德彝入奏道：「兩國相爭，不斬來使，還乞陛下遣還思力，借示寬容。」太宗道：「朕若遣還虜使，反令他越加藐視，益肆憑陵，這豈可輕事縱容麼？」又顧語思力道：「權且寄汝首級，看朕督兵親征，究竟誰勝誰負？」思力不能還答，只好跪著磕頭。太宗又指令左右，將思力拘住門下省，左右奉旨，把思力拖起，出殿去了。

太宗即召集禁軍，出拒突厥，自己親擐甲冑，跨上御馬，帶著高士廉房玄齡等六騎，出玄武門，徑詣渭水。頡利可汗方在營中坐著，專待執失思力歸報，忽由軍校入報導：「唐天子來了！」頡利便上馬出營，隔水遙望，但見對面立著六騎，當先的盔甲輝煌，果然是前為秦王，今主中夏的唐天子，正在驚疑未定，那唐天子已朗聲道：「頡利可汗！朕與汝定約豳州，汝曾設有盟誓，不再相犯，近年汝屢次負約，朕正要興師問罪，汝卻引兵深入，莫非前來送死麼？」說至此，又揚鞭指著空中道：「天日在上，中國並不負可汗，可汗獨負中國，負我就是負天，試問可汗果禁得起否？」頡利聽到此語，越覺驚心。那隨身帶著的兵士，素信神鬼，又看唐天子威風凜凜，誥命煌煌，不由的魂膽飛揚，相率下馬羅拜。俄而鼓聲動地，旌旗蔽天，似虎似貔的唐軍，陸續踵至，擺成一字長蛇陣，烜赫的了不得。頡利嚇得面色如土，竟回馬入營，閉門靜守。

太宗尚駐馬待著，蕭瑀恐太宗輕敵，叩馬固諫，堅請還朝。太宗密諭道：「朕籌思已熟，非卿所知。突厥敢傾國前來，直抵郊甸，總道中國內有難，朕新即位，不遑與他爭鋒，我若示以怯弱，閉城自固，他必縱兵大掠，不可複製，朕為此輕騎獨出，示以從容，又特地張皇六師，作必戰狀。虜既懾我氣，復震我威，且因深入我地，隱有戒心，然後與戰必克，與和自固。制服突厥，在此一舉，卿但看著，虜已無能為了。」瑀乃趨退，果然待了片刻，即有突厥使臣，渡水而來，向太宗前乞和。太宗復詰責數語，來使俯首聽命，乃許定和議，限期次日訂盟，遣還來使，才返駕回宮，越日又親幸城西，與頡利相會，就在便橋上面，用白馬為牲，歃血立約，頡利欣然領命。盟約既定，彼此麾兵退還，太宗始將執失思力放歸。蕭瑀復入請太宗道：「前未與突厥修和，諸軍爭請出戰，獨陛下未許，臣等頗以為疑，既而虜騎自退，究竟陛下憑何神算，得如所料。」也是一個笨伯。太宗道：

「朕看突厥部眾，雖多不整，君臣上下，唯賄是求。當他請和時，可汗獨在水西，達官多來謁朕，朕若誘令宴會，乘醉縛住，一面發兵襲擊，勢如摧枯，再遣長孫無忌李靖伏兵豳州，截他歸路，虜若奔還，伏兵前發，大軍後追，管教他全軍俱覆，片甲不回。不過因朕初即位，國家未安，百姓未富，一與虜戰，結怨必多，他若由怨生懼，勤修武備，就令一時不敢入邊，他日必來報怨，為患轉日甚了。朕所以卷甲韜戈，啗以金帛，彼得所欲，退歸本國，志驕氣盈，不復裝置，然後養威俟釁，一舉可以滅虜了。將欲取之，必姑與之，就是這種計策。卿難道未曉麼？」計算固勝人一籌。瑀乃再拜道：「陛下勝算，原非愚臣所可及呢。」

既而頡利可汗，獻入馬三千匹，羊萬口，太宗不受，但敕歸所掠中國人口，且引諸衛將士，習射殿廷，當面曉諭道：「戎狄侵陵，無代不有，患在邊境少安，人主便佚遊忘戰，所以寇警猝發，無人敢御，今朕不令汝等穿池築苑，但願專習弓矢，居閒無事，朕可為汝等教師。突厥入寇，朕即為汝等統帥，庶幾中國人民，可得少安了。」將士相率拜服。嗣是每日朝畢，必教射殿庭，太宗親自考校，嚴定賞罰。或謂：「朝廷定律，兵刃至御前，例當處絞，今命將卒習射殿庭，萬一狂夫竊發，為害甚大。」想又是蕭瑀封德彝等所言。太宗微笑道：「帝王視四海為一家，全國人民，均朕赤子，朕一一推心置腹，何患不服？奈何把禁中宿衛，先加猜忌呢？」將士等得了此諭，益自感奮，不到數年，盡成精銳。

太宗以改元將屆，訂舊制，創新儀，定勛臣爵邑，降宗室郡王為縣公，立子承乾為皇太子，召張元素為侍御史，擢張蘊古為大理丞，虛衷納諫，勵精圖治，轉眼間已是殘臘，詔定次年為貞觀元年。到了元旦，太宗率百官先朝太上皇，然後御殿受朝。嗣是成為常例，不消細述。越日，大宴群臣，命奏：秦王破陣樂，太宗語群臣道：「朕昔受命專徵，民間遂有此曲，雖未足以言文德，但為功業所由成，未敢遽忘，朕所以命奏此樂呢。」封德彝起立進言道：「陛下以神武平海內，文德何足比擬呢。」不脫佞臣口吻。太宗道：「戡亂以武，守成以文，文武兩途，當隨時互用，卿謂文不及武，未免失言。難道以馬上得天下，便可以馬上治天下麼？」封德彝碰了一鼻子灰，自覺赧顏，勉強坐下，再飲了幾杯，方各散席，謝過了宴，魚貫而出。小子有詩詠道：

> 隋家都為佞臣亡，遺孽留貽到盛唐，
> 我怪文皇原有識，如何尚使列朝堂。

又越數日，接得涇州警報，燕郡王李藝，竟造反了。那時免不得有調兵遣將等情，容至下回續敘。

好色為英雄所不諱，但既為弟婦，就是豔麗動人，亦豈可納為嬪御，此在普通人民，猶知不可，況身為儲貳，不日將登大寶乎？唐太宗為一代賢君，顧瀆倫傷化如此，宜唐室之女禍為獨熾也。但楊氏之對於太宗，有殺夫之仇，既不能死，復委身事之，男無行，女無恥，等一穢惡耳。本回連類並誅，描出當時情事，非以導淫，實以儆惡。其有關於風化者，亦豈少哉？若夫突厥入寇，直抵便橋，太宗從容卻敵，片語定盟，蓋其玩突厥於股掌之上，故能操縱如意，控馭有方，彼蕭瑀封德彝輩，亦安足語此？大抵敘述古人，當貶則貶，當褒則褒，絕無私意存於其間，方成信史，觀此回益知褒貶之固有真也。

第十五回　偃武修文君臣論治　易和為戰將帥揚鑣

卻說李藝自受封燕王，從征竇建德劉黑闥二寇，積有戰功，入朝授左翊衛大將軍，甚邀寵眷（見第十一回）。藝漸漸驕倨，把朝廷上面的王公大臣，統已看不上眼，凡秦府中的僚佐，與他相遇，他更冷嘲熱諷，窘辱多端。高祖恐他在京滋事，且因突厥犯邊，意欲借他威名，作為鎮壓，特命兼領天節軍將，出鎮涇州。及太宗即位，進藝開府儀同三司，藝因前時得罪秦府中人，心下很是不安，遂有意謀反，藉著閱武為名，調集兵士，又偽稱奉密詔入朝，竟帶著大眾，直趨豳州。豳州刺史趙慈皓，出城迎謁，他領兵入城，便與慈皓商議，背叛朝廷，把豳州據為己有。慈皓佯為贊成，暗中卻著人飛奏，一面與統軍楊岌，密謀誅藝，太宗聞報，即命長孫無忌尉遲敬德兩人，統兵往討。王師方發，已為藝所聞，暗地調查，知是慈皓奏請發兵，因將他拘繫獄中。時楊岌已召集州軍，出藝不意，攻入城中，藝倉皇拒戰，竟至敗績，遂棄了妻孥，只帶了親卒數百騎，投奔突厥，行至寧州，騎卒次第潰散，單剩了數十人，料知藝不能再振，樂得將藝刺死，梟取首級，獻送京師。正是死得不值。藝妻孟氏，由楊岌飭兵拿下，並放出趙慈皓，嚴行鞫治。孟氏自言為女巫所誤，原來濟陰有李氏女，自言能通鬼神，善療人疾，輾轉流入京都，適值藝挈眷留京，孟氏素好迷信，召女巫入見，問明未來禍福。李氏女見了孟氏，遽倒身下拜，極言孟氏具大貴相，他日必為天下母。孟氏信以為真，又令女視藝，女回信口亂言，謂妃貴即由王貴，現已紅光露面，指日當有異徵，於是藝遂有叛志。孟氏更從旁慫恿，倉猝一舉，便即夷滅。看官！你想巫覡邪言，可信不可信呢？為迷信邪言者作一棒喝。無忌及敬德，馳至豳州，已是光天化日，浩蕩昇平。當下將藝眷屬，押還長安，一古腦兒梟首市曹，不留一人（俗小說中捏造羅成姓名，謂系藝子，殊屬可笑）。還有幽州都督王君廓，因長史李玄道，嘗用法裁製，錯疑是朝廷授意，私下猜嫌。太宗亦聞他不守法度，召他入京。他啟行至渭南，驛吏稍稍不恭，竟將驛吏殺死，也向突厥奔去，中途為野人所殺，函首入都。太宗顧念前功，特令將遺屍收還，連首埋葬，且加恤妻孥，後經御史大臣溫彥博，奏稱君廓叛臣，不宜沿食封邑，乃廢為庶人（就便帶過王君廓，免得另起爐灶）。這且按下不提。

且說太宗知人善任，從諫如流，凡中書門下，及三品以上，入閣議事，必令諫官隨著，有失輒諫，又命京官五品以上，更宿中書內省，每當延見，必問民疾苦，及政事得失，且嘗詔廷臣舉賢，各長官均有薦引，獨封德彝一無所舉。太宗問及情由，德彝答道：「臣非不盡心，但今日未有奇才，因此不敢妄舉。」太宗怫然道：「君子用人如器，各隨所長。自古人君致治，難道能借才異代麼？患在自己不能訪求，奈何輕量當世？」德彝無言可答，懷慚而出。先是僕射蕭瑀，與德彝善，嘗薦為中書令，至太宗踐阼，瑀與德彝論事廷前，德彝未嘗創議。及瑀已議決，方吹毛索瘢，淡淡的指摘數語，或且待瑀趨退，然後極言駁斥，連太宗也墮入彀中，往往變更前議，不令瑀聞。是謂之奸險。房玄齡杜如晦長孫無忌尉遲敬德等，以佐命首功，得列爵封邑，德彝對著數人，特別巴結，所以房杜諸賢，也親近德彝，疏忌蕭瑀。瑀積憤不平，上書彈劾德彝，反忤上旨。會瑀及陳叔達忿爭上前，皆坐不敬罪免官，德彝竟得為僕射，偏偏天不祚年，竟畀他生了一場大病，嗚呼畢命，侍御史唐臨，才摭拾德彝奸狀，說他嘗佐導隱太子，及海陵刺王，謀害陛下，因是太宗動怒，追削德彝官爵，改諡為繆，仍用瑀為左僕射。瑀與德彝，相去亦不能以寸。且嘗引魏徵入臥內，諮詢軍國重事，令他直陳無隱。想是防封德彝覆轍。徵亦感懷知遇，知無不言，言無不盡，太宗遷徵為尚書右丞。或訐徵與親戚有私，奉詔遣御史大夫溫彥博案驗，查無實據，彥博入白太宗道：「徵不顧形跡，自避嫌疑，心雖無私，亦當預戒。」太宗乃令彥博諭徵，徵越宿入朝，面奏道：「臣聞君臣同體，應相與盡誠，若上下俱存形跡，恐國家興衰，尚未敢知，臣卻不敢奉詔。」太宗瞿然道：「卿言亦是。」徵又再拜道：「臣幸得奉事陛下，願使臣為良臣，勿使臣為忠臣。」太宗道：「忠臣良臣，有什麼區別？」徵答道：「稷契皋陶，君臣同心，安享尊榮，便是良臣。龍逢比干，面折廷爭，身死國亡，便是忠臣。」太宗甚喜。賜絹五百匹。

一日，太宗召集群臣，從容坐論，徵亦在側。太宗道：「朕聞西域賈胡（賈胡，是胡人之為商賈者），購得美珠，恐為人竊，特剖身藏著，此事可得聞否？」眾臣道：「誠有此說。」太宗道：「如賈胡所為，人皆笑他愛珠亡身，若官吏受贓，與帝王好利，卒致身家兩敗，豈不是與賈胡相等麼？」徵隨口答道：「昔魯哀公與孔子言，謂人有徙宅忘妻，孔子答稱桀紂且忘自身，比忘妻還加一等，這與賈胡事亦覺相類。」太宗道：「誠如卿論。朕與卿等須自知保身，同心一德，方免為人所笑哩。」徵等俱齊聲遵旨，太宗又問徵道：「人主如何為明，如何為暗？」徵對道：「兼聽即明，偏聽即暗。昔堯清問下民，所以有苗罪惡，得以上聞。舜明四目，達四聰，所以共鯀驩兜，不能矇蔽。秦二世偏信趙高，被弒望夷；梁武帝偏信朱異，餓死臺城；隋煬帝偏信虞世基，也變起彭城閣中，慘遭縊死。可見得人君偏聽，非危即亡，必須兼聽廣納，近臣乃不得壅蔽，下情無不上達了。」千古名言。太宗點首稱善。復問道：「齊後主周天元，均重斂百姓，厚自奉養，力竭致亡。譬如饞人自啖己肉，肉盡必斃，這真所謂愚人哩。但二主究孰優孰劣？」徵對道：「齊後主懦弱，政出多門。周天元驕暴，威福在己，雖同是亡國，齊後主要算是尤劣了。」歸重主權，未免過於專制。太宗亦嘆為知言。徵容貌不過中人，獨有膽略，常犯顏苦諫，就使逢著上怒，亦必再三剖辯，卒能啟迪主聰。太宗嘗得佳鷂，置諸臂上，與鷂為戲，忽見徵入內奏事，忙將鷂藏匿懷中。徵佯作不見，故意絮陳，歷久乃退。太宗始探懷取鷂，鷂竟匿死。會令徵謁告上塚，徵事畢覆命，且啟奏道：「聞陛下欲幸南山，嚴裝已就，何故遲遲不行？」太宗微笑道：「前日原有此意，恐卿或來勸阻，是以中止。」徵乃下拜道：「徵怎敢脅制陛下？不過職司補衮，容當盡言，陛下能愛惜物力，遏絕私慾，天下不足慮了。」

太宗又令戴胄為大理少卿，讞獄無冤。孫伏伽為諫議大夫，秉公無隱。李乾祐為侍御史，執法不阿。祖孝孫定雅樂，正音不亂。又進王珪為侍中，珪奉詔入謝，適有一美人侍立御前，由珪瞧將過去，似曾相識，便故作窺視狀。太宗指語珪道：「這是廬江王瑗的侍姬呢。瑗聞她有色，殺死她夫，強行占納。如此行為，怎得不亡？」珪答道：「陛下以廬江為是呢，為不是呢？」以子之矛，制子之盾。太宗道：「殺人取妻，還要說什麼是非？」太宗亦自忘其身。珪又道：「臣聞齊桓公至郭，問父老雲，郭何故至亡？父老謂他善善惡惡，是以至亡。桓公益加疑問，父老謂郭君善善不能用，惡惡不能去，所以至亡。今陛下既知廬江王過失，復納廬江王侍姬，臣以為聖心必贊成廬江，否則何故自蹈覆轍呢？」太宗不禁爽然道：「非卿言，朕幾怙過了。」待珪趨出，即將侍姬放歸母家。太宗嘗令祖孝孫教宮女樂，偶不稱旨，為太宗所責。珪邀溫彥博入諫道：「孝孫雅士，今乃令教宮人，更加譴責，毋乃非宜。」太宗怒道：「卿等當竭忠事朕，奈何為孝孫作說客呢？」彥博免冠拜謝。珪獨不拜，且復道：「陛下以忠勖臣，今臣所言，便是忠直，難道心存私曲麼？」太宗默然不答。珪竟趨退，彥博亦去。次日，太宗臨朝，語房玄齡道：「從古帝王納諫，原是難事。朕昨責二卿，今已自悔，卿等勿為此不盡言呢！」既而用房玄齡杜如晦為僕射，魏徵守祕書監，參預朝政。玄齡善謀，如晦善斷，太宗每與玄齡謀事，必召如晦決定可否。及如晦到來，往往請如玄齡言。二人同心輔國，謀定後行，又能引拔士類，常如不及，因此唐室賢相，必推房杜。魏徵直言敢諫，每事納忠，自貞觀元年至四年，唐室大治，歲斷死囚止二十九人，幾至刑措。斗米價只三錢，東至海，南至五嶺，皆外戶不閉，行旅不賫糧，取給道旁。史所謂海宇又安，中外恬謐，卻是話不虛傳，並非粉飾太平呢。極力讚揚。

太宗復因民少吏多。定議裁併，分中國為十道，列表如後文：

關內道，領　雍　華　同　商　岐　邠　隴　涇　原　寧　慶　鄜　坊　丹　延　靈　會　鹽　夏　綏　銀　豐　勝　等州。

河南道，領　洛　汝　陝　虢　鄭　滑　許　潁　陳　豫　汴　宋　亳　徐　泗　濠　鄆　齊　曹　濮　淄　青　萊　棣　兗　海　沂　密　等州。

河東道，領　蒲　晉　絳　汾　隰　並　汾　箕　沁　嵐　石　忻　代　朔　蔚　澤　潞　等州。

河北道，領懷魏博相衛貝邢洺桓冀深趙滄德易定幽瀛
燕北燕檀營平等州。
山南道，領荊峽歸夔澧朗忠涪萬襄唐隨鄧均房郢復金
梁洋利鳳興成扶文集壁巴蓬通開隆果渠等州。
隴右道，領秦渭河鄯蘭武洮岷廓疊宕涼瓜沙甘肅等州。
淮南道，領揚楚滁和壽廬舒光蘄黃安申等州。
江南道，領潤常蘇湖杭睦越衢婺括臺福建泉宣歙池洪
江鄂岳饒信虔吉袁撫潭衡永道郴邵黔辰夷思南等州。
劍南道，領益嘉眉卬簡資巂雅黎茂翼維松姚戎梓遂綿
始合龍普渝陵榮瀘等州。
嶺南道，領廣韶循潮康瀧端新封潘春羅南石高東合崖振
邕南方簡潯欽尹象藤桂梧賀連昆靜樂南恭融容牢繡鬱
越南義交陸峰愛驩等州。

十道既定，分疆設守，唯朔方尚為梁師都所據，未曾告平，乃遣右衛大將軍柴紹，往討梁師都，薛萬均兄弟為副。師都勢已日蹙，又為夏州長史劉旻，及司馬劉蘭成，屢出輕騎，蹂躪禾稼，且多縱反間，誘降師都部將李正寶等，以致師都益危，大有朝不保暮的形景。劉旻等復入據朔方東城，進逼師都。師都忙向突厥告急。頡利可汗發兵馳援，會同師都，直薄城下，時已日暮，但見

城上並無旗鼓，亦無守卒，好像一座空城。師都不免動疑，遂與突厥兵分地紮營，擬待明晨合攻，不意到了夜半，城內突聞鼓聲，一彪軍開城殺出，統將正是劉蘭成。師都先自驚惶，棄營亟走。突厥兵也支撐不住，相繼遁去，被蘭成追擊一陣，傷斃甚多。頡利聞部眾敗還，大發兵救師都，可巧柴紹等領軍馳至，前驅薛萬均萬徹，與突厥兵相遇，奮力橫擊，殺死突厥驍將。突厥兵又復驚潰，遂進圍師都。朔方天寒，暮春猶雪，羊馬多凍死，突厥兵竟引還本國，師都孤立無助，當然危急萬分。唐軍圍攻數日，因城郭堅固，尚不能拔，大眾請班師回朝，萬均道：「諸君不見城頭黑氣，及城上淒音麼？破亡有兆，何患不下？」未幾城中食盡，果由師都從弟洛仁，刺殺師都，舉城降唐。師都自起兵至滅亡，歷十二年，凡隋末群雄中，要算他歷年最久，至是同歸於盡，於是中國全境才得統一。唐廷接得捷音，號朔方為夏州，進柴紹為左衛大將軍，萬均為左屯衛將軍，萬徹為右屯衛將軍，是時紹妻平陽公主已早逝世，追謚為昭（補敘平陽公主之歿，不沒娘子軍威名）。紹還朝後，復出為華州刺史，加鎮東大將軍，徙封譙國公，既而亦歿，追謚為襄。夫婦俱以功名終身，好算是妻榮夫貴，全唐無比了。這且不必細表。

且說突厥強盛時，統領朔漠諸部落，威振塞外，至突厥分為東西，各部落逐漸分離，或屬東突厥，或屬西突厥，小子查得當時部落，計一十有五，特為錄述如下：

薛延陀　回紇　都播　骨利幹　多濫葛　同羅　僕骨　拔野古　思結　渾　斛薛　奚結　阿跌　契苾　白霫　頡利

這十五部皆居磧北，自頡利政衰，薛延陀回紇等皆叛頡利。唐鴻臚卿鄭元璹，奉太宗命，往覘虛實，及還都復旨，進白太宗道：「突厥將亡國了。不但各部分散，均有貳心，就是年歲洊饑，民餒畜瘦，也是必亡的預兆，臣料他不出二三年呢。」太宗頻頻點首。侍臣等聞元璹言，多勸太宗乘間往擊，太宗道：「朕與突厥新盟，口血未乾，背盟不信，利災不仁，乘危不武，就使他種落盡叛，六畜無遺，朕也不欲進擊，必待他自來尋釁，然後往討，那時師出有名，當可一鼓成功了。」侍臣等乃無言而退。偏太宗尚是延挨，頡利竟自速禍，他因薛延陀回紇諸部，陸續叛去，特令突利可汗，率眾往擊。突利連戰連敗，甚至所轄諸地，亦多失去，乃輕騎奔還。頡利召突利入帳，厲聲詰責，加以鞭撻，幽禁至十餘日，才行釋放。突利自是生怨，欲叛頡利，頡利且向突利徵兵，突利不答，遣使馳入唐都，表請入朝。太宗語侍臣道：「曩時突厥甚強，控弦百萬，憑陵中夏，無人敢當，因此驕恣無道，自失民心。今困窮至此，自請入朝，朕不能不喜，又不能不懼。諸卿試想！突厥衰微，無暇入寇，邊境從此得安，豈不是可喜麼？但朕或失道，他日亦與突厥相似，豈不更可懼麼？卿等宜隨時納諫，輔朕不逮，庶不至蹈彼覆轍呢。」能知此道，何患不興。群臣皆翕然受命。

會頡利聞突利降唐，特發兵往攻，突利又遣使至長安，乞請援師。太宗又召群臣入議，先示諭道：「朕與突利為兄弟，有急不可不救，但與頡利也是同盟。轉覺進退兩難，卿等以為何如？」杜如晦即應聲道：「臣意以為當伐頡利，戎狄有何信義？終當負約，今有機可乘，坐棄不取，後悔將無及了。古人有言：『取亂侮亡』，願陛下出自英斷，即速發兵。」太宗雖然稱善，意中卻主張從緩，但命整備軍需，觀釁乃動。不意頡利竟來犯邊，廷臣請修築古長城，發民戍堡，阻遏寇鋒。太宗微哂道：「突厥災異相仍，頡利不懼，反增暴虐，甚且骨肉相攻，自取敗亡，朕方欲與公等掃清沙漠，難道還要勞動人民，遠修堡塞麼？」於是遣使至薛延陀，冊封酋長夷男為真珠毘伽可汗，賜以鼓纛，令他南圖頡利，夷男方為諸部所推戴，欲正汗位，忽接大唐來使，非常歡迎，優禮相待，當下遣弟統特勒，隨唐使入貢。太宗賜他寶刀及寶鞭，並面諭道：「歸語爾兄！所部中或有大罪，用此刀處斬，小罪用此鞭作笞，幸勿寬縱為要！」統特勒謝賜而還。返報夷男，欣喜不置，遂在鬱督軍山下，建牙設帳，號令近部，凡回紇拔野古阿跌同羅僕骨白霫諸部，統皆歸附，且擬進軍突厥，為唐效力。頡利聞這消息，方才惶恐，始向唐遣使稱臣，願尚公主，修婿禮。已是遲了。太宗語來使道：「汝主頡利，與朕同盟，朕好意待遇，始終如一。前援我叛寇梁師都，已是背盟，嗣聞引兵退去，朕還道汝主自悔，願守前盟，所以朕亦不再加兵，今突利可汗，表請入朝，他是有心效順，與汝何干？汝主反去攻他，且無端犯我邊境。汝主自思！應該不應該呢？朕正要興師問罪，汝主還妄想和親，真是可笑！汝去轉報汝主，欲要保全性命，不如自縛來降。」來使不敢多言，叩別自去。

可巧代州都督張公謹，也表陳六議，備言突厥可取狀，乃於貞觀三年十一月，命兵部尚書李靖為行軍總管，統兵北征，即以張公謹為副，再令李世勣薛萬徹等，為諸道總管，分路進兵。共計兵士十餘萬，均受李靖節度，大軍方發，突利已馳驛來朝，由太宗溫顏接見。突利拜舞畢，問答數語，令入使館聽命，隨語侍臣道：「從前太上皇仗義起兵，不惜稱臣突厥，朕嘗引為疚心。今單于稽顙，北狄將平，庶幾可雪前恥了。」既而蠻酋謝元深等，依次朝貢。中書侍郎顏師古，請作王會圖，留示後世，有詔准奏。貞觀三年冬季，戶部鉤考人口，列為表冊，計中國人自塞外歸國，及四夷前後降附，共得男女一百二十餘萬口，太宗覽表，亦頗喜慰。至貞觀四年仲春，接到北征軍捷報，乃是李靖率驍騎三千，自馬邑進兵，襲破定襄，頡利倉猝遁去，番目康蘇密迎降，獻出隋蕭后及楊政道二人，為這兩人俘獻，又惹出太宗一段情史來了，正是：

故後偷生重作俘，英君好色又生心。

欲知蕭后及楊政道，究竟如何發落，且至下回敘明。

唐太宗為一代賢君，當即位初年；猶覺勵精圖治，如恐不逮，故本回不欲從略，特就君臣相儆之詞，凡關係重要者，撮要錄述，明致治之由來，為後世之橅仿，其寓意固甚深也。然於封德彝之好佞善讒，亦不肯略過；萋斐貝錦，職為亂階，明如太宗，猶且為佞臣所蒙，況不如太宗者乎？唯太宗既勤內治，復善外攘，國未靖則姑與突厥言和，斂鋒以避之，國已靖則始與突厥言戰，聲罪以討之，且冊夷男，納突利，以夷攻夷，卒雪前恥而告成功，馭外之道，莫善於此，太宗其可與言文治，抑可與言武略者乎？

第十六回　獲渠魁掃平東突厥　統雄師深入吐谷渾

卻說太宗接著捷音，即降敕一道，頒給李靖，令送蕭后及楊政道入都，靖當然遵旨，遣使送二人至長安。太宗坐著便殿，召二人入見。楊政道年尚幼稚，拜伏殿前，身子卻顫個不住，連話語都說不清楚。獨蕭后是見多識廣的人，毫不驚慌，從容走近案前，方屈膝下拜道：「臣妾蕭氏見駕，願陛下萬歲！」一見太宗，即自居妾媵，可謂不知廉恥。這兩語才說出口，幾似那嚦嚦鶯聲，宛轉可愛。太宗垂目下視，但見她髻鴉高擁，鬟鳳低垂，領如蝤蠐，腰似楊柳，還有一雙蓮鉤兒，從裙下微微露出，差不多隻二三寸，（唐人天足，此處系虛構。）不禁暗暗想道：「蕭后雖有美名，但至今也好有四十多歲了，為何尚這般裊娜，莫非假冒不成？」便柔聲啟問道：「你果是隋后蕭氏麼？」蕭氏答聲稱是。太宗又道：「既是隋朝皇后，請即起來！」蕭后稱謝，才裊裊婷婷地立將起來，站在一邊。太宗再行端詳，徐娘半老，丰韻具存，眉不畫而翠，面不粉而白，唇不塗而朱，眼似秋水，鼻似瓊瑤，差不多是褒姒重生，夏姬再世。上文是蕭后跪著，故但敘其形聲，不及面目，此時已是立著，故獨敘面目，不及形聲。太宗又自忖道：「這真是天生麗姝，與我巢刺王妃楊氏，好似一對姊妹花哩。」褒姒夏姬天然比例，復添一個巢刺王妃，更是現成對偶。遂命賜宅京師，令左右引出蕭后及楊政道，就宅居住。太宗還宮後，心下尚想念蕭后，甫越二日，即召她入宮，問及隋室故事。蕭后一一應對，並述煬帝奢侈過度，所以致亡。太宗又問在突厥時情形，宇文化及據住六宮，蕭后亦曾被淫，何不問及？也經蕭后詳敘一番，且泣請道：「臣妾迭遭慘變，奔走流離，此後餘生，全仰恩賜，唯死後得給葬江都，得與故主同穴，臣妾尤銜感不盡了。」老淫婦何不早死？太宗見她楚楚可憐，益加憫惜，遂對她好語溫存。蕭后本是個尤物，不曉得什麼節烈，但教有人愛她，無不樂從。況太宗正在盛年，生得恣表絕倫，不比那故主煬帝，昏頭磕腦，毫無威儀，此時既已入宮，樂得攀龍附鳳，再享幾年歡樂，於是拿出生平伎倆，淺挑微逗，眉去眼來，那太宗漁色性成，連弟婦且充作妃妾，何論一個亡國故后，彼此情意相同，自然如漆投膠，熔作一片，趁著閒暇的時候，便同去上陽臺夢了，這且慢表。

且說突厥主頡利可汗，被李靖襲破營帳，奔往磧石，正思營壘自固，不料唐并州都督李世勣，又自雲中殺來，頡利忙遣兵防禦白道，偏又為世勣所破，料知磧石亦不能守，復竄入鐵山，一面令執失思力，赴唐都謝罪，情願舉國內附。太宗乃遣鴻臚卿唐儉，將軍安修仁，同往撫慰，又詔令李靖率兵往迎。靖既接詔，語副將張公謹道：「頡利雖敗，部眾尚盛，若走度磧北，後且難圖。為今日計，宜乘詔使到虜，發兵掩擊，虜以為有詔往撫，必不相防，我軍一至，不及趨避，必為我所擒了。」公謹道：「詔書許降，行人已往，若我發兵襲擊，雖可必勝，但行人得毋被害麼？」靖復道：「機不可失，韓信破齊，就用此策，唐儉等何足惜呢？」顧己不顧人，未免太忍。遂勒兵夜發。適值世勣亦率軍來會，兩下敘談，意見從同，於是靖為先驅，世勣為後應，沿途遇著突厥邏卒，一律擒獲，令作嚮導。頡利可汗，方接著詔使，聞已許降，心下甚慰，正在設宴款待，忽有親卒入報導：「唐兵已到，去此不過十里了。」頡利大驚，瞠目視唐使道：「這……這是何故？大唐天子，既許我歸附，復出兵到此襲擊，難道也這般無信麼？」唐儉等忙起座道：「可汗不必驚疑，我兩人從都中來此，未曾到過李總管軍前，想是李總管尚未接洽，所以率軍前來，若由我兩人出去攔阻，定可令他回軍，願可汗勿慮！」說畢，即攜手出帳，跨馬加鞭，竟自馳去。虧得有此一著，才保生還。頡利聽唐儉言，也信為實情，待儉等去後，尚以為不必設防，眼巴巴的望他退軍。哪知帳外警報，絡繹馳至，有說是唐軍只相距七裡，有說唐軍只相距五裡，於是出營遙望，果然唐軍浩浩蕩蕩，疾馳而來，自知不及整兵，慌忙跨上千里馬，輕身逃去，部眾相繼四竄。唐軍闖入大營，如入無人之境，東斫西砍，殺死多人，復踹入帳後，見有一個盛裝婦人，及一個少年男子，抖做一團，也不去問明誰氏，一抓便走。還有帳內外許多番男番女，未及奔逃，都由唐軍用索捆縛，一串一串的扯牽了去。霎時間番營蕩平，由李靖李世勣擇地安營，檢點俘虜，不下數萬。唯查得盛裝婦人，乃是頡利的可敦，便是四次嫁人的義成公主。靖責她無恥，推出斬首。殺得好。再鞫問少年男子，系是頡利子疊羅支，便令囚入檻車，解送京師。

先是頡利可汗，嘗命啟民母弟蘇尼失為沙缽羅設（突厥官名），督部落五萬家，建牙靈州西北。及頡利勢衰，諸部攜貳，獨蘇尼失尚無違心。頡利走依蘇尼失，欲與他同奔吐谷渾。蘇尼失遲疑未決，會李靖奏凱還師，但檄令靈州總管任城王李道宗，太宗族弟。出兵追捕頡利。道宗即貽書蘇尼失，令執送頡利來獻，一面遣副總管張寶相，率軍進逼，頡利聞了消息，走匿荒谷。蘇尼失聞唐軍將到，無法抵禦，只好馳追頡利，到處搜尋，才將頡利拘住，返歸營帳，巧值唐軍掩至，遂把頡利作了贄儀，舉眾出降，漠南自是無虜廷了。頡利被執至長安，由太宗御順天樓，盛陳儀仗，召見頡利。頡利俯伏請罪，太宗朗聲詰責道：「汝籍父兄遺業，淫虐人民，自取滅亡，這是汝第一大罪。與我屢盟，復向我屢叛，這是汝第二大罪。恃強好戰，暴骨如莽，這是汝第三大罪。蹂我稼穡，掠我子女，這是汝第四大罪。我欲宥汝，遣使招撫，汝尚遷延不來，這是汝第五大罪。但念汝自便橋以後，總算不甚入寇，尚有一半顧忌，我便待汝不死，汝休要再不知感哩！」頡利聞言，且泣且謝。太宗乃命太僕寺引去頡利，好意管待，給以廩餼。加封李靖李世勣為光祿大夫，各給絹帛，頒詔大赦，賜民五日酺。上皇正徙居大安宮，聞頡利成擒，不禁喜慰道：「漢高祖困白登，終不能報，今我子能滅突厥，付託得人了，尚有何憂？」太宗進謁上皇，即奉上皇至凌煙閣，召集諸王妃主，及貴戚近臣十餘人，置酒列宴，飲至半酣，上皇自彈琵琶，太宗起舞，諸王等更迭奉觴，為上皇壽。太宗興高采烈，流連忘倦，直飲到夜靜漏遲，方才散席。太宗仍奉上皇還大安宮，餘眾散歸，不必細述。

唯東突厥既已滅亡，餘眾或西奔西突厥，或北附薛延陀，尚有十萬口降唐，擬籌安插，太宗乃詔令群臣妥議方法。當時魏公裴寂，坐罪免官，旋即病歿，蔡公杜如晦，亦抱病謝世（二人為佐命功臣，故就此插敘，作一了結），唐廷上面的大臣，要算僕射梁國公家宿舍玄齡。玄齡奉到詔敕，不申己見，專採集眾議以聞。中書侍郎顏師古，請就河北安置降眾，分立酋長，管領部落，方保無虞。禮部侍郎李百藥，竟與師古略同，但請在定襄置都護府，作為統馭，才是安邊長策，獨溫彥博請仿漢建武故事，會降眾齊居塞下，因宜適性，令為中國捍蔽，既足全彼生齒，復足實我邊疆，好算是一舉兩得的良法。太宗匯覽各議，意欲從彥博所言，遂召彥博入商。祕書監魏徵，也入朝參議，便勃然奏阻道：「突厥世為寇盜，與中國尋仇不已，今幸得破亡，陛下因他降附，不忍盡誅，自宜縱歸故土，斷不可留居中國，從來戎狄無信，人面獸心，弱即請服，強即叛亂。今降眾不下十萬，數年以後，蕃息倍多，必為心腹大患。試想西晉初年，諸胡與民雜居內地，郭欽江統，皆勸武帝驅出塞外，借杜亂源，武帝不從，沿至二十年後，伊洛一帶，遂至陸沉，往事可為明鑑，奈何不成？」魏徵此言，較諸顏李兩議，尤為痛切。彥博偏答辯道：「王者無外，待遇萬物，好似天無不覆，地無不載，今突厥窮來歸我，奈何拒卻不受？孔子有言：『有教無類。』若拯彼死亡，授他生計，教以禮義，數年後盡為吾國赤子。又復簡選酋長，令入宿衛，彼等畏威懷德，趨承恐後，有什麼後患呢？」太宗點首稱善。無非好大喜功。徵見太宗已偏向彥博，料難挽回，乃默然趨出，彥博亦退。

太宗即敕令突厥降眾，處置塞下，東自幽州，西至靈州，皆為降眾居地。又分突利故地為四州，頡利故地為六州，左置定襄都督府，右置雲中都督府，分統降眾，封突利為右衛大將軍北平郡王，兼順州都督，突利受命辭行，太宗面諭道：「爾祖啟民，避難奔隋，隋立為大可汗，奄有北荒。爾父始畢，反為隋患，天道不容，乃使爾亂亡至此。我本想立爾為可汗，因念啟民故事，可為寒心，是以幡然變計。今命爾都督順州，爾應善守中國法律，毋得侵掠，不但使中國久安，亦使爾宗族永保呢。」突利拜謝而去。太宗再命頡利為右衛大將軍，留住京中，蘇尼失擒酋有功，特封為懷德郡王，尋授寧州都督。還有阿史那思摩，系隨頡利入京，未嘗請降，太宗因他忠事故主，特別加撫，授右武侯大將軍。嗣復晉封懷化郡王，兼化州都督，使統頡利舊眾。此外降附的番目，如執失思力以下，皆授官有差。計五品以上凡百餘人，幾與朝臣相半，因此番臣入居長安，約近萬家。太宗亦未免濫賞。唯頡利留京日久，鬱鬱不樂，漸漸的形容憔悴，面色衰羸。太宗有時相見，頗為憐憫，乃與語道：「卿形枯骨瘦，大約在京不便，故至如此。朕聞虢州地多麋鹿，可以遊畋，卿若願往，朕不妨命為刺史，卿得藉此消遣，庶幾安享天年。」頡利下拜道：「臣系待罪餘生，仰蒙陛下洪恩，得陪輦轂，此後得保全骸骨，已是萬幸，所有特詔，不敢拜賜了。」太宗乃止。

至貞觀七年冬季，太宗從上皇置酒未央宮，頡利等亦奉召入宴，酒過數巡，上皇命頡利起舞，及南蠻酋長馮智戴詠詩。頡利沒法推辭，不得已起身下階，作蠻夷舞。上皇喜語太宗道：「胡越一家，為從古所未有呢。」太宗捧觴上壽道：「今四夷入臣，皆陛下教誨所及，臣兒智力，未能及此。昔漢高祖亦嘗從太公置酒此宮，妄自矜誇，愚見竊所不取哩。」上皇益喜，殿上齊呼萬歲。既而退席，頡利愈增慚赧，自是慨慨成病，不到兩月，竟爾死了。太宗命從突厥舊俗，焚屍乃葬。追贈歸義王，謚曰荒。頡利子疊羅支，自被俘入京，太宗仍令他侍奉頡利，他獨具有至性，事父盡孝，父死，哭泣甚哀。事為太宗所聞，不覺嘆息道：「天稟仁孝，不閒華夷，莫謂胡虜無人呢。」遂厚賜金帛，令襲職終身。錄此以風世。蘇尼失聞頡利死，悲不自勝，也至畢命。突利居順州數年，奉召入朝，暴死并州道中。太宗令中書侍郎岑文字，撰文為記，刻勒兩汗墓碑中，東突厥事，自是了結。唯西突厥據境如故，後文自有表見，容且再表。

且說東突厥既平，四夷君長，多詣闕入朝，推太宗為天可汗。太宗道：「朕為大唐天子，又下行可汗事麼？」四夷君長，齊稱萬歲，且言：「外俗以可汗為尊，不識『天子』二字的名義。今稱陛下為天可汗，令外俗知可汗以上，又有天可汗，自然益加畏服了。」太宗暗思夷酋所言，恰也有理，遂當面應允，各夷酋舞蹈退朝。嗣是頒給璽書，敕賜西北君長，皆鈐蓋天可汗三字。其實未當。貞觀四年。高昌王麴文泰入朝，越年，林邑新羅入貢，康國也求內附，太宗以康國僻居西域，緩急不便往援，特卻使不受。群臣以太宗威振中外，屢請封禪。太宗初意不從，怎禁奏牘連登，再四乞請，也不由的惹動雄心。獨魏徵入朝諫阻，太宗道：「卿不欲朕封禪，莫非因功未高，德未厚，中國未安，四夷未服，年穀未登，符瑞未至麼？」徵慨然答道：「陛下所說六事，雖似面面俱到，但戶口未復，倉廩尚虛，若車駕再行東巡，必多增一分勞費。況自伊洛以東，灌莽滿目，所有遠夷君長，皆當扈蹕相從，引入腹地，自示虛弱，適啟戎心。並且賞賚不貲，難饜所欲，為了一個虛名，擔受若干實害，陛下亦何苦出此？」確是至言。太宗經他一諫，方才省悟。會聞河南北數州大水，更將此事擱過一邊，一面再行修政，慎刑辟，除鞭背刑，禁奴僕告主，敕百官選舉縣令，如有詔敕未便遵行，概令復奏。非大瑞不得表聞。畿內有蝗，捕食數枚，為民禱祝道：「寧食我肺腸，毋食民禾稼。」此事太屬矯情。又錄死囚三百九十人，縱令還家訣別，限期來秋，再來就死。囚犯果如期皆至，因嘉他有信，一律赦宥。歐陽氏嘗論縱囚之誤，不為無識。鄭仁基有女，貌美多才，太宗特聘為充華（唐女官名）。魏徵聞她已許字陸爽，即上表切諫，有詔即停止典冊。會修築洛陽宮，將作大匠竇璡，鑿池築山，雕飾華靡，為諫官所劾。太宗即令毀去，且免璡官，中牟丞皇甫德參上言：「修洛陽宮，勞役增賦。俗好高髻，系是宮中所化。」太宗未免動怒，語侍臣道：「德參欲國家不役一人，不收斗租，宮人皆無發，然後得如他意麼？」魏徵忙解勸道：「言不激切，怎能迴天？陛下當諒他忠直，勿事苛求。」太宗意乃漸解，徐徐答道：「朕若加罪德參，何人再敢盡言？」說著，即命賜絹二十匹，尋復拜為監察御史，種種良法美意，不可勝記。唯殺瀛州盧祖尚，及大理寺丞張蘊古，未免濫刑。盧祖尚廉平公直，太宗擬遣他鎮撫交趾，祖尚已經表謝，尋復自悔，託疾固辭。及一再諭往，終不受命。太宗怒他違旨，竟將他處斬。祖尚亦未嘗無咎，但處以死刑，不免過甚。張蘊古嘗獻大寶箴，為太宗所嘉獎，特擢為大理丞。嗣因河內人李好德，素有瘋疾，妄作妖言，有司將他捕治，經蘊古復訊，謂好德實系病狂，不應坐罪。偏由侍御史權萬紀誣奏，略言：「好德兄厚德，任相州刺史，蘊古系相州人，所以阿私所好，故意縱罪。」太宗不複查察，竟將蘊古斬決。全是冤枉。事後俱懷悔意，但已死不能復生，悔也無及了。魏徵何不營救？

貞觀八年冬季，吐谷渾入寇涼州，詔令李靖為西海道行軍大總管，統轄諸軍，往討吐谷渾。又另簡五人為行軍總管，分道並進：一個是兵部尚書侯君集，為磧石道總管；一個是刑部尚書任城王道宗，為鄯善道總管；一個是涼州都督李大亮，為且末道總管；一個是岷州都督李道彥（淮安王神通子），為赤水道總管；一個是利州刺史高甑生，為鹽澤道總管。五道均歸李靖排程，再令蕃將執失思力，契苾何力等，帶領本部遺眾，隨軍出征。看官閱過上文，應把吐谷渾三字，早已了過，且吐谷渾可汗伏允，與唐高祖通好，入貢互市，前文亦約略表明。到了貞觀年間，伏允已老，權臣天柱王用事，屢勸伏允入寇唐邊。伏允昏悖糊塗，遂興兵內犯，且拘執意使趙德楷，太宗屢遣使招諭，始終無效，乃遣左驍衛將軍段志玄等，率眾往擊，雖然迭得勝仗，究未曾深入虜境。伏允未經大創，仍然乘隙入寇，於是太宗決意大舉，李靖已進任僕射，慨然請行。太宗因他不憚年老，肯為國家效力，特別嘉許。請與五道總管，陸續出發，任城王道宗，年壯氣盛，驅軍先進，直至庫山，擊破吐谷渾步卒，伏允可汗，想出了堅壁清野的計策，命把野草盡行燒去，獨率輕兵走入磧中。道宗追了一程，不見一敵，但見火光遍野，赤地千里，自恐進軍有失，方擇險安營，靜待後軍。未幾各軍俱到，李靖亦至，大眾聚議進行事宜。李大亮等均謂野草被燒，馬無芻可食，必致疲乏，不如見機退師，侯君集獨起座道：「虜已敗遁，鼠逃鳥散，君臣攜離，父子相失，果能協力進取，易如拾芥，此時不乘，更待何時？」道宗亦贊成侯議，李靖遂依計照行，分諸軍為兩道。靖與李大亮等由北道入，君集與道宗由南道入。北道大軍，行至牛心堆，遇著吐谷渾戍兵，一鼓擊退，進至赤水源，又擊走戍卒。靖部將薛孤兒，分兵進拔曼頭山，斬吐谷渾名王，大獲雜畜，接濟軍食，再會大軍北進。那時南道一軍，也引兵深入，晝行夜宿，直趨二千餘里。四無人跡，進至邏直谷，山深徑險，居然盛夏降霜。將士越進越冷，且無水可汲，無草可依，人齕冰，馬啖雪，君集道宗，不生退志，好容易到了烏海，才見虜帳，當下麾兵殺入，踹破虜營。伏允倉皇遁去，番眾也無心接仗，各自逃生，偏是越想逃走，越至速死，一半被唐軍截脰割耳，變做了塞外冤魂。伏允狂奔至突倫川，留天柱王在赤海，天柱王擁著精銳，扼險自固。李靖偏將薛萬均兄弟，冒險輕進，陷入敵中。天柱王指揮番兵，把二薛困住垓心，二薛分頭衝突，不能脫圍，甚至中槍失馬，徒步奮鬥。從騎十死六七，虧得左領軍將軍契苾何力，率數百騎往援，大呼突入，所向披靡。萬均萬徹，乘勢殺出重圍，與何力並軍奮擊，天柱王乃敗北奔逃。至何力等收兵下營，李靖也領軍馳到（南北軍錯雜寫來，筆不重複）。契苾才休息了一天，請下令拔營再進，道經磧石山河源，直窮吐谷渾西境，方探得伏允在突倫川。契苾何力願為先鋒，誓擒伏允，薛萬均自懲前敗，固言不可。何力道：「虜無城郭，但隨水草遷徙，他現在聚居一處，若非乘勝襲擊，待他雲散，尚得傾他巢穴麼？」說畢，即自選驍騎千餘，竟趨突倫川，萬均乃引軍後隨，途次乏水，將士刺馬血為飲。行至突倫川附近，天色已暮，伏允居住帳中，正想安寢，驀聞喊聲大起，鼓角齊鳴，四面八方的唐軍，殺入帳中來了。正是：

將軍飛騎從天降，虜酋餘威掃地時。

畢竟伏允能否脫身，待至下回再詳。

唐君名將，推李靖為第一人。靖入東突厥，頡利受擒，及征吐谷渾，伏允走死，戰功卓著，彪炳旗常，雖未始無將佐之贊襄，而排程有方，終歸統帥，衛公固人傑矣哉！俗傳靖多異術，而正史無聞，故本書亦不妄闌入，但就史演述而已。至敘入蕭后一節，意在暴太宗之過，雖未見正史，而稗乘所傳，不為無因，直揭其事，所以懲淫也。間及太宗內治，及誤殺盧張兩賢，功過不相掩，所以彰善而戒失也。本回總旨，在述突厥吐谷渾兩戰事，而夾敘及此。乃因事蹟錯雜，不便從略，特作數行銷納文字，閱者幸勿視為蕪瑣也。

第十七回 長孫后臨終箴主闕 武媚娘奉召沐皇恩

卻說伏允可汗，聞唐軍又復殺到，慌忙從帳後逃出，跨馬疾奔，所有妻妾子女，一齊丟下。契苾何力舞刀直入，還管什麼生命不生命，見一個，殺一個，見一雙，殺一雙，從騎緊緊隨上，各仗著快利兵器，試那番眾頭顱。番眾在昏夜中，倉猝莫辨，還疑唐軍有數十百萬到來，嚇得沒命亂跑，但教保住頭皮，總算是萬分僥倖，霎時間逃得精光，單剩伏允的妻妾子女，聚做一團，在帳後亂抖。何力當然不與客氣，指顧軍士，一一捆住。尚有雜畜二十餘萬，搬不勝搬，可巧萬均等馳至，遂幫同移取，一古腦兒送至大軍，聽候李靖發落。靖聞先驅得勝，自然欣慰。適值侯君集等，也進逾星宿川，進至柏海，與靖合軍。各路將帥，統行趨集，只有高甑生未至。靖待了兩日，方見甑生到來，免不得責備數語。甑生懷恨在心，及靖再擬窮追，他卻暗中運動諸將，意圖逗撓，湊巧吐谷渾遣使至軍，舉國請降，表文上乃是慕容順出名，靖詢明來歷，乃知伏允窮蹙，已自經死（從李靖傳文，不從《通鑑》）。伏允子順為大寧王，不在軍中。至伏允死後，乃馳往奔喪。番國因兵敗主亡，統由天柱王一人所致，遂戴順為主，殺了天柱王，奉表唐師，情願投誠。靖即令飛驛馳奏，有詔封慕容順為西平郡王，仍得統轄舊部。且命李大亮駐兵數千，暫作聲援。外如李靖以下，一律還朝。請與侯君集等，入朝復旨，太宗一一慰勞，犒賞有差。忽高甑生訐靖謀反，並陰唆廣州刺史唐舉義，作為干證。太宗令有司案驗，毫無實據，乃坐甑生等誣告律，減死徙邊。實有可殺之罪。

既而西平郡王慕容順，懦弱無剛，竟為國人所戕。順子諾曷缽尚在少年，避匿得免。大臣爭權，國中大亂，李大亮擬往彈壓，因恐兵力不足，表請濟師。太宗令侯君集引兵往援，君集星夜前進，到了吐谷渾，與大亮同入番帳。番眾相率懾伏，不敢違命。君集大亮，查得亂首數人，捕獲正法，餘眾免究，令迎諾曷缽為主，諾曷缽才放心出來，做了可汗，自是感念唐恩，遣使入朝，請頒曆書，願奉正朔，並遣子弟入侍，太宗一一允諾，且封他為河源郡王。至貞觀十三年，諾曷缽馳驟入朝，太宗嘉他恭順，特把宗女弘化公主賜給為妻。諾曷缽非常感謝，挈了公主，仍歸本國去了。暫結吐谷渾事。

當李靖出征吐谷渾時，唐室忽遭大喪，太上皇一病不起，竟在垂拱殿中，宴駕歸天，享壽七十一歲。太宗因居喪守制，不便臨朝，特令皇太子承乾，暫行聽政。過了五月，葬上皇於獻陵，廟號高祖，謚曰大武。先是築陵制度，擬仿漢長陵故事（長陵系漢高祖陵），培高九丈。祕書監虞世南上疏，略言：「陛下聖德，度越唐虞，今乃以秦漢為法，似屬非宜，應如《白虎通》所云，墳高三仞，以昭儉德。」疏入不報。世南復奏，太宗乃召群臣會議。房玄齡等謂漢長陵高九丈，原陵（光武陵）高六丈，今九丈太崇，三仞太卑，不如仿原陵制度，以六丈為定例。太宗依議而行。葬後踰年，乃御殿如初，不意過了半載，長孫皇后又復抱病，逐日增劇，太宗心不自安，命太子承乾，日夕侍母側。承乾欲請大赦，且延方士入宮禳災。后呵禁道：「死生有命，非人力可以挽回，若修福果可延年，我生平並未為惡，倘行善無效，我尚何求？況赦令系國家重典，佛老為遠方異教，俱皇上所不願為，怎得因我亂天下法？汝不宜妄奏！」太子乃不敢奏請，唯轉告房玄齡。玄齡卻入白太宗，太宗嘆美不止。群臣遂請特頒赦詔，太宗已有允意，偏為皇后所聞，固請停赦，詔乃不發。會玄齡偶有小譴，令歸就第，后時已大漸，與太宗訣別，嗚咽陳請道：「玄齡久事陛下，小心慎密，不愧忠良，若非大故，幸勿輕棄。妾家本支，因緣懿戚，得列顯階，無德苟祿，最易取禍，幸勿再委政權，但得以外戚奉朝請，已出隆恩。妾生無益於時，死不可以厚葬，願因山為壟，毋起墳塋，毋用棺槨，器用瓦木，約費送終，庶不致增妾罪戾，願陛下勿忘！」語語可為天下法。說至此，喉中痰已作壅，喘息了好一歇，復握太宗手道：「此後陛下為政，能親君子，遠小人，納忠諫，屏讒慝，省勞役，止遊畋，妾雖死無恨了。」太宗不能無過，長孫后實是完人。太宗聽到此處，不禁淚下，只是向后點頭，反答不出什麼言語。應有此情。后恐太宗傷心，也不欲再談。又延了一日有餘，竟瞑目而逝，年只三十六歲。如此賢后偏不永年，天道誠令人難測。

后天性仁厚，撫視庶子，幾過所生，妃嬪以下，無不愛戴，訓誡諸子，常以謙儉為先。胞兄無忌，本與太宗為布衣交，太宗因他為佐命元功，得出入臥內，且欲引他輔政。后固言不可，舉漢呂霍事以為證。太宗不從，竟命無忌為尚書僕射，后反怏怏不悅，密令無忌辭職。無忌乃一再固辭，太宗才行准奏。后喜動顏色，方無戚容。太子承乾乳媼，請增東宮什物，后怫然道：「太子所慮，無德與名，奈何請增什物呢？」后女長樂公主，下嫁長孫沖，太宗以公主為嫡后所出，敕有司資送，視長公主加倍（唐制皇姑為大長公主，皇姊妹為長公主，皇女為公主）。魏徵進諫道：「昔漢明帝欲封皇子，謂我子不得與先帝子比，今陛下資送公主，反視長公主加倍，臣意竊為未解。」太宗不悅，入告后知，后嘆道：「妾嘗聞陛下推重魏徵，不識何因，今聞徵言，乃引禮義導陛下，這真是社稷臣呢。」太宗乃改令減損資奩，並賜徵帛四十匹，錢四十萬，后亦遣中使齎帛賜徵，且傳語道：「聞公正直，今才得實，願公常守此志，勿少變更呢！」徵自是不憚極言。太宗一日罷朝，退語后道：「我總要殺此田舍翁。」后問田舍翁為誰？太宗道：「便是魏徵，他屢來絮聒，且嘗廷辱朕躬，所以必殺死了他，才得洩恨。」觀此言，可知太宗納諫，非出真誠。后聞言退出，添著朝服，復入內拜賀道：「妾聞主明臣直，今朝有直臣魏徵，就是陛下的聖明呢。」太宗乃轉怒為喜，待遇魏徵，優禮如初。后生平最喜觀書，雖容櫛不少輟，嘗採古婦女得失事，為女則三十卷，及崩後，始由宮司奏聞，太宗隨閱隨泣，覽畢舉示近臣道：「皇后此書，實足垂範百世，朕非不知天命，為無益的悲慟，但入宮不聞規誡，失一良佐，是以可哀。」乃追謚為文德皇后，就葬昭陵，太宗自著表序，刊鐫陵左。又在苑中作一層觀，屢望昭陵。一日，引魏徵同登，語徵道：「卿見陵墓否？」徵熟視良久，方道：「臣昏眊不能見。」太宗乃指陵示徵，徵答道：「臣以為陛下望獻陵，若昭陵原是早見哩。」是謂譎諫。太宗為之泣下，乃令毀去層觀。唯房玄齡已早令復位，總算依后所託，不負遺言。

后生三子，一是太子承乾，一是魏王泰，一是晉王治，就是後來的高宗皇帝，太宗懷念故后，因遂鍾愛三子。魏王泰折節下士，又善屬文，太宗寵之(為後文易儲張本)，即令就府中置文學館，使自引學士。諫臣等稍有異言，乃令王珪為魏王泰師，且諭泰道：「汝事珪，當如事我。」泰承上旨。每見珪必先拜。珪亦以師道自居，不稍貶損。泰嘗問珪以忠孝二義，珪語道：「王以皇上為君，事思盡忠，王以皇上為父，事思盡孝。忠孝可以立身，可以成名。」泰復道：「忠孝二字，既已受教，敢問從何處學起？」珪又道：「漢東平王蒼，嘗稱為善最樂，願王謹記勿忘！」泰乃不復言。太宗聞珪教泰，很是喜慰，語侍臣道：「吾兒可從此無過了。」卻也難必。珪子敬直，尚南平公主（太宗第三女），珪以帝女下嫁，素多挾貴，蔑視舅姑，至此獨喟然道：「主上每事循法，我當受公主謁見，為國家成一美名。」於是與夫人並坐堂上，令公主執笄盥饋，然後退入。此禮一行，凡公主下降，始行婦禮。特志之以示婦道。珪於貞觀十三年病歿，年六十九，贈吏部尚書，追謚為懿。帶過王珪。

太宗又令諸子吳王恪、齊王祐、蜀王愔、蔣王惲、越王貞、紀王慎等，分任各州都督，或為刺史。恪督安州，屢出遊獵，侵擾居民，侍御史柳範，上書彈劾，恪乃免官。後來諫議大夫褚遂良奏稱：「皇子稚年，未知從政，不應令掌州事，現不若留居京師，待教養有成，乃可遣往治民。」太宗雖以為然，但不過召還一二人罷了。貞觀十一年七月，大雨兼旬，谷洛水溢，流入洛陽宮，毀壞官寺民居，溺死約六千餘人。有詔令所毀宮室，略加修繕，不得過費；撤廢明德宮內的玄圃院，把院中材料，賜給受災備民家；且命內外百官，各上封事，極言過失。大臣等應詔陳言，多切時弊。魏徵上十思疏，尤為剴切。略云：

人君善始者實繁，克終者蓋寡，豈取之易守之難乎？蓋在殷憂，必竭誠以待下，既得志，則縱情以傲物。竭誠則胡越為一體，傲物則骨肉為行路。雖董之以嚴刑，振之以威怒，終苟免而不懷仁，貌恭而不心服。怨不在大，所畏唯人。載舟覆舟，所宜審慎。誠能見可欲，則思知足以自戒；將有作，則思知止以安人；念高危，則思謙沖而自牧；懼滿盈，則思江海下百川；樂盤遊，則思三驅以為度；憂懈怠，則思慎始而敬終；慮壅蔽，則思虛心以納下，懼讒邪，則思正身以黜惡；恩所加，則思無因喜以謬賞；罰所及，則思無以怒而濫刑。總此十思，宏茲九得，簡能而任之，擇善而從之，則文武並用，可垂拱而治矣。

越年又復大旱，魏徵更上十漸疏云：

臣奉侍幃幄十餘年，陛下許臣以仁義之道，守而不失，儉約樸素，終始弗渝，德音在耳，不敢忘也。頃年以來，浸不克終，謹用條陳，聊裨萬一。陛下在貞觀初，清潔寡慾，化被荒外，今萬里遣使，市索駿馬，並訪怪珍，昔漢文帝卻千里馬，晉武帝焚雉頭裘，陛下居常論議，遠希堯舜，今所為反欲處漢文晉武下乎？此不克終一漸也。陛下在貞觀初，護民之勞，煦之如子，不輕營為，頃既奢肆，思用人力，乃曰百姓無事則易驕，勞役則易使，自古未有百姓逸樂而致傾敗者，何有逆畏其驕而為勞役哉？此不克終二漸也。陛下在貞觀初，役已以利物，出來縱慾以勞人，雖憂人之言，不絕於口，而樂人之事，實切於心，四語最中太宗病源。此不克終三漸也。陛下在貞觀初，親君子，斥小人，比來輕褻小人，禮重君子，重君子也，恭而遠之，輕小人也，狎而近之，近之莫見其非，遠之莫見其是。莫見其是，則不待間而疏，莫見其非，則有時而暱，暱小人，疏君子，而欲致治，非所聞也。此不克終四漸也。陛下在貞觀初，不作無益，而令難得之貨，雜然並進，玩好之作，無時而息。上奢靡而望下樸素，力役廣而冀農業興，不可得已，此不克終五漸也。陛下在貞觀初，求士若渴，賢者所舉，即信而任之，取其所長，常恐不及，比來由心好惡，以眾賢舉而用，以一人毀而棄，雖積年任而信，或一朝疑而斥。夫行有素履，事有成跡，一人之毀，未必可信，積年之行，不應頓虧，陛下不察其原以為臧否，使讒佞得行，守道疏間，此不克終六漸也。陛下在貞觀初，高居深拱，無田獵畢弋之好，數年之後，志不克固，鷹犬之貢，遠及四夷，晨出夕返，馳騁為樂，變起不測，其及救乎？此不克終七漸也。陛下在貞觀初，遇下有禮，群情上達，今外官奏事，顏色不結，間因所短，詰其細故，雖有忠款而不得伸，此不克終八漸也。陛下在貞觀初，孜孜治道，常若不足，比恃功業之大，負聖智之明，長傲縱慾，無事興兵，問罪遠裔，親狎者阿旨不肯諫，疏遠者畏威不敢言，積而不已，所損非細，此不克終九漸也。陛下在貞觀初，頻年霜旱，畿內戶口，並就關外，攜老扶幼，來往數年。卒無一戶亡去，此由陛下矜育撫寧，故死不攜貳也。比者疲於徭役，關中之人，勞敝尤甚，市物襁屬於廛，遞子背望於道，脫有一谷不收，百姓之心，恐不能如前日之帖泰，此不克終十漸也。夫禍福無門，唯人所召，人無釁焉，妖不妄作。今旱熯之災，遠被鄰國，凶醜之孽，起於轂下，此上天示戒，乃陛下恐懼憂勤之日也。千載體期，時難再得，明主可為而不為，臣所以鬱結長嘆者也。

太宗看到兩疏，總算優詔褒答，並給特賜。唯這位魏玄成公（徵字玄成），雖然事君以忠，有犯無隱，所說十思十漸，統是抉出太宗的心病，對症發藥，但尚有一種大弊，未聞規諫，這也不免是魏公的罅漏。小子依史論敘，反不得不責備賢人了。得《春秋》大義。看官道是什麼大弊？原來太宗素性好色，見有美貌釵裙，往往不肯放過，所以弟婦楊氏，及隋后蕭氏，一古腦兒收入後宮，充作妾媵。此外妃嬙嬪御，也不可勝數。史傳上載著徐賢妃，說她五月能言，四歲通《論語》《詩經》，八歲能屬文，至十餘歲後，秀外慧中，才名卓著，太宗召為才人，累遷至賢妃，始終寵眷不衰。還有吳王恪母，是隋煬帝女兒，隋亡後輾轉入宮，也得恩寵。齊王祐母陰妃、蔣王惲母王妃、越王貞母燕妃、紀王慎母韋妃，都是太宗的佳眷。太宗意尚未足，尚想採選幾個美人兒，作為後半世的娛樂。天意似亦恨他漁色，特地產出一個絕世嬌姝，教她來攪亂唐宮，鬧出一場大禍，釀成千古未有的駭聞。這人為誰？就是人人曉得的武則天。特筆點清。武氏系并州文水人，父名士彠，系高祖故交。高祖留守太原，曾引為行軍司鎧參軍（見第二回），及既受隋禪，士彠得進封光祿大夫，兼義原郡公，累遷至工部尚書，加封應國公，歷利州荊州都督，得終天年。他元配為相裡氏，生下二子，長名元慶，次名元爽。繼娶楊氏，生下三女，長女嫁賀蘭氏，青年守寡，次女就是武則天。則天非武氏名，後來武氏篡唐號周，自稱為則天皇帝，乳名失傳，史冊上說她叫做武曌，相傳古無曌字，由武氏杜撰出來，以日月懸空自擬，因名為曌。生年十四，已經豔名遠播，傳入宮廷。太宗正留意物色，既聞有此美人，便遣使徵召。武母楊氏，驟然接敕，不禁大慟，握手訣別，且囑且泣，武氏獨談笑自若，且勸母道：「女得往見天子，安知非福？奈何先自悲泣呢？」已是不凡。母乃收淚，送她上車。及到京師，入宮謁見太宗，一些兒不露慌張，盈盈下拜，自陳姓氏，三呼萬歲，無不合體。太宗命她起來，舉目一瞧，正是芙蓉顏面，荳蔻年華。問她芳齡，不過二七，身子恰已頎長，彷彿有十七八歲形景。太宗略問數語，武氏均應對稱旨，最動人的，是一雙俏眼，百囀嬌喉，恁你鐵石心腸，也要被她情牽意轉。何況太宗是個色魔，哪有不稱心如意？當下命入後宮，待到黃昏時候，便召她侍寢。嬌小娃兒，已解風月，太宗尚恐她禁受不起，偏她縱體入懷，毫不怯避，春風一度，啼笑皆妍，更有一種柔媚情形，令人不醉自醉，不迷自迷，太宗雖有許多妃嬪，卻未曾經過這般滋味。到了巫峽夢闌，扶桑日上，太宗勉起視朝，看那被底嬌娃，尚在朦朧半醒，酥胸露透，眉黛春濃，太宗越瞧越愛，便賜她一個芳名，叫做媚娘，輕輕的呼了幾聲，武氏才覺惺忪，急欲起床謝恩，那太宗已自走了。視朝以後，便即下詔，冊武媚娘為才人，武媚娘當然謝賞。太宗令居福綏宮，且把那老年宮娥綵女等，盡行放出。連從前高祖所寵的尹張二妃，均令出宮歸家。可報前恨。就是最近邀寵的蕭后，也不復召幸，一心一意的愛戀這武媚娘了。小子有詩嘆道：

商紂喪邦本狐媚，周幽失國兆龍漦。
試看唐室留遺禍，也是蛾眉得寵時。

太宗正在歡娛，忽由西域遞來警報，又要擾動兵戈了。欲知詳情，且看下回。

敘長孫皇后之崩，不厭從詳，所以彰皇后之賢，而惜其不永天年，為唐宮誌悼也。敘武媚娘之入宮，亦不肯從略，所以揭太宗之過，而嫉其至老漁色，為唐室志亂也。中錄十思十漸兩疏，有褒中寓譏意。何言之？唐代諫臣，莫如魏徵，唐代奏議，亦莫若魏徵之十思十漸兩疏。但長孫皇后之遺言，徵應亦聞之，何不再行提及？武媚娘之召為才人，亦何不力加奏阻？徒就普通君德，陳入千百言，吾猶惜其未中主弊也。且太宗遙望昭陵，徵獨以獻陵為請，未嘗勸太宗回憶后言，看似為主勸孝，實則父子之親，不及夫婦，后德可忘，而武氏即進，亂端生矣。著書人連類並敘，不特為太宗惜，抑且為魏徵惜也。

第十八回　滅高昌獻俘觀德殿　逐眞珠擊敗薛延陀

卻說高昌王麴文泰，曾於貞觀四年入朝（見十六回），高昌東鄰吐谷渾，本在西域境內，定都交河。當時西域諸國，聞文泰入朝，各浼他介紹唐廷，願通朝貢，太宗許令自便。越二年，焉耆王突騎支遣使入貢，道出高昌，使臣到了唐廷，請遵漢時故道開通磧路，以便往來。原來漢時與焉耆通使，另有磧路可行，不必假道高昌。至隋末磧路梗塞，繞道多迂，且恐受高昌牽制，許多不便，因此使臣乞請唐廷。太宗當然允許，偏高昌王麴文泰，以為焉耆通唐，由自己替作先容，今乃請開磧路，自由往來，明明是背本營私，當即遣兵潛襲焉耆者，大掠而歸。嗣因西域使人，欲往唐廷，必須先請命高昌，否則概不許通。西域有伊吾國，先屬西突厥，旋願內附。文泰與西突厥，連兵攻伊吾，伊吾向唐廷乞援，太宗頒詔高昌，嚴詞詰責，且召他大臣阿史那矩，入都議事。文泰不肯遣發，但令長史麴雍，入唐謝罪，太宗面諭麴雍，促令文泰入朝，麴雍聽命而去，偏偏待了半年，毫無音信，但聞文泰復結西突厥，擊破焉耆，且號令薛延陀等部落，迫他臣事高昌。於是再遣虞部郎中李道裕，往問罪狀，文泰傲不為禮，且自語道：「鷹飛天上，雉伏蒿中，貓遊堂奧，鼠伏穴間，尚且各自得所。我為一國主，難道不如鳥獸麼？」夜郎自大。道裕知不可理喻，還報太宗。太宗即遣使問薛延陀，願否同擊高昌？薛延陀真珠可汗，答詞恭順，且請發兵為導。乃再遣民部尚書唐儉，右領軍大將軍執失思力，齎繒帛賜真珠，與商進取事宜。兩下約定，唐儉等還朝，遂命交河行軍大總管吏部尚書侯君集、副總管兼左屯衛大將軍薛萬均等，率師征高昌。

文泰聞唐師西來，尚侈然語國人道：「唐朝去我七千里，有二千里統是沙磧，毫無水草，寒風如刀，熱風似燒，怎能驟然到此？前時我往見唐廷，眼見秦隴一帶，城邑蕭條，大非隋比。今來伐我，發兵過多，糧必不濟，若止三萬以下，我力尚足抵禦，以逸待勞，坐乘敵敝，他若屯兵城下，不過二旬，食盡必走，我乃從後躡擊，定可得志。」計非不佳，奈不能久待何？遂安心待著，不加戒備。過了一二月，才有偵騎來報，唐兵已臨磧石了。文泰尚未著忙，但問有若干人馬？偵騎答稱有十萬人。文泰始覺心驚，便顫著道：「十萬大兵，竟得深入麼？這卻如何是好？」何不再用前策？偵騎道：「有薛延陀兵為嚮導，是以來得迅速。」文泰益懼，急得不知所措，即日惹起大病，忽寒忽熱，似醒非醒。這叫做寒風如刀，熱風似燒。睡著帳中，說了一二日囈語，水米不沾，竟至氣絕。子名智盛，平時本沒有什麼才幹，至此既要治喪，又要禦敵，越弄得無法可施，那時也管不得什麼存亡，只好料理喪事，再作計較。唐師進次柳谷，聞文泰已死，國中正在發喪，諸將請諸君集，擬乘喪襲擊，君集道：「天子因高昌無禮，特遣我輩西征，若襲人墟墓，轉覺師出無名，我軍此時進去，正要堂堂正正，聲罪致討，才不愧為王師哩！」遂令將士伐鼓行軍，進拔田城，擄男婦七千餘口，又命中郎將辛獠兒為前鋒，夤夜再進，擊破高昌防兵，直抵都下。君集督軍繼至，把高昌都城圍住。城中縋出虜使，入謁君集，並齎呈文書，君集啟視，見上面寫著：

得罪於天子者先王也，天罰所加，身已物故。智盛襲位未幾，唯尚書憐察！

君集閱畢，便語來使道：「汝嗣主若能悔過，當束手出降，待他不死。」來使奉命出營，仍縋上城去。君集靜待一日，未見智盛出降，乃令軍士囊土填塹，越塹猛攻。城上矢石雨下，傷斃唐軍數百人，君集特造巢車，高約十餘丈，比城頭還超過數尺，得以俯瞰城中，還擊矢石，城內守卒，惆懼得很。智盛還望西突厥來援，西突厥本與高昌協約，有急相助，至此曾發兵相救，因聞唐軍大至，中道折回，害得智盛孤軍無援，沒奈何開了城門，出降軍前，君集拘住智盛，復分兵略地，連下二十二城，收降八千四十六戶，一萬七千七百口，得地東西八百里，南北五百里。先是高昌曾有童謠云：「高昌兵，如霜雪，唐家兵，如日月。日月照霜雪，幾何自殄滅。」至智盛出降，謠言始驗。

捷書傳達長安，太宗欲分土設官，列置州縣，魏徵入諫道：「陛下即位，文泰就來朝謁，近因驕倨不臣，抗阻西域貢獻，乃興師往討。文泰身死，天罰已申，為陛下計，應撫他人民，存他社稷，立他子嗣，威德互施，方足柔遠。今若以高昌土地，視為己利，改作州縣，此後須千餘人鎮守，數千餘人往來，每年供辦衣資，遠離親戚，不出十年，隴右且空，陛下終不得高昌撮粟尺帛，佐助中國，有損無益，臣竊為陛下不取哩。」當時未知殖民政策，故魏徵之言如此。太宗不從，詔改高昌為西州，更在交河城內，建設安西都護府，留兵鎮戍，召侯君集等還朝。君集虜高昌王智盛，及智盛弟智湛等，奏凱旋師。於是唐地東至海，西至焉耆，南盡林邑，北抵大漠，皆為州縣。凡東西九千五百一十里，南北一萬九百一十八裡。君集等班師入都，獻俘觀德殿，行飲至禮，大酺三日。智盛兄弟，進謁太宗，跪伏請罪。太宗加恩赦宥，封智盛為左武衛將軍，兼金城郡公，智湛為右武衛中郎將，兼天山郡公，總管侯君集以下，賞賚有差。

忽有彈章上陳，劾奏君集私取珍寶，配沒婦女，並未上聞；將士等亦有盜竊罪，君集不自謹飭，所以不能禁制等語。太宗乃令君集詣獄對簿。中書侍郎岑文字諫道：「高昌昏迷不道，陛下命君集等往討，得指日蕩平，凱旋以後，所有將帥以下，悉蒙重賞，乃未逾旬日，便至屬吏，雖君集等自罹國法，咎有所歸，但恐海內人民，疑陛下錄過遺功，轉致懈體。臣聞命將出師，果能克敵，貪亦應賞；若至敗績，廉亦應誅。所以漢李廣利陳湯，晉王浚及隋韓擒虎，均負罪名，人主因他有功，統加封賞。臣又聞兵志有言，使智使勇，使貪使愚，誠因古今將帥，不能無疵，全賴人君善為器使，方得利用。陛下今日，亦應舍瑕錄長，原功宥罪，令君集等再升朝列，復備驅馳，是陛下能屈法加恩，君集等亦當知過益奮了。」太宗乃謝君集罪，釋置不問（為下文君集怨望張本）。既而又有人訐告萬均，說他私奸高昌婦女，萬均不服，有詔令萬均與高昌婦女對質。魏徵復入諫道：「臣聞君使臣以禮，臣事君以忠。今命大將軍與亡國婦女對辯，未免有褻國體，如事果屬實，原足蒙羞，語出子虛，亦足貽笑。昔秦穆飲盜馬士，楚莊赦絕纓罪，陛下道高堯舜，顧反不若兩君麼？」太宗感悟，乃將萬均事擱置，不復提及。

行軍總管阿史那社尒（即爾字），從軍西征，秋毫不取，及論功行賞，只受老弱敝舊，不及珍異，太宗嘉他廉慎，特賜以高昌所得寶刀，及雜彩千段。他本東突厥處羅可汗次子，率眾內附，受封左驍衛大將軍，得尚衡陽長公主，高祖第十三女，為駙馬都尉，掌衛屯兵，至是復積功封畢國公。高昌既平，吐蕃贊普棄宗弄贊（贊普系吐蕃王號），慕唐威德，遣使入貢，且請和親。吐蕃在吐谷渾西南，就是現今的西藏地方，源出西羌，或云為三苗遺裔，風俗與中國絕殊，自棄宗弄贊為吐蕃主，頗有智勇，威服四鄰。太宗因他入貢，乃遣行人馮德遐，撫慰吐蕃。弄贊見了德遐，謂突厥吐谷渾，皆得尚中國公主，獨吐蕃素來向隅，因請中國許婚，情願多獻金寶，德遐答稱須歸奏天子，候旨裁奪。弄贊乃更遣使臣，齎了表文，及許多珍玩，隨德遐入朝。太宗閱過表文，見他意在求婚，亦不加可否。適值吐谷渾王諾曷鉢，亦入覲唐廷，太宗與語吐蕃事。諾曷鉢以吐蕃僻處，未識王化為詞。太宗乃不許吐蕃和親，遣還使人，使人返報弄贊，謂由吐谷渾王從中讒間，因罷婚議。弄贊大怒，即發兵擊吐谷渾。諾曷鉢正自唐歸國，聞吐蕃大舉來侵，自知力不能支，竟遁入青海北隅，民畜多為吐蕃所掠，吐蕃兵進破党項白蘭諸羌，率眾二十餘萬，進逼松州西境，擊破唐都督韓威。太宗乃復遣侯君集為行軍大總管。帶同將軍執失思力牛進達劉簡等，督步騎五萬人，往討吐蕃。吐蕃主弄贊，正圍攻松州城，約有十餘日，不意唐軍大至，前鋒為牛進達，持著一柄偃月刀，盤旋飛舞，殺入陣中，弄贊亟擬對仗，後面復來了執失思力，橫槊直入，左挑右刺，沒人敢當。松州都督韓威，復從城中殺出，嚇得弄贊腳忙手亂，招呼徒眾，衝開一條血路，飛奔而去。唐軍追擊數裡，斬首數千級，方才收兵。寥寥數語，寫得如火如荼。弄贊經此一敗，乃惶恐謝罪，再遣使至唐廷，表明悔過。只和親問題，始終不肯恝置。太宗也不欲黷武，許彼結婚。弄讚得使臣歸報，心下大喜，特遣大論祿東贊（吐蕃稱宰相為大論），獻金五千兩及珍寶數百件，來唐聘婦。太宗乃命將宗女文成公主，遣嫁吐蕃，且因祿東贊奏對稱旨，授右衛大將軍，並令江夏王道宗，即任城王李道宗。持節送文成公主入吐蕃。弄贊率眾郊迎，見了道宗，詢明為公主從叔，執子婿禮甚恭。且見中國衣服儀衛，遠過羌俗，未免相形見絀，遂為公主別築一城，創設宮室，留居公主。自己也滿身綺綺，與公主成婚。吐蕃國人好用赭塗面，為公主所嫉視，弄贊下令禁止，且盡褫氈罽，常服華裝。並遣諸豪酋子弟，入中國學習詩書，吐蕃也算竭誠歸唐了。暫作結束。

一波方平，一波又起，薛延陀真珠可汗，又與懷化郡王阿史那思摩相爭，更勞動中國兵戈，惹起一場戰禍。說來又是話長，待小子撮要敘明。先是突利自順州入朝，道死并州（見十六回），太宗命嗣子賀邏鶻襲位。會太宗幸九成宮，突利弟結社率，曾入充宿衛，陰結舊部落四十餘人，謀犯御帳，乘便劫賀邏鶻北歸，偏偏夜入御營，為折衝將孫武開等擊退，他卻轉入御廄，盜馬二十餘匹，北走渡渭，途次為戍兵所擒，梟首示眾。只賀邏鶻得免死罪，流竄嶺外。朝右大臣，遂交章上奏，爭說：「突厥遺眾，不便內居。」太宗亦有悔意，事後方知，已是遲了。乃賜阿史那思摩國姓，立為泥孰俟利苾可汗，給他鼓纛，令率種落還舊部。思摩等頗憚薛延陀，不敢出塞，太宗再給薛延陀璽書，諭令各守疆土，不得侵犯。真珠可汗迎接詔使，頓首聽命。待詔使還歸，太宗乃餞思摩行，思摩拜謝，誓言子孫世事唐廷，於是趙郡王孝恭，鴻臚卿劉善，偕思摩同至河上，築壇受冊，禮成乃返。思摩因得建牙河北，有眾十萬，勝兵四萬人，仍轄東突厥故土。偏薛延陀真珠可汗，陽奉唐命，陰具狡謀。竟命嗣子大度設，調發同羅僕骨回紇白霫各部兵，得二十餘萬，進擊思摩。看官！你想思摩初出塞外，諸事草創，所有城郭堡寨，都未曾修繕整齊，部眾又沒有訓練，怎能敵得住薛延陀的大軍？全部未戰先慌，退入長城，保守朔州，飛章向唐廷告急。太宗不得不遣將往援，乃命營州都督張儉，率所部精兵，及邊境降番，出駐東境。兵部尚書李世勣，為朔州道行軍總管，統兵六萬，騎士千二百人，出鎮朔方。右衛大將軍李大亮，為靈州道行軍總管，統兵四萬，騎兵五千，出屯靈武。右屯衛大將軍張士貴，率兵一萬七千，為慶州道行軍總管，出發雲中，涼州都督李襲舉，為涼州道行軍總管，即率涼州戍兵，出遏西方。諸將陛辭請訓，太宗面諭道：「薛延陀自恃強盛，逾漠南行，道經數千里，馬已疲瘦，見利不能速進，不利又不能速退，朕已飭思摩燒薙秋草，毋為寇資。待他芻糧日盡，野無所獲，必當退去。卿等可與思摩互為犄角，待寇已欲退，協力出擊，定足破敵，朕可靜聽捷音了。」諸將聽命而行。

薛延陀騎兵三萬，由大度設帶領，作為前驅，進逼長城，正在登高南望，辱罵思摩。不意塵氛滾滾，槍戟森森，那朔州道行軍總管李世勣，帶著唐軍，遮道前來。大度設不覺驚惶，竟向赤柯濼北走。世勣選麾下驍悍萬人，及突厥精騎六千，出長城，逾白道川，追躡寇後。大度設奔走累日，至諾真水，為唐軍追及，乃勒眾還戰，列陣亙十里。世勣令突厥騎兵，先行出戰，為大度設所敗，相率退還。大度設乘勝來追，適遇唐軍掩至，恐不能力敵，但令部眾彎弓注射，萬矢俱發。唐軍中馬多受傷，陸續倒斃。世勣命士卒下馬，各執長槊，向前直進，任他箭如飛蝗，竟冒險衝入敵陣，敵眾專力射箭，不防唐軍殺入，手中剩了空拳，如何招架得住？沒奈何倒退下去。向來薛延陀教兵步戰，五人為伍，一人執馬，四人前戰，戰勝乃授馬追奔。唐副總管薛萬徹，率數千騎入敵陣中，專奪敵馬，敵眾見馬俱失去，越加駭懼，頓時潰散。唐軍趁勢奮擊，斬首三千餘級，捕虜五萬餘人。大度設拚命逃脫，萬徹力追不及，才命回軍。

世勣既得勝仗，乃率眾軍還至定襄，馳書告捷。太宗擬飭世勣等，進搗薛延陀巢穴，忽聞左領軍將軍契苾何力，被薛延陀拘去，轉不免遲疑起來。又作一波。原來何力母姑臧夫人，及弟賀蘭州都督沙門，均在涼州；何力請旨省親，且乘便招撫部落，誰料到了涼州，知母與弟俱往降薛延陀；

就是契苾諸部落，亦多欲向薛延陀投誠。何力大驚道：「主上厚恩，奈何遽負？」契苾諸部眾道：「夫人都督，統已往降，我等不去，尚將何往？」何力道：「沙門盡孝，我盡忠，斷不降薛延陀。」契苾部眾，竟將何力執住，解至真珠可汗帳前。何力箕踞坐地，真珠脅何力降，何力起身東向，拔刀大呼道：「何力是大唐烈士，怎肯屈辱虜廷？天地日月，願鑑愚誠！」說至此，竟把刀向左耳一橫，割下鮮血淋漓的一隻耳朵，向真珠擲去，且瞋目視真珠道：「請視此耳，我絕不降。」蕃將中有是忠誠，想見太宗待遇之優。真珠欲殺何力，獨真珠妻，憐他孤忠，從旁諫阻，乃把何力羈禁帳中。這消息傳入唐廷，太宗語侍臣道：「何力必不負朕。」侍臣道：「戎狄氣類相親，何力往薛延陀，如魚趨水，哪裡還肯顧念隆恩？」太宗道：「何力心如鐵石，你等不信何力，朕卻可獨保呢。」正說著，薛延陀遣使到來，當由太宗召見，來使乃是真珠可汗的叔父，名叫沙缽羅泥熟。太宗先詰責薛延陀叛狀，繼復問及何力情形，沙缽羅約略認罪，並極稱何力忠誠，說得太宗也為悽惻，顧語侍臣道：「何力果屬何如？」侍臣等才服太宗先見，一同俯首。沙缽羅復呈上貢單，內列貂皮三千張，馬三萬匹，瑪瑙鏡一架；願此後罷戰修和，並乞許婚。太宗道：「汝主果悔罪投誠，朕亦何惜一女？但須先送歸何力，方准和親。」沙缽羅請使同往，太宗乃命兵部侍郎崔敦禮，偕沙缽羅同往，迎歸何力，許真珠得尚公主。真珠喜如所願，放歸何力，且與崔敦禮訂定婚期。敦禮與何力同歸，陛見太宗，太宗見他左耳已亡，瘡痕未癒，不禁為之泣下。何力恰慨然道：「臣受陛下厚恩，殺身亦所不惜，何惜一左耳呢？」太宗乃厚賜金帛，並升授右驍衛大將軍。

既而真珠可汗，令姪突利設來唐納幣，獻馬五萬匹，牛及橐駝萬頭，羊十萬口。太宗賜宴殿中，殷勤款待，且許把新興公主（太宗第十五女）嫁薛延陀。何力獨密奏太宗，勸阻婚約。太宗道：

「天子無戲言，朕已允許，如何反汗？」何力道：「臣聞禮重親迎，最好是令夷男（即真珠可汗名，見十五回）自迎公主，或至京師，或至靈武，臣料夷男必不敢來。夷男不至，何妨絕婚？況夷男性情暴戾，必因婚議不成，激成鬱憤，上怒下疑，不出二三年，夷男必憂死，他日二子爭立，內亂外離，不戰自滅了。」何力料事頗明。太宗點頭稱善，即遣歸突利設，囑他轉告真珠，來迎公主，並言當親送公主至靈州，與真珠面會。真珠得報大喜，願詣靈州，臣下交相諫阻，真珠不從，更蒐括馬羊，充作聘禮。薛延陀本無庫廄，所需雜畜，應向各部調索，急切裡無從辦齊，且往返萬里，道涉沙磧，畜口不得水草，耗死過半，因是失期不至。太宗本有意悔婚，遂責真珠愆期，與他絕婚，靈州也不復臨幸了。小子有詩嘆道：

帝女胡甘作虜妻，漢為無策語堪稽。
唐宗失信雖貽議，到底迷途不再迷。

畢竟真珠曾否抗命，待至下回續詳。

塞外各國，侈然自大，皆由中國失道，無威無德，乃敢竊據一隅，負嵎稱強耳。若果有堂堂之陣，正正之旗，與彼角逐，未有不因而披靡者，試觀高昌之滅，與薛延陀之敗，並未經過數十百戰，一遇唐師，非降即奔。智盛兄弟，被俘入唐，何其弱也？薛延陀真珠可汗，雄長鐵勒諸部，亦一蹶不振，入貢請罪；可見馭夷非難，在外攘之得其道耳。獨唐太宗與吐蕃和親；乃至薛延陀既許而復悔，出爾反爾，未免失信。夫和親原為下策，但既以宗女嫁吐蕃，何妨以宗女嫁薛延陀？否則一律拒絕，自存國體可也。太宗不察，失策於前，食言於後，且待遇夷狄，隱分厚薄，繩以一視同仁之義，太宗其更有愧乎？敘吐蕃事於薛延陀之前，雖系按年列敘，實足為太宗存一比例，表明其馭外之不公，作者固具有苦心，明眼人方能見到也。

第十九回　強胡內亂列部紛爭　逆跡上聞儲君被廢

卻說真珠可汗聞唐廷下詔絕婚，只好自悔失期，不敢再索，實由自懲前敗，只好如此。仍與唐廷修和。太宗益自欣慰，竟將新興公主嫁與長孫曦。薛延陀事，至後再表，小子要敘及西突厥了。西突厥自阿波可汗，與東突厥屢有戰爭，後來阿波可汗為東突厥沙缽略可汗所擒，國人立他族子泥利可汗。泥利亦敗死，子達漫立，叫做泥撅處羅可汗。隋煬帝時嘗從征高麗，賜號曷薩那可汗（曷薩那一作曷娑那）。唐初曷薩那入貢大珠，高祖面諭曷薩那道：「朕重王赤心，不愛寶珠。」因將珠給還，特封他為歸義王。唯曷薩那朝唐，部眾皆不服，竟潛令人刺殺曷薩那，別立射匱可汗（木桿弟，步迦可汗孫。木桿見前文）。射匱建牙三彌山，驅策西域諸國，勢頗強盛。及病死後，弟統葉護可汗嗣立，具有勇略，廣拓屬土，嘗遣使入貢唐廷，且請許婚。高祖欲從所請，因為東突厥所梗，乃致中阻。統葉護恃強而驕，殘虐群下，終弄得眾叛親離，為叔父莫賀咄所戕。莫賀咄自稱屈利俟毗可汗，部眾又恨他弒主自立，各懷貳心，於是另推泥孰莫賀設（突厥稱掌兵官為設）為可汗。泥孰不受，聞統葉護子咥力特勒，避難奔康居，特遣人迎立，推為乙毗缽羅肆葉護可汗，且助他復仇，往攻莫賀咄。莫賀咄敗奔金山，泥孰率眾追擊，竟將莫賀咄殺死。肆葉護乃得統轄西突厥全部，偏是肆葉護量小難容，泥孰又功高遭忌，讒言交構，兩下懷嫌。肆葉護謀殺泥孰，泥孰乘機脫逃，亡奔焉耆。

未幾，肆葉護為臣下所逐，走死康居，泥孰因國人推戴，迎立為咄陸可汗。咄陸父莫賀設，前曾由統葉護可汗遣入唐廷，通貢修好，太宗時尚未立，與莫賀設約為兄弟，至是聞咄陸嗣位，乃詔鴻臚少卿劉善因持節授冊，封為吞阿婁拔利邲咄陸可汗，兼賜鼓纛緞彩萬匹。咄陸遣使入謝，盛獻方物。既而咄陸去世，弟同俄設立，號沙缽羅咥利失可汗，分全國為十部，各置部長一人，每人授一箭，稱為十設，亦號十箭。怎奈部落太多，尾大不掉，是即封藩通病。部長統吐屯擁有勁旅，襲擊咥利失。咥利失與戰不勝，遁走焉耆。統吐屯復為他部所殺，全國無主，乃由西方諸部，別迎東突厥始畢可汗子欲谷設為主，叫做乙毗咄陸可汗，咥利失又自焉耆出來，招集餘眾，再圖恢復，所有西突厥東部，復逐漸收服。只西部與他抗衡，彼此互哄，兵連禍結，殺傷不可勝計。後來易戰為和，分地自王，約以伊列水為界，水東屬咥利失，水西屬乙毗咄陸，自是西突厥全部，復分為東西兩國，乙毗咄陸勢漸強盛，勾通東部大臣俟列發，陰圖咥利失。俟列發竟糾眾作亂，咥利失沒法抵制，奔竄而死。他部不服俟列發，出平亂事，再迎咥列失子，為乙屈利失乙毗可汗。未幾又死，從弟乙毗沙缽羅葉護可汗入嗣，通使唐廷，太宗特遣左領軍將軍張大師持冊加封，移牙水北，時稱沙缽羅葉護為南庭，乙毗咄陸為北庭。敘次甚明。

咄陸又與沙缽羅葉護構兵，屢戰不休，且同時入訴唐廷，分爭曲直。太宗令他罷兵息戰，咄陸不肯聽命，竟增兵南攻，擊殺沙缽羅葉護可汗，並有南部，復入寇伊州。唐安西都護郭孝恪，率輕騎二千，從間道掩擊，殺敗乙毗咄陸，乙毗咄陸轉攻天山，復由孝恪移師擊走，斬首數千級。但乙毗咄陸心終未死，東略失利，再圖西略，他欲進攻康居，道過米國，即將他殘破，盡掠人畜，毫不給賞臣下。部將泥孰啜，因此不平，自行奪取。乙毗咄陸恨他專擅，立斬以徇，泥孰啜裨將胡祿屋，替泥孰啜報仇，襲擊乙毗咄陸，乙毗咄陸率眾與戰，未及對壘，麾下統已潰散，就使乙毗咄陸勇藝過人，也是無術支持，不得已走保白水胡城，全國大亂，擾擾經年。部長屋利啜等，有心求治，乃遣使請命唐廷，願廢乙毗咄陸可汗，另行擇賢嗣位。太宗即命通事舍人溫無隱齎詔西行，與屋利啜等商定嗣君，立莫賀咄遺子為乙毗射匱可汗，乙毗咄陸尚思規復，招徠舊部，大眾都反唇道：「使我千人戰死，教他一人獨存，我等還要從他麼?」利己損人，必致眾叛親離，無論中外，莫不如是。乙毗咄陸得聞此語，料知眾怒難犯，轉奔吐火羅，西突厥才算統一，由乙毗射匱主持。他因入貢皮幣，並且請婚，太宗令割龜茲（讀若慈）于闐疏勒朱俱波蔥嶺五部，作為聘禮。太宗亦欲賣女耶?乙毗射匱也覺承認不下，兩下裡延宕過去。

小子為按時敘事起見，只好將西突厥事，暫行擱置，演述那唐廷內政，免得敘次混淆。自皇子承乾，得立為太子後（承接第十七回），起初因年尚幼稚，沒甚過失，及漸漸長成，輒遊獵廢學。左庶子于志寧、右庶子孔穎達、張玄素等，屢加規諫，均不見從，反且遭嫉。志寧丁母憂，聞太子修治宮室，妨害農功，又好鄭衛音樂，以及寵暱宦官、親近女色等情，遂上書極諫，至再至三，惹得太子怨恨填胸，幾與志寧勢不兩立，暗遣刺客張師政紇干承基兩人，往刺志寧，二人入志寧家，見他素服麻衣，寢處苫塊，也不禁良心發現，不忍下手，當即返報太子，但說是不便行刺，只好緩圖。頗有晉鉏麑風。太子乃暫從擱置，但淫縱益甚。魏王泰有意奪嫡，趁著太子失德的時候，特別招集文士，撰述各書，且搜考古今地理，著成一冊括地誌，呈獻太宗。太宗見他考證詳明，很是喜慰，便優畀月給，制逾太子。諫議大夫褚遂良，上書諫阻，太宗反致誤會，還道是太子月給過輕，下了一道詔諭，令太子出用庫物，有司勿為限制。看官聽著！這豈非溺愛不明，釀成禍患麼？有子者其聽之！太子得了此詔，喜出望外，當然取用無度。

時張玄素已調任右庶子，遂上書切諫太子，略云：

昔周武帝平定山東，隋文帝混一江南，勤儉愛民，皆為令主，有子不肖，卒亡宗祀。聖上以殿下親則父子，事兼家國，所應用物，不為限制，恩旨未逾六旬，用物已過七萬，驕奢之極，孰有過此？況宮臣正士，未聞在側，群邪淫巧，暱近深宮，在外瞻仰，已有此失，居中隱密，寧可勝計，苦藥利病，苦言利行，伏唯居安思危，日慎一日，節靡費以成儉德，則不勝幸甚！

玄素既上諫書，只望太子迴心改過，不負此言，哪知隔日早朝，行過東宮門外，忽有一人短衣便帽，走近玄素面前，突然抽出一條大馬箠，向玄素腦門擊下。玄素急忙一閃，下箠少偏，已打得皮破血流，大叫一聲，暈僕地上。朝臣聞聲趨救，好容易叫他醒來，才得復甦，緝拿凶犯，早已颺去。看官試想！禁門內外，有什麼暴客？就使有暴客伏著，一經發覺，也是無從脫逃，偏此次被他溜去，眼見得是東宮所遣，容易匿跡了。專事暗殺，成什麼太子？玄素不能上朝，由侍役舁回宅中，醫治數日，漸得痊可，自知為一書惹禍，但也沒處呼冤，只好自認晦氣，便算了結。

是時魏徵已老，常患疾病，太宗猶時給手詔，令他封狀進言。徵不忘忠諫，仍應詔直陳。既而褚遂良奏言太子諸王，應有定分，請亟從整核，太宗乃語遂良道：「方今群臣忠直，無過魏徵，我遣令傅太子，弼成潛德，以副眾望。」遂詔令徵為太子太師。徵稱疾固辭，太宗手詔慰勉道：「周幽晉獻，廢嫡立庶，危國亡家，漢高祖幾廢太子，幸得四皓相助，然後得安，卿即四皓中的一人，願勿固辭！就使卿疾未癒，亦可臥護青宮，少釋朕憂。」這數語很是懇切，累得徵無詞解免，勉強受職。無如年邁力衰，死期已迫，漸漸的臥床不起，竟至垂危。太宗屢賜藥膳，並遣中郎將留宿徵宅，日奏起居，至聞徵疾加篤，親自問疾數次，且尚與談國事，或帶著太子承乾，教他親承師誨，最後一次，且挈了季女衡山公主，同至徵榻前，指公主語徵道：「此女當嫁與卿子叔玉，卿能起視新婦否？」徵已不能強起，流涕答謝，太宗亦為泣下。待挈女回宮，夜臥成夢，恍惚見徵入朝，作陛辭狀。醒來覺此夢未佳，待至天曉，即有人入報，徵已謝世，當下匆匆盥洗，即命駕臨喪，親視大殮，撫棺訣別，不覺失聲悲號。哭罷還朝，令太子舉哀西華堂，且詔內外百官，盡行赴喪，又賜給羽葆鼓吹；陪葬昭陵。徵妻裴氏道：「徵素儉約，今葬用羽儀，恐非徵志。」悉辭不受，但用布車載柩而葬。有此賢婦，可謂無獨有偶。太宗賜諡文貞，追贈司空兼相州都督，臨葬時登苑西樓，望哭盡哀。既而自制碑文，並為書石，嘗語侍臣道：「以銅為鏡，可正衣冠，以古為鏡，可見興替，以人為鏡，可知得失。徵歿，朕亡一鏡了。」徵貌不過中人，獨有膽識，每犯顏進諫，雖遇太宗盛怒，顏色不變，太宗亦為霽威。嘗謂徵似疏慢，唯朕獨見徵嫵媚，所以言多見從。徵歿後尚感念不已，尋命在凌煙閣中繪功臣像，共得二十四人，徵列第四。小子綜述如下：

長孫無忌　趙郡王孝恭　杜如晦　魏徵　房玄齡　高士廉　尉遲敬德　李靖　蕭瑀　段志玄　劉弘基　屈突通　殷開山　柴紹　長孫順德　張亮　侯君集　張公謹　程知節　虞世南劉政會　唐儉　李世勣　秦叔寶

這二十四人中，如杜如晦魏徵段志玄屈突通殷開山柴紹長孫順德張公謹虞世南劉政會秦叔寶十一人，已經去世，餘尚生存。唯君集因破滅高昌，反致下吏，雖然釋置不問，心中嘗是怏怏（應前回）。會鄖國公張亮，出任洛州都督。君集先日餞行，座無他人，飲至半酣，佯作醉狀，瞋目語亮道：「公為何排我？」亮笑答道：「我何嘗排公？莫非公排我不成？」君集憤憤道：「我蕩平一國，反觸天子嗔怒，如何還能排公？」說著，復攘袂起座道：「公與我交好有年，既與我氣誼相投，不願排我，我何妨實意相告。古人有言：『狡兔死，走狗烹，敵國破，謀臣亡。』今我等具有戰功，也鬱鬱不能自活，眼見得是兔死狗烹了。公試想來！應用何策求生？」亮知他已蓄異志，便用言餂他道：「亮本不才，還仗我公指教！」君集道：「公能助我，莫若起兵。公在外，我在內，內應外合，便可成功。」亮微笑道：「公言甚善，待我到了洛州，再行報命。」君集大喜，暢飲盡興，方才告別。亮即夤夜入宮，密陳君集所言。太宗道：「卿與君集皆功臣，今君集與卿相語，旁人不聞，若驟執君集，他必不服，朕隨時注意便了。卿且勿言！」這是英主作用。亮即辭行赴任，仰承上意，暫守祕密。偏太子承乾，已窺知君集怨望，私引君集婿賀蘭楚石為千牛（官名），囑他邀入君集，密談衷曲。君集道：「魏王甚得上寵，若殿下不早為備，恐殿下將為隋楊勇了。」（楊勇系隋文帝太子，為弟楊廣所譖，遂致廢死，事見《隋史演義》。）太子道：「正為此事召公，欲公為我設法，免蹈楊勇覆轍哩。」君集道：「君集願為殿下效死。」說至此，又舉手語太子道：「你若不要他設法？尚不致與楊勇一般。君集道：「有此好手，亦當為殿下指揮呢。」恐你亦不懷好意。太子喜甚，厚贈君集。

君集即與太子密圖魏王，偏偏天不助逆，疾病纏身，太子本有躄疾，至是加劇，竟致步履維艱，一時不便發難。會東宮有一侍女，名叫俳兒，丟首甚佳，且善歌唱，不愧芳名。為太子所寵暱，日夕不離。足疾由此而生，亦未可知。太宗聞知此事，即召入俳兒，責她蠱惑太子，即加杖百下，俳兒竟因是殞命，太子非常悼惜，且疑由魏王告發，致觸父怒，一念恨著魏王，一念記著俳兒，私為俳兒起塚苑中，朝夕祭奠，每至塚旁，輒徘徊泣下。嗣是怨懟日深，按日裡託疾不朝，但在宮中聚奴為戲，聊解愁悶。間或令宮奴盜竊民間馬牛，親臨烹炙，與一班嬖僮寵婢，同坐而食，侑酒傳杯，備極諧媟。有時酒後興酣，自願服作突厥衣飾，效突厥語言，命左右亦著胡服，以五人為一小部落，布氈為幄，分戟為陣，外豎五狼頭纛，內設穹廬帳舍，高坐堂皇，一呼百諾，命左右烹羔以進，自拔佩刀割肉，與眾共啖。啖畢，語左右道：「我已做過可汗，譬如今朝死了，汝等可為我行喪禮。」說至此，突然倒地，僵臥不動。左右一齊痛哭，跨馬環走，剺面作居喪狀。太子忽然起坐，笑語左右道：「我一朝有天下，當率數萬騎往獵金城，乘便投思摩帳下，解發作一胡官，諒不落突厥後，爾等以為可喜麼？」左右當然諛媚，極力稱善。至太子入內，方共目為怪物。並非怪物，實是童騃。

會太宗庶弟漢王元昌，所為多不法，屢遭太宗譴責，他遂與太子相親，時與遊戲，嘗分左右為二隊，由兩人戲作統帥，各被氈甲，操竹槊，號令隊伍，互相刺擊，有不用命，披樹為撾，任情毆打，雖死不顧。太子且笑語道：「使我今日做天子，明日在苑中置萬人營，與漢王分將，兩相角逐，一決勝負，豈非是一種快事？」元昌應聲道：「太子做了皇帝，恐一經失道，諫書紛至，不能似今日的快活了。」太子笑道：「這有什麼難事？一人來諫，殺死一人，十人來諫，殺死十人，到殺死了幾百個，哪個還敢多嘴？我與漢王好盡情玩耍呢。」元昌道：「恐不令你為皇帝，你將奈何？」太子道：「只有一個魏王泰，我明日便教他死，叔父試看著便了。」是夕即想了一法，遣人詐為魏王記室，密上封事，歷言魏王罪惡，有詔捕治上書人，卒不得獲，太子又遣張師政紇干承基等往刺魏王，魏王亦陰自戒備，無從下手。可巧東宮孌童稱心，及方士秦英韋靈符等，均被太宗收入獄中，一併處死，且傳召太子入朝，由太宗嚴責數十言，太子忍氣吞聲，返入東宮，即召私黨元昌侯君集李安儼趙節杜荷等，密商起事方法，且語眾人道：「我與賊弟泰誓不共存，他前既讒殺我俳兒，今又讒殺我稱心等人，若不亟除了他，就將及我了。」君集不待說畢，便投袂起立道：「何不引兵入西宮，殺死此人？」元昌道：「此人一死，太子就好入闕為帝，還管什麼避忌？直教他弒父弒君。只事成以後，我要向太子索賜一物，太子定要允我。」太子問是何物？元昌道：「我前入謁內廷，見御座旁有一美人兒，齊整得很，我後來細底調查，這美人兒且善彈琵琶，有聲有色，真正極好了。若太子得做皇帝，此美人兒應當贈我，幸勿自私！」痴心妄想。太子笑道：「這算什麼，大事得成，我與叔父且同享富貴，何惜一個美人兒？」杜荷道：「事不宜遲，速行為是。愚謂不必往殺魏王，但由殿下自稱疾篤，主上必來親視，那時就好動手了。」太子喜道：「甚好甚好，就照這樣辦罷。」當下與元昌等人，割臂為盟，用帛拭血，燒灰和酒，彼此傳飲，誓同生死。不像太子行為，全似江湖強盜，故敘述時，疊書太子，非以美之，實以愧之。

看官聽著！元昌、侯君集，履歷已詳見上文。李安儼本事隱太子，很為出力，及隱太子敗死，太宗以安儼為忠，召為中郎將，偏他仍為桀犬，依然吠堯。趙節系慈景子，為高祖女長廣公主所生，曾任洋州刺史。杜荷（系如晦子，）尚太宗第十六女城陽公主，本皆皇室懿親，不知何故勾連逆子，陰圖篡弒。想是活得不耐煩，所以自尋死路呢。補出三人履歷，也不可少。盟誓既定，擬把侯杜兩人的祕謀，次第進行，事尚未發，忽內廷傳出急詔，令兵部尚書李世勣，發便道兵速往齊州平亂，太子語紇干承基道：「齊王祐也想造反麼？他欲造反，何不與我連謀？我宮西牆去大內，不過二十步，朝夕可以發作，豈比齊州路遠，多費若干經營呢？」正說著，又有緹騎到來，大踏步趨至太子面前，顧見承基在側，便將他一把抓住，反翦了去。太子驚問何事，緹騎答言奉詔捕承基，餘無別言，竟一鬨而去了。彷彿天外奇峰。太子到了此時，還道是自己密謀，已經發洩，幾嚇得魂不附體。旋經李安儼入報，謂因齊王祐事，干連承基，與太子無涉，太子稍覺心安。但因京師戒嚴，也只好把自己祕謀，略緩數日。不到幾天，齊王祐被執至京，有詔廢祐為庶人，賜令自盡。祐本太宗第七子，受封齊王，兼領齊州都督，生性輕躁，素好遊獵。長史權萬紀，屢諫不從，恐並得罪，乃陳祐過失，請旨裁奪。太宗手詔切責，祐不勝忿恨，且益暴戾。萬紀從旁管束，不聽祐出國門，把鷹犬盡行縱去，且劾祐左右數十人。太宗令刑部尚書劉德威，往按得實，召祐與萬紀入朝。祐遂與狎客燕弘亮等，商定逆謀，射殺萬紀，磔屍洩憤，一面招募壯丁，充當兵役，傳檄各州縣，以入清君側為名。李世勣奉詔往討，尚未至齊州，齊府兵曹杜行敏等，已執祐送京師。太宗也顧不得父子私恩，只好將他處死，徒黨連坐數十人。太子承乾，存了兔死狐悲的觀念，復有些惶懼起來，湊巧逆謀被洩，一道詔下，廢太子承乾為庶人，把他拘禁起來。小子有詩嘆道：

> 前人行事後人看，作子非難作父難。
> 才識貽謀宜審慎，如何骨肉屢相殘。

欲知承乾被廢情由，試看下回便知。

三綱五常，為治平之大要，綱常不正，則內亂必生，烏乎治國？烏乎平天下？胡俗烝報相尋，簒逆亦成為常事；故雖有強悍之主，以力服人，而倏興倏衰，未聞有數十年不變者。觀本回之敘西突厥事，已可概見矣。若中國素崇禮義，號為文物之邦，唐太宗為三代下僅見之君，尤稱英敏。乃玄武門自戕骨肉，巢王妃可作嬪嫱，敢自瀆倫，竟爾作俑，卒至承乾無父，元昌無兄，齊王祐惡逾太子，趙節杜荷等不顧懿親，內外謀逆，幾成大禍。幸天尚佑唐，得以早日撲滅，不至蔓延，然父子兄弟之間，遺憾已多。太宗豈能辭咎乎？夫戎狄之國，猶不能捨綱常而謀治安，況在中華？故本回屬事比辭，借往事以箴後世，善鑑古人者，可以知所戒矣。

第二十回　易東宮親授御訓　征高麗連破敵鋒

卻說承乾被廢的原因，實緣有人訐告逆謀，遂致敗露，這人為誰？就是被系的紇干承基。承基系獄論死，意欲求生，乃將承乾種種逆謀，密陳刑部，請轉奏太宗。太宗聞變，即敕長孫無忌、房玄齡、蕭瑀、李世勣四人，與大理中書門下等官，公同查訊，果得實情。太宗乃召入承乾，當面呵責。承乾頓首道：「臣為太子，尚何所求？但為泰所圖，心實不甘，因與廷臣等謀及自安。廷臣等導臣不軌，臣一時狂惑，未免受迷，今願自坐死罪，唯臣被廢死，泰若得立為太子，臣死且啣恨呢。」太宗聽到此語，怒上加怒，遂顧語侍臣道：「承乾罪大，應該如何處置？」群臣皆面面相覷，莫敢發言。通事舍人來濟（隋將來護兒子）進言道：「願陛下不失為慈父，太子得終享天年，便是情法兼盡了。」還是他有點膽識，可謂護兒有兒。太宗乃廢承乾為庶人，幽禁右領軍府中。當下搜捕黨與，把元昌、侯君集、李安儼、趙節、杜荷等，一併拘至，依次鞫訊。元昌無可抵賴，先自伏罪。太宗不忍加誅，擬令減罪免死。高士廉李世勣等，謂不應因親廢法，爭論至再，乃賜令自盡。侯君集初訊不服，太宗召他女夫賀蘭楚石，證成罪狀，君集才俯首無詞。太宗語群臣道：「君集有功國家，可否貸他一死？」群臣齊聲道：「君集大逆不道，如何赦宥？」太宗乃謂君集道：「今日為國守法，要與卿永訣了。此後徒見卿遺像，怎不痛心？」言已泣下，君集亦伏地大慟。刑官不便徇情，即將他牽出市曹。臨刑時，君集語監吏道：「我本不欲反，因蹉跎至此，但為皇上破滅二國，不無微勞，請轉奏陛下，乞矜全一子，聊奉祭祀。」監吏允諾，刑畢覆命，並述君集言。太宗乃赦他妻子，流徙嶺南。李安儼趙節杜荷三人，既已訊實，當即斬決。左庶子張玄素，右庶子趙弘智令狐德棻等，均因不善規諫，坐罪除名。唯于志寧以屢諫見褒，毫不加罪。紇干承基釋出獄中，命為祐川府折衝都尉，爵平棘縣公。承基得封，未免濫賞，但不忍刺死于志寧，尚有仁心，應該食報。自承乾得罪被廢，魏王泰日夕入侍，特別盡孝。太宗嘉他恭順，面許立為太子。中書侍郎岑文字，及侍中劉洎等，亦皆勸帝立泰。獨長孫無忌請立晉王治，太宗嘿然不答。及無忌退後，語侍臣道：「昨日青雀（泰小字）投朕懷中，謂臣今日始得為陛下子，臣止一兒，臣死時當將子殺死，傳位晉王，這數語甚屬可憐，所以朕不忍別立。」言未已，褚遂良應聲奏道：「陛下以為可憐，臣實以為可慮，試想陛下萬歲後，魏王據有天下，尚肯自殺愛子，傳位晉王麼？陛下前日正因嫡庶相爭，釀成內變，今必欲立魏王，願先將晉王安插，方保無虞。」太宗遲疑半晌，竟泫然流涕道：「這事恐辦不到呢。」遂起座入宮。一念縈私，便致憧擾，家庭之難處也如此。魏王泰恐晉王得立，因往餂晉王道：「汝與元昌親善，今元昌敗死，汝得毋連及麼？」晉王聽了此言，不覺憂容滿面，偶為太宗所窺，問他何故懷憂？晉王據實奏聞，太宗不覺省悟道：「他卻有此深心，朕今始知道了。」還算聰明。因出御兩儀殿，令晉王相隨，召長孫無忌房玄齡李世勣褚遂良等到來，與述泰言，且蹙眉道：「我三子一弟，所為如此，我還有怎麼生趣？」說至此，竟挺身躍起，自投床上，且從腰間拔出佩刀，竟欲自刎。無忌等忙上前相阻，褚遂良把刀奪去，授與晉王。無忌又請道：「立儲事大，陛下屬意何人，不妨徑立，免得滋疑。」太宗道：「我已欲立晉王。」無忌接口道：「謹遵詔旨。」太宗乃使晉王拜謝無忌道：「汝母舅已許汝了。」此語亦失。無忌趨避一旁，太宗又語四人道：「公等已與朕意相同，未知外議何如？」房玄齡等齊聲道：「晉王仁孝，天下歸心，請陛下召問百官，諒亦不致異議。」太宗乃轉御太極殿，召群臣入諭道：「承乾悖逆，泰亦凶險，皆不可立，朕欲就諸子擇立一人，卿等以為何人當立？」大眾皆歡呼道：「莫如晉王。晉王仁孝，當為儲嗣。」太宗乃喜。適魏王泰率百餘騎，至永安門探聽消息，門官入奏太宗，太宗即令衛士闢泰從騎，引泰入肅華門，也禁錮北苑中。次日御承天門樓，頒詔立晉王治為皇太子，大赦天下，賜酺三日。太宗又語侍臣道：「我若立泰，是儲位可以謀取了。自今以後，太子失道，藩王窺伺，須一併廢置，傳諸子孫，永為後法，卿等以為善否？」侍臣等當然贊成。太宗復道：「今若立泰，承乾與治，均不得生全，治立為嗣，泰與承乾，俱可無恙了。」遂命長孫無忌為太子太師，房玄齡為太傅，蕭瑀為太保，李世勣為詹事，李大亮于志寧馬周蘇勖高季輔張行成褚遂良等，均為東宮僚屬。

右庶子杜正倫，輔故太子承乾，密受太宗囑託，屢諫不從，乃以上語相告。承乾以聞，太宗召問正倫，責他洩言。正倫叩首道：「臣欲太子遷善，所以敢述密諭，俾知儆戒呢。」太宗乃不加罪，及承乾事敗，正倫左遷交州都督，魏徵在日，嘗薦杜正倫侯君集有宰相才，至此君集伏誅，正倫坐謫，遂疑徵朋比為奸，命僕墓前碑石，罷徵子叔玉尚主，一面徙承乾至黔州，泰至均州，承乾越二年病死，葬用國公禮。泰降封東萊郡王，嗣復改封順陽，後乃晉封濮王，至高宗三年，病逝鄖鄉，這是後話。唯太子治年只十六，太宗令日侍起居，遇事訓導，每食輒語道：「汝知稼穡艱難，方得常食此飯。」有時見他乘馬，又與語道：「汝須知馬勞苦，毋竭馬力，方得常乘此馬。」及太子乘舟，又與語道：「水能載舟，亦能覆舟，民猶水，君猶舟，不可不慎。」太子或棲息樹下，又嘗舉「木從繩則正，後從諫則聖」二語，作為箴勵。太子但唯唯聽命，未嘗發言。吳王恪（太宗第三子，已見十七回中）善騎射，有文武才，英武頗類太宗，太宗見太子柔弱，又移愛及恪，擬改立恪為太子，密語長孫無忌道：「雉奴（太子小字）柔懦，恐不能主社稷，我意欲改立吳王。」無忌力言不可，太宗冷笑道：「公以恪非親甥，因不欲改立麼？」私心又起。無忌叩首道：「太子仁厚，將來必為守文良主，願陛下勿疑！譬如舉棋不定，尚且失敗，況儲貳至重，怎可屢易呢？」太宗乃止。嗣命太子知左右屯營兵馬事，每日視朝，飭令隨侍，觀決庶政，這也好算是隨時教導，煞費苦心呢（暗為下文反喝）。

且說貞觀十七年秋季，新羅國遣使乞師，東伐高麗。高麗居中國東方，就在現今的朝鮮半島，島中分列三國，東北為高句麗（簡文叫做高麗），南為百濟，百濟東南為新羅。高麗最強，與百濟同盟，謀分新羅國，又率眾侵遼西，屢與隋軍相爭，隋文帝父子，連討數次，均不能克。高麗益橫行無忌，連侵新羅。嗣聞唐室開基，兵勢強盛，乃遣使入貢，高祖冊封高麗國王高建武為遼東郡王。百濟新羅，也相繼貢獻方物，唐廷又冊封百濟王扶餘璋為帶方郡王，新羅王真平為樂浪郡王。三國共受唐封，仍相攻擊。新羅王真平憂死，只遺一女善德，由國人擁立為王，勉支危局。會高麗東部大人泉蓋蘇文，（泉為姓，蓋蘇文為名，大人即部酋之稱。）凶暴不法，高麗王建武，與群下謀誅蓋蘇文，偪蓋蘇文偵悉王謀，竟勒兵入宮，手刃建武，剁作數段。且盡殺預議諸大臣，立建武兄子高藏為王，自為莫離支（官名，中國吏部兼兵部尚書之類），專擅國事，且與百濟和親，再擊新羅。新羅女王善德，惶急的了不得，忙遣人乞救唐廷。太宗發使持詔，往諭高麗罷兵。蓋蘇文拒絕唐使，太宗乃詔集群臣，會議出師。褚遂良奏阻道：「今中原清晏，四夷畏服，陛下威望日著，震鑠古今，今若遠渡遼海往討小夷，果能指日奏功，原是幸事，萬一蹉跌，傷威損望，再興忿兵，安危更不可測了。」太宗道：「蓋蘇文有弒君大罪，今又違朕詔命，侵暴鄰國，奈何不討？」李世勣接入道：「前日薛延陀入寇，陛下欲發兵窮追，因用魏徵言，坐失機會，否則薛延陀已無遺類了。」是敵順風鑼。太宗點首道：「誠如卿言，此次朕擬親征，定當掃清東夷。」乃敕將作大匠閻立德等，赴洪饒江三州，造船四百艘，載運軍糧。且遣營州都督張儉等，發幽營二州兵，及契丹奚靺鞨各部眾，先擊遼東，借覘虛實。

既而鴻臚卿奏陳高麗貢獻白金，褚遂良入諫道：「這是《春秋傳》中的郜鼎呢，陛下不應受納。」太宗乃召入高麗使臣面詰道：「汝非由莫離支遣來麼？」使臣答聲稱是。太宗怒道：「汝等均事高建武，居官食祿，蓋蘇文弒逆不道，汝等不能復仇，反替他奔走遊說，欺我上國，汝等自思，有罪呢？無罪呢？」這數句話，說得來使無詞可答。當由太宗指示左右，拘他下獄，當即下詔親征。褚遂良再疏諫阻，說是：「欲征高麗，但須遣一二猛將，數萬雄兵，便足了事，不必由御駕親行。」太宗不從。群臣相繼進諫，皆不見聽。遂命房玄齡居守，李大亮為副，竟帶同太子，南往洛陽，適值薛延陀遣使入貢，太宗與語道：「歸語爾主，今我父子將東征高麗，汝能為寇，可趁此速來。」來使返語真珠可汗，真珠惶恐，復令原使入謝，情願發兵助軍。太宗復語道：「我軍已足，不煩爾主費心，爾主果能竭誠事朕，此外尚有何求？」已足嚇退真珠。來使聽命自去。太宗查得前刺史鄭元璹，曾從隋煬帝東征，料他熟悉情形，便自原籍召至行在，問及兵事。元璹答道：「遼東路遠，糧運迂迴，東夷又善守城，不易攻入，還請陛下三思！」太宗怫然道：「今日比不得隋朝，公試看朕破虜哩。」元疇託辭老病，謝別歸去。太宗即授刑部尚書張亮，為平壤道行軍大總管，率江淮嶺硤兵四萬，長安雒陽壯士三千，戰艦五百艘，自萊州泛海，徑趨平壤。又命太子詹事李世勣為遼東道行軍大總管，率步騎兵六萬，及蘭河二州降胡，徑趨遼東，太宗親下手詔，聲討蓋蘇文，詔旨中有以大擊小，以順討逆，以治乘亂，以逸敵勞，以悅當怨五大義，說得理直氣壯，慷慨動人。遠近勇士，逐日應募，並獻納攻城器械，不可勝數。太宗因復擬自洛啟行，忽由京師遣來急足，報稱副留守李大亮病故，並遞上遺表，乃是諫阻東征。太宗不覺驚悼，追贈兵部尚書秦州都督，賜諡曰懿，陪葬昭陵。唯遺表上的語言，終未肯信，乃自率諸軍發洛陽，直至定州。詔令太子監國，留住定州城，命太傅高士廉，詹事張行成，庶子高季輔，及侍中劉洎，中書令馬周，同掌機務。

是時尉遲敬德，已經致仕，獨趨至行在，面阻太宗道：「陛下親征遼東，太子又在定州，長安洛陽，腹地空虛，倘有急變，如何抵制？且邊僻小夷，何足勞動萬乘，不若另遣偏師，指日平夷為是。」太宗道：「朕已留房玄齡守長安，蕭瑀守洛陽，可無他虞。卿若尚可從軍，且隨朕東征便了。」敬德不便違命，乃扈蹕同行。太宗親佩弓箭，並在鞍後自結雨衣，兼程前進，徑詣幽州，當下授計世勣，陽若出師柳城，虛張聲勢，暗中渡過遼水，直搗蓋平。世勣遵旨即行，安抵蓋平城下。高麗兵未曾防備，驀聞唐軍到來，慌張得很，當被世勣一鼓攻入，俘得二萬餘人，獲糧十餘萬石，既而張亮亦率舟師渡海，襲擊卑沙城，城瀕海岸，四面懸絕，唯西門可上，右驍衛將軍程名振，及副總管王大度，夜登西門，砍死守卒數十人，餘眾潰散，由唐軍入城兜拿，拘住男女八千口，兩路至幽州報捷。太宗乃欲親往督師，中書待郎岑文字，專掌軍中糧械，握算持籌，幾無暇夕，累得精神枯耗，筋力銷磨；倏忽間竟暴卒幽州。太宗臨視流涕，追贈侍中，賜諡曰憲，令兵役舁棺歸葬，然後啟駕東行。途次接世勣軍報，已進圍遼東城，高麗遣四萬人來援，亦被江夏王道宗擊走。太宗放心前進，行次遼澤，前面有泥淖二百餘里，當由軍士畚土填淖，至泥淖最深處，築橋以渡。及兵已渡過，撤橋以堅士心，至馬首山，江夏王道宗率眾來迎，太宗慰勞有加。越日，自收數百騎，抵遼東城下，見士卒負土填濠，也下馬親負土石，從官等相率負土，湮塞城濠，遂與世勣合兵，圍城至數十匝，喊聲動地。會值南風大起，太宗命銳卒緣登衝竿，縱火焚毀城樓，將士乘勢登城，守兵抵敵不住，只好退去。世勣督兵殺入，斬馘萬餘人，獲男女四萬口，改號遼東城為遼州，遂進攻白巖城。城上矢石交下，右衛大將軍李思摩，面中流矢，血漬滿頤，太宗親為吮血，於是將士益奮。高麗烏骨城主，遣兵萬餘人，來援白巖，將軍契苾何力，率勁騎八百名，陷入敵中，為敵所圍，尚輦奉御薛萬備，單騎往救，敵眾前來攔阻，由萬備大喝一聲，幾如雷震，嚇得敵眾紛紛倒退。萬備即殺入核心，見何力腰受槊傷，便教他隨著後面，自己當先開路，持著長槍，左挑右撥，殺散敵眾，與何力一同回營。何力雖然受創，勇氣未衰，復用布束腰，招集從騎，再往擊敵。太宗復遣兵策應，殺死烏骨城卒無算，追奔數十里，斬首千餘級，看看天色將暮，才收軍而回。白巖城主孫代音，聞援兵敗退，自知兵力不支，乃遣人請降，太宗臨水設幄，親受降虜，改稱白巖城為巖州，仍令孫代音為刺史，契苾何力創重，太宗親為傅藥，且搜獲何力被刺的仇人，叫做高突勃，令何力自己下刃，借洩前恨。何力入奏道：「彼此各為其主，高突勃冒刃刺臣，忠勇可嘉，臣與他本不相識，並無仇讎，不應將他處死。」可謂知義。太宗一再稱善，乃將高突勃赦宥，再進攻安市城。

高麗北部耨薩（高麗官名）高延壽、高惠真，率兵十五萬，來救安市。太宗語將士道：「延壽若引兵直前，連城為壘，據險儲粟，掠我牛馬，坐困我軍，乃為上策。上策不行，把安市城內的兵民，一律遷去，乘夜潛遁，尚不失為中策，若不自度德量力，漫欲與我軍相搏，這乃所謂下策哩。朕料他必出下策，卿等看著！延壽等必為我所擒了。」知己知彼，百戰百勝。言未已，果有探馬來報，延壽等引眾前來，距安市城只四十里了。太宗喜道：「朕意原料他如此，但恐他中道逗留，不肯就來送死，應設法誘他速來，方可就殲呢。」遂召左衛大將軍阿史那社爾入帳，令帶突厥兵千騎，前往誘敵，只准敗，不准勝。阿史那社爾領命即去，行了三十餘里，見敵眾奮勇前來，當下攔住馬頭，與他交鋒，戰不數合，便拖械而走。延壽笑語惠真道：「人人說唐軍強盛，哪知他這般沒用，這真是有名無實哩。」遂驅軍大進，直至安市城東南八裡，依山布陣。太宗正帶著數百騎，登高望敵，遙見高麗兵到來，便返入大營，命李世勣率步騎萬五千人，列陣西嶺。長孫無忌率精兵萬一千人，從山北出狹谷，衝擊敵後。自率步騎四千，挾鼓角，偃旗幟，潛登北山，且預約諸軍齊進，一聞鼓角聲，當盡行趨擊。諸軍陸續進行，專聽北山鼓號，準備廝殺。太宗已至北山，望見李世勣軍，已在西嶺列陣，正與敵眾兩陣對圓，兩下裡躍躍欲動，勢將接仗。忽敵陣後面，隱隱有塵沙飛起，料知無忌軍已抄至敵後，即命隨騎嗚鼓吹角，高張唐幟，諸軍鼓譟並進，齊搗敵陣。延壽惠真，仗著人多勢旺，尚未著忙，擬分軍抵禦。突有一白袍將軍，大呼陷陣，手中持著一支方天戟，盤旋飛舞，只見戟，不見人，從那一片白光中，戮倒高麗兵無數，未敘姓名，先寫忠勇，是用筆不平處。唐軍又紛紛隨入，眼見高麗兵東倒西歪，陣勢大亂，不消一二時，已逃得無影無蹤，只剩作一片戰場了。連用數見字，是從太宗目中寫出。太宗大喜，回營升座，諸將各來報功，共斬虜首二萬餘級，檢驗既畢，便問諸將道：「朕適見一白袍將軍，當先突陣，銳厲無前，爾等快去將他召來！」諸將聞旨，即去查問此人，當有一雄糾糾的英雄，挺身出認，入見太宗。太宗問他姓名，那人伏地自陳，由太宗嘉獎數語，面授為游擊將軍，並賜金帛及駿馬，正是：

試看戰陣建功日，便是英雄遇主時。

欲知此人為誰？待至下回表明。

魏王泰潛謀奪嫡，至承乾敗後，太宗果欲立泰為儲貳，幸長孫無忌褚遂良等，一再諫阻，方改立晉王治，司馬溫公謂唐太宗不私所愛，以杜禍亂之源，可謂知所遠謀者，誠非虛語。或以為魏王得立，當無武氏之禍，此語似是而實非。武氏嬌小傾城，能蠱晉王治，寧獨不能惑魏王泰乎？且魏王狡險，苟得立為太子；入承大統，勢必加刃骨肉，盡殺弟昆，恐不待武氏臨朝，始見唐宗之盡覆也。若太宗東征高麗，當時議之，後世非之。夫蓋蘇文有弒主之惡，用王師以討其罪，誰曰不宜！所朱者，在御蹕親征，致多煩費耳。然如太宗之勇略過人，出奇制勝，實不可沒，而其後卒不能平高麗，或亦有天意存乎其間，非盡戰之罪也，故本回敘述二事，雖不加褒，亦不加貶；所以昭公論而存直道云。

第二十一回　東略無功全軍歸國　北荒盡服群酋入朝

卻說唐軍與高麗交戰，當先衝鋒的白袍將校，為太宗所寵遇，優給賞賜。這人為誰？便是大名鼎鼎的薛仁貴。凡遇著名人物，俱用特筆點醒。他本世居龍門，家業耕種，小名是一禮字，因後來建功立業，四海名揚，人人叫他薛仁貴，所以轉將小名擱起，但把表字流傳，也與尉遲敬德秦叔寶一般。幼時貧賤，好容易茹苦含辛，娶了一個妻室柳氏（正史上不載妻名，小說中說是柳金花，因恐無據，未敢加入），兩口兒勤儉度日，漸漸積下微資。仁貴欲改葬父母，柳氏道：「妾觀夫君膂力過人，武藝出眾，既具絕世英姿，應該待時發跡，今天子將征遼東，招求猛將，這是千載一時的機會，君何勿往圖功名，自求顯達？待至富貴還鄉，葬親也不為遲呢。」此婦卻是不凡。仁貴武力，亦藉口敘過。仁貴依了妻言，遂往投軍營，謁見將軍張士貴，士貴令出戍安地。適郎將劉君邛，出剿土匪，為賊所圍，仁貴單騎馳救，陣斬賊首，系首馬鞍，賊皆懾伏，棄械乞降，乃偕君邛歸鎮，自是仁貴方有勇名，至高麗安市城一役，親受主知，威名益著。

高麗將延壽惠真，收集餘眾，依山自固，太宗命諸軍圍攻，又令長孫無忌，盡撤橋梁，斷他歸路。延壽惠真，進退兩難，不得已率眾請降，親詣軍門，來謁太宗，匍伏請命，太宗笑語道：「東夷少年，跳梁海曲，哪知堅持決勝，未及老成？此後尚敢與天子戰麼？」延壽等伏地不能對。太宗乃簡選耨薩（注見前）以下酋長三千五百人，各授武職，遷居內地，餘皆縱還平壤。高麗各城，餘眾聞風遁去，唯安市城固守如故。太宗改名北山為駐蹕山，刻石紀功。且手書報太子及高士廉道：「朕為將如此，汝等以為何如？」高麗未平，何必出此滿語。越數日，移營安市城南，指揮諸將，再行攻城。安市守卒，望見太宗麾蓋，輒乘城鼓譟，加以嫚罵。太宗怒不可遏，李世勣入請道：「斗大孤城，不患不下，待攻克此城後，所有男子，一併屠戮，陛下當可洩恨了。」太宗道：「朕意擬攻建安城，建安得克，安市在我掌握，這是兵法所謂舍堅攻瑕哩。」世勣道：「建安在南，安市在北，我軍糧餉，均在遼東，今若越安市，攻建安，倘賊眾斷我糧道，如何是好？臣意總在先攻安市，安市一下，鼓行而進，方無後憂。」太宗躊躇半晌，方道：「朕命卿為將帥，自當信用公計，但願勿誤朕事哩。」言未已，有兩人趨入，跪奏道：「奴等既委身大國，不敢不竭誠獻悃，願天子早立大功，使奴等得與妻子相見。安市城堅兵勇，人自為戰，未易猝拔，今奴等帶著高麗兵十餘萬，望旗沮潰，國人聞奴等敗降，正在心驚膽落，烏骨城耨薩，老耄無用，若王師朝臨，城可夕下。此外當道小城，不戰可克，然後因糧進兵，長驅入搗，平壤必不可守了。」為唐劃策，卻是甚善，所惜返戈授敵，未免無愛國心。太宗聞言瞧著，乃是降將高延壽高惠真。延壽已受命為鴻臚卿，惠真也為司農卿，兩人既做了唐官，意欲立功報主，所以並獻此策，太宗也頗稱善。偏長孫無忌又奏阻道：「天子親征，與別將不同，總須計出萬全，不宜行險僥倖。今建安安市兩城，虜眾不下十萬，若我軍進攻烏骨城，後路為虜眾所截，終恐不妙，不若先取安市建安，再行進兵為是。」太宗乃止。此時唐兵約數十萬，何不分軍深入，留太宗在後策應？乃俱頓兵堅城之下，以致老師無功，豈太宗亦聰明一世，懵懂一時耶？諸軍仍圍攻安市城，李世勣攻城西南，用衝車炮石，擊毀城堞。城中豎起木柵，塞住缺口，唐兵仍不能入。江夏王道宗，攻城東南，督眾築土山，高與城等。城主亦培土增陴，更番防禦。內外兵士，一攻一守，日必數戰，連夜間亦接鬥數次。道宗足受矢傷，幾不能行，令裨將傅伏愛屯兵山頂，防敵出襲。伏愛私離所部，湊巧土山崩頹，斜壓城上，城坍陷數丈，唐軍因未得將令，不敢乘隙進薄，反被高麗兵從城缺出來，一陣亂擊，將唐軍驅散，把土山占奪了去。那時道宗睡臥營中，聞這消息，急忙躍起，跣足至大營請罪。太宗正因土山失守，惹動懊惱，見道宗進來，便瞋目道：「汝實犯死罪，但漢武殺王恢，不若秦穆用孟明，且念汝有戰勝遼東的功勞，朕姑赦汝，此後汝應小心，一誤不得再誤哩。」道宗頓首拜謝。太宗傳入伏愛，責他失律致敗，推出斬首。嗣是又攻撲了好幾日，始終不能得手，轉眼間已是初冬天氣，遼左天寒，草枯水凍，士馬不便久留，糧食亦且垂盡。太宗乃收拾雄心，潛令班師，先拔遼蓋二城戶口，渡遼內徙，自在安市城下，耀兵揚武，且召語城主道：「朕因天寒思歸，待來春再行親征，汝等能出兵追躡，最好是今日的機會了。」故意教他來追。城主發城拜辭，太宗復在馬上揚鞭道：「汝能固守此城，直至兩月有餘，可謂忠勇。朕特賜汝良縑百匹，汝可領受！」言至此，命侍臣檢出百匹素縑，委置城下，一聲號炮，全軍啟程。太宗率禁衛軍先行，諸軍陸續隨還，著末是大總管李世勣及江夏王道宗兩軍，壓隊斷後，徐徐退去。城中守兵，屏跡不出，降至唐軍去遠，方出城收縑，不消細說。

太宗渡遼西歸，適遼澤泥潦，車馬不通，乃命長孫無忌，率兵萬人，先行治道，翦草填塗，用車作梁，然後逐隊出發，好容易到了蒲溝，泥淤尤甚，太宗立刻溝旁，督軍填淖，及行渡渤海，天降大雪，加以暴風，全軍都帶水拖泥，不堪困憊，有許多該死的兵士，就在途中宛轉畢命。總計太宗親征高麗，共破十城，徙遼蓋巖三城戶口入中國，共七萬人，前後三大戰，斬首四萬餘級，戰士也死了二千人，戰馬十亡八九。太宗才有悔意，在途中嘆道：「魏徵若在，必不令朕有此行。」乃遣使馳驛，令至徵墓前致祭，賜用少牢，復立所制碑銘，並召徵妻子詣行在，親加慰賜。只衡山公主始終不肯嫁給，總是失信。及抵營州，詔命將遼東戰亡士卒，悉數舁至柳城東南，祭以太牢，由太宗親制祭文，臨奠盡哀，從臣亦多泣下。游擊將軍薛仁貴，隨侍駕前，太宗回顧與語道：「朕舊將統已衰老，正思得一驍勇士，付以閫外重權，今幸得卿，朕心甚慰。此次東征大功未成，還虧遇一驍將，才算是不虛此行呢。」（俗小說中有《征東全傳》，謂薛禮如何被厄，如何救駕，說得天花亂墜，誰知多是虛誣，故本編全不闌入。）仁貴當然謝獎。俄由定州來了使人，說是奉太子所遣，報稱在臨榆關內，恭迎御駕。太宗乃亟率三千人，馳入臨榆關，與太子會面，太子即進奉御袍，侍太宗更衣畢，談了一回已往的事情，方隨蹕西行。原來太宗出征時，曾指身上褐袍，語太子道：「俟回來見汝，再易此袍。」及既至遼左，過了夏秋兩季，袍已敝舊，太宗仍然不易。左右請改服新衣，太宗道：「軍士衣多破爛，朕獨忍換新衣麼？」這是籠絡人心語。至是易衣至幽州，也即命州吏發出布帛，分賜將士，且將錢布散給高麗降民，歡呼聲三日不絕。

再西行至定州，太宗感冒風寒，免不得有些悴容，好幾日不思飲食，身上亦乍寒乍熱，覺得不爽，未幾，又生了幾個瘡癤，痛苦異常。侍中劉洎，私語同僚道：「上體患病，殊屬可憂。」哪知此語出口，已有人密報太宗，且加添幾句壞話，說得太宗忿怒起來，竟命將劉洎褫職，賜令自盡。先是太宗將東行，令洎兼左庶子，檢校民部尚書，輔太子監國，並召諭道：「朕今遠征，爾佐太子，安危所寄，宜深體朕意。」洎倉猝答道：「臣在此，願陛下勿憂。就使大臣有罪，臣亦當執法加誅。」太宗聽到此語，不覺變色，但因他生平忠實，不加駁斥，唯婉戒了幾句。此次有人進讒，說他欲行伊霍故事，頓時觸起前嫌，驟然賜死。足為言語不謹者戒。看官道是何人譖洎？相傳是諫議大夫褚遂良。遂良與洎有宿嫌，因此把他譖死。中書令馬周，進諫不從，平白地冤死了劉侍中。既而太宗病勢少痊，還歸京師，又殺刑部尚書張亮。亮頗好左道，交通巫覡，術家程公穎謂亮臥狀若龍，後當大貴，亮頗信為真言。陝人常德發，上書告變，謂亮養假子五百，陰具反謀。太宗命馬周案治，亮自言被誣，且歷溯佐命舊功，應乞鑑原。馬周依言覆命，太宗道：「亮養假子五百，意欲何為？無非為造反計呢。」乃再令百官復議。群臣阿附上意，多言亮有反意，應該伏誅，獨將作少監李道裕，謂：「亮叛跡未明，不應遽坐死罪。」太宗不從，竟令斬首。後來太宗亦頗自悔，擢道裕為刑部侍郎，且語左右道：「日前李道裕曾議張亮一案，朕雖不從，至今自覺過甚，所以朕命為典刑，當不致誤人入罪了。」

過了數月，已是貞觀二十年仲夏，高麗王高藏，及莫離支蓋蘇文，遣使謝罪，並獻上二美女。太宗笑道：「他道朕是吳王夫差，乃欲以美女餌朕麼？」遂卻還貢獻，復議遣將往討。適值薛延陀一再入寇，乃將高麗事暫行擱起，先圖北征。看官閱過前回，曾載著真珠可汗，奉表輸誠，為什麼此時入寇哩？原來太宗東征未歸，真珠可汗因病亡故，他本令庶長子曳莽為突利失可汗，居東方統轄雜種，嫡子拔灼為肆葉護可汗，居西方統轄薛延陀，曳莽性躁，拔灼量窄，兩人素不相容。及真珠既歿，曳莽奔喪，恐拔灼圖己，先還所部。拔灼果疑他有異志，發兵追躡，殺死曳莽，自立為頡利俱利薛沙多彌可汗。且聞太宗東征未歸，竟乘虛來襲河南，為右領軍大將軍執失思力所破，敗奔磧北，未幾，又轉寇夏州，太宗已經西歸，遣江夏王道宗等，會集執失思力，調集西北數州兵士，出鎮西陲。多彌可汗知中國有備，不敢輕進。執失思力會同夏州都督喬師望，出兵掩擊多彌。多彌輕騎遁去，餘眾多為唐軍所獲，奏凱而歸。

回紇諸部，聞多彌敗還，也出兵攻薛延陀。多彌與戰又敗，國內騷然。偏多彌尚不肯改過，廢棄舊臣，親信私人，還想窺伺中國，屢遣遊騎偵邊。自速其死。太宗乃命江夏王道宗，及左衛大將軍阿史那社爾，為瀚海安撫大使。又令右領軍大將軍執失思力，統領突厥兵，右驍衛大將軍契苾何力，統領涼州及胡兵，代州都督薛萬徹，營州都督張儉，各率所部兵，分道進擊薛延陀。薛延陀部眾，已是離心離德，聞唐軍大舉入境，驚慌的了不得，相率駭走道：「天兵到了！」多彌見人心已散，料不可守，即引數千騎西奔，偏遇回紇兵到來，一些兒不肯容情，竟將多彌手下的騎卒，一古腦兒掃得精光。多彌還有何幸，眼見得是身首兩分了。回紇酋長吐迷度，且乘勢入據薛延陀。薛延陀尚有餘眾七萬口，西走避難，嗣擁立真珠兄子咄摩支，為伊特勿失可汗，還收故土。一面遣使奉表唐廷，自去可汗名號，求居鬱督軍山北麓。太宗遣兵部尚書崔敦禮，西往招撫，偏是回紇諸部，恐咄摩支捲土重來，將為己患，也遣使至唐，只說咄摩支意懷叵測，將來必遺患磧北。太宗因覆命李世勣統兵西行，相機行事，剿撫兼施，並敕李道宗薛萬徹等一併進軍。世勣至鬱督軍山，檄諭薛延陀君臣，勸他速降。咄摩支恐不能容，南奔荒谷，世勣再遣通事舍人蕭嗣業，招慰咄摩支。咄摩支乃自出乞降。偏部眾首鼠兩端，未肯投誠，當由世勣縱兵追擊，前後斬五千餘級，虜男女三萬餘人，並押送咄摩支至京師，候旨發落。太宗召見咄摩支，因他未嘗入寇，拜為右武衛大將軍，且擬親幸靈州，招諭鐵勒諸部（鐵勒有十五部，已見前文）。

是時江夏王道宗，已率兵逾磧北，遇薛延陀遺眾拒戰，奮力進擊，斬首千餘級，追奔二百里，乃與薛萬徹傳檄回紇諸部，令他歸附唐廷。回紇等俱願聽命。及太宗啟駕至涇陽，回紇拔野古同羅僕骨多濫葛思結阿跌契苾奚結渾斛薛等十一姓，各貢獻方物。表文有云：「薛延陀不事大國，暴虐無道，不能為奴等主，自取敗亡，部落鳥散。奴等各有分地，不從薛延陀去，願歸命天子，乞賜哀憐，悉置官司，以便奴等有所稟承。」太宗覽表大喜，即賜番使宴樂，分賚拜官，並遣右領軍中郎將安永壽，偕各使同往，頒給各部長酋長璽書。至車駕已抵靈州，鐵勒諸部使臣，陸續踵至，差不多有幾千人，相繼入謁，共白太宗道：「願得天至尊為奴等天可汗，子子孫孫，常為天至尊，奴等死無所恨。」太宗喜出望外，因作詩敘述盛事，有「雪恥酬百王，除凶傳千古」二語，載入史乘。群臣復請勒石銘功，太宗自然照請，盤桓了好幾天，方才回京。

既而回紇僕骨多濫葛拔野古同羅思結渾斛薛奚結阿跌契苾白霫等酋長，俱入都來朝。太宗賜宴芳蘭殿，命有司厚加給待，每五日一會。旋下詔改各部名稱，以回紇部為瀚海府，僕骨為金微府，多濫葛為燕然府，拔野古為幽陵府，同羅為龜林府，思結為盧山府，渾為皋蘭州，斛薛為高麗州，奚結為雞鹿州，阿跌為雞田州，契苾為榆溪州，思結別部為蹛林州，白霫為寘顏州，各歸原有酋長管轄，賜給各酋長都督刺史名號，分賞金銀繒帛及錦袍。各酋長大喜，歡呼萬歲，舞蹈揚休。及各酋長辭行，太宗親御天成殿，再賜宴餞，並令樂官遞奏十部樂，作為侑觴，真個是華夷共樂，胡越同堂。宴畢，各酋長醉酒飽德，離座拜謝，且奏稱：「臣等既為唐民，往來天至尊處，如回紇以南，突厥以北，應開一大道，稱為參天可汗道，途次置六十八驛，各有馬及酒肉，以供過使，願歲貢貂皮，充作此項用費，並請天朝派遣文人，使為各部表疏。」太宗一一允許，各酋長始歡躍而去，於是北荒悉平。

嗣復設立燕然都護府，統轄瀚海等六府、皋蘭等七州，特遣揚州都督李素立為燕然都護。素立蒞任，撫以恩信，各部落很表歡迎，共獻牛馬。素立一概卻還，只受他薄酒一杯，夷人益加愛慕，遐邇歸心。鐵勒北部骨利幹，也遣使入貢，還有西域結骨部酋，叫做失鉢屈阿棧，也重驛來朝，且請太宗授給一官，詔命為堅昆都督。因結骨為古時堅昆國，所以令仍古名，這好算是唐朝全盛的時代，四夷君長，聯翩到來，每當元旦朝賀，夷落常數百千人，入殿趨蹌，嵩呼華祝。太宗喜語侍臣道：「漢武帝窮兵三十餘年，所獲無幾，怎能似我朝用德綏懷，反得使異俗遐方，同歸王化呢。」以德服人，尚恐有愧。侍臣等希旨承顏，樂得稱頌功德，說了許多讚美詞。那時太宗雄心復熾，又要往征高麗了。小子有詩嘆道：

先王耀德不窮兵，何事文皇好戰爭？
縱使東隅甘聽命，春秋朝貢亦虛名。

畢竟太宗曾否再征高麗，且至下回表明。

太宗一英武主，累戰皆捷，獨東征高麗，頓兵安市城下，豈強弩之末，不能穿魯縞歟？毋乃所謂暮氣已深，不復如前此之冒險進取歟？或謂由李世勣長孫無忌輩，一再勸阻，以致師老無功；靡然退還；不知天子親征，事權統一，欲進則進，何待躊躇？彼世勣無忌得以勸阻者，無非陰窺上意，乘隙進言耳。不然，世勣等往攻薛延陀，何以直度磧北，不少逗留，掃番眾，降夷酋，收服鐵勒諸部，不數月間，即蕩平北荒，威行窮海乎？故親征，美名也，而弊多利少，萬乘之主，不堪一挫，諸將又皆懷顧忌，誰敢以乘輿作孤注？此親征之所以少戰功也。至插敘劉張被戮事，尤見太宗之喜怒失恆，已失主宰云。

第二十二回　使天竺調兵擒叛酋　征龜茲入穴虜名王

卻說太宗因北荒聽命，復欲東征高麗，廷臣會議軍情，統說高麗依山為城，不易攻入，前時御駕親征，高麗人民，不得耕種，勢必乏食，今不若屢遣偏師，更迭侵擾，令他東奔西走，無暇農事。不出數年，滿野蕭條，人心自散，鴨綠江北，可不戰自定了，太宗以為良策，乃命左武衛大將軍牛進達為青邱道行軍大總管，右武侯將軍李海岸為副，率兵萬人，乘著樓船，由萊州泛海入高麗，再遣太子詹事李世勣，為遼東道行軍大總管，右武衛將軍孫貳朗為副，率兵三千人，益以營州都督府兵，自新城道入高麗，兩路水陸並進。世勣渡過遼河，至南蘇城，高麗兵背城拒戰，為世李世勣所破；縱火焚城郭，外郛被毀，內城由守兵撲救，尚得保全。世勣撲攻數日，不能得手，即率軍退還。牛進達李海岸入高麗境，累戰皆勝，攻克石城，再進至積利城下，高麗兵出城迎戰，海岸麾軍猛擊，斬首至二千級，高麗兵退回城中，合力死守。牛進達料難速下，也航海回來。兩軍依次復旨。太宗擬發第二次東征令，先敕宋州刺史王波利等，募江南十二州工人，造大船數百艘，預作戰備。越年為貞觀二十二年，新羅女王金善德逝世，妹真德嗣，太宗遣使冊封真德，復令右武衛將軍薛萬徹，及右衛將軍裴行方，率兵三萬餘人，駕了樓船戰艦，再自萊州入擊高麗。

東師方發，又擬向西用兵。西域有龜茲國，距唐都約七千里，當高祖受禪時，國王蘇代勃駃，曾遣使入朝，及貞觀四年，蘇代勃駃子蘇代疊，復進貢名馬，後來稱臣西突厥，不修朝貢。蘇代疊死，弟訶黎失布畢立，因聞西突厥歸命唐廷，也不敢不修朝貢禮。補前此所未詳。偏太宗恨他多年失儀，斥還來使，欲命大將往討，廷臣不敢進諫，當時卻有一位巾幗賢媛，宮闈才女，獨繫念民瘼，憂心國是，草就了一篇奏疏，呈入太宗。足醜鬚眉。略云：

臣妾徐惠上言，妾聞以力服人，不如以德服人。蓋以德服人者，逸而順，以力服人者，勞且逆也。今陛下既東征高麗，復欲西討龜茲，捐有盡之農功，填無窮之巨浪，圖未獲之他眾，喪已成之我軍，妾竊疑之。昔秦皇併吞六國，反速危亡之基，晉武奄有三方，反成覆敗之業，豈非矜功恃大，棄德輕邦，圖利忘危，肆情縱慾之所致乎？是故地廣者，非常安之術也，人勞者，乃易亂之源也。妾充役後宮，何敢與聞外政？但心所謂危，不敢不告，寧貽越俎之誅，勿蹈噬臍之悔。伏願陛下俯察邇言，息事寧人，以安天下，則不勝幸甚！

這疏上後，太宗覽畢，不禁讚嘆道：「徐充容有此奏牘，朕不得不暫事弭兵了。」原來徐惠入宮後，始為才人，再遷充容，小子前曾略述徐氏履歷，想看官應尚記著。太宗頗愛她才藝，所以聞言見從，暫將西征事擱起。嗣接薛萬徹軍報，渡過鴨綠水，擊破高麗戍兵，得斬敵目數人，太宗亦飛詔召還，咸令休息。既而又遣右衛長史王玄策，出使天竺，天竺即今印度國，在蔥嶺南，分東西南北中五大區，向尚佛教。唐初中天竺王屍羅逸多，具有武略，轉戰無前，象不弛鞍，士不釋甲，因得征服四天竺，至貞觀年間，唐僧玄奘，本姓陳，偃師人。往天竺求佛經，得見屍羅逸多，屍羅逸多與語道：「汝國有聖人出世，嘗作秦王破陣樂，汝能為我說明聖蹟否？」玄奘乃略述太宗神武，平定禍亂，賓服四夷的情狀，屍羅逸多驚喜道：「據汝說來，我當東面朝見汝王。」遂優待玄奘，任令遊歷。玄奘得採集經論六百五十餘部，齎還中國。屍羅逸多特派使人，偕玄奘東來，入謁太宗，表文上自稱摩迦陀王（中天竺有摩伽陀城，亦作摩揭它）。太宗覽表，文字多不可解，詰問來使，語言又未易曉。幸虧玄奘同時入見，頗能翻譯番語，得達天聰。云，持節往撫。屍羅逸多召問國人道：「從古到今，曾有摩訶震旦使人，得來中國否？」國人皆答言無有。屍羅逸多道：「中國就是摩訶震旦。今有使到此，理應出迎。」乃出郊恭迓唐使，膜拜受詔，戴諸頂上。復遣使隨懷儆入朝，獻入火珠鬱金菩提樹等物。太宗亦厚賞來使，遣令西歸。且命玄奘翻譯佛經，玄奘有徒數十人，日夕同譯，成七十五部，得千三百三十五卷。後人作《西遊記》，即借玄奘事，以作寓言，看官幸勿為所迷。到了貞觀二十二年，屍羅逸多已是去世，國內大亂，遺臣阿羅那順，自立為主。唐廷未曾聞知，但因天竺不通聞問，已是數年，乃遣王玄策西行，蔣師仁為副。甫入天竺境內，那阿羅那順，竟發兵來擊唐使。玄策從騎，不過數十名，怎能抵擋得住？還算從騎奮力接仗，才令玄策師仁兩人，得脫身走吐蕃。從騎盡行戰死，片甲不留。吐蕃贊普弄贊，已與唐室和親（事見前文）。聞唐使為天竺所逐，遂遣兵千人出援。玄策又檄召鄰部，共討天竺。泥婆羅國，亦發兵七千騎來會，當由玄策及師仁，部勒成行，兼程南下，直抵茶鎛和羅城，猛攻三月，血薄上登。守兵開城潰散，被玄策等督眾追擊，殺死了三千人，還有一大半溺死江中。玄策等乘勝入中天竺，阿羅那順棄國東奔，向東天竺乞援，再收集散卒，來攻玄策。玄策令師仁為先鋒，自為後應，與阿羅那順對壘爭鋒。阿羅那順不知兵法，一味蠻鬥，師仁遂用了一條埋伏計，誘他入伏，伏軍齊發，把阿羅那順團團圍住。阿羅那順上天無路，入地無門，只好束手受縛。餘眾除被殺外，多半乞降，阿羅那順妻子，寓居乾陀衛，尚擁著部眾萬人，阻險自守。師仁率眾進攻，守兵又復大潰，擲下阿羅那順的妻孥，均被師仁拘繫而來。於是遠近城邑，望風輸款，共得五百八十餘所。東天竺王屍鳩摩，也惶恐得很，忙送牛馬三萬頭犒師，此外尚有弓刀纓絡等物。玄策師仁，方才回軍，執送阿羅那順等，獻俘闕下。太宗大喜，授玄策朝散大夫，召入阿羅那順，責他拒絕天使，罪應加誅。因思推廣皇恩，特開法網，待以不死。

唯阿羅那順身旁，卻有一人隨著，龐眉皓首，鶴髮童顏，居然有三分道骨。太宗問他名字，他跪伏階下，自言叫做那邏邇娑婆寐，年已二百餘歲。太宗不覺驚異，便問道：「爾有什麼法術，得長壽至此？」那邏邇娑婆寐道：「奴素奉道教，得教祖老子真傳，煉丹服餌，所以長生。」恐是說謊。太宗聞得老子二字，益加禮遇，竟令他改居賓館，治丹內奉。先是高祖開國，曾有晉州人吉善行，上言在羊角山見白衣老父，囑令轉達唐天子，勿忘祖宗。高祖疑老父為老子，因命在羊角山立老子廟，尊老子為遠祖，春秋致祭。老子雖亦姓李，恐怕同姓不宗，硬行拉入。此次太宗有所感觸，因為番奴所迷，也想服些長生不老丹，可以永久在世。況且太宗晚年，益好聲色，常自恨精神不濟，未能遍御嬪嬙，可巧碰著這個方士，真是意外天緣，不期而遇。俗語說得好：「做了皇帝想登仙。」古時秦皇漢武，都想活過千年，做個彭祖第二，所以朝進方士，暮採仙藥，鬧得一塌糊塗，終究是沒有效驗，反致速斃。太宗是個聰明絕頂的君主，不料也著了這種魔障。嗣是日服丹鉛，居然精神陡長，一夕能御數女，忽幸翠微宮，忽如玉華宮，託名休養，暗地荒淫。

只是不如意事雜沓而來，巢剌王妃及隋煬帝后蕭氏，次第喪亡。這兩人是太宗的老姘頭，巢剌王妃，生下一子名明，太宗本欲立為繼后，因為魏徵所諫，謂不宜以辰嬴（晉文公夫人）自累，方才中止。旋封明為曹王，令出繼元吉，又把庶子福出繼建成。至巢剌王妃一死，免不得悲從中來，接連是蕭后病逝，又增一番感悼，詔令仍復后號，給諡曰愍，使三品護葬江都。總算踐信，但恐蕭后無顏見隋煬帝。悼亡未終，天象告變，太白星屢次晝現，由太史占驗，謂女主當昌。民間又傳祕記云：「唐三世後，女主武王，代有天下。」這數語傳到太宗耳中，很是怫意。默想武衛將軍李君羨，小字五娘，君羨是個男子，如何自取女名？且他是個武安人，又封武連縣公，處處帶著武字，莫非應在此人身上。遂調他出外，任為華州刺史，尋由御史劾他謀為不軌，遂下了一道詔諭，把他活活處死。御史劾奏，恐也是隱受上意，以便藉口加刑。太宗意尚未釋，又密問太史李淳風道：「祕記所言，是真是假？」淳風答道：「臣仰觀天象，俯察歷數，這人已在宮中，自今日始，不出三十年，當王天下。陛下子孫，恐不免為她所害了。」太宗大驚道：「果有此事，朕當遍查宮中，無論是與不是，但教有跡可疑，一律殺死，庶不致留後患了。」淳風道：「天數已定，人不能違，古人有言，王者不死，徒然多殺，反增戾氣。且此後歷三十年，是人已老，或者存些慈心，為禍尚淺，今日無論不能殺她，就使將她殺死，天復生一強壯的人物，益肆怨毒，那時陛下子孫，真要沒有遺種了。」太宗嗟嘆數聲，方把此事擱起。其實嬌嬌滴滴的武媚娘，日夕侍側，難道不曉得她是姓武，反一些兒沒有嫌疑麼？這是太宗為色所迷，明知故犯，就使教他下手，他也是不忍割捨的了。

話休敘煩，且說太宗平了天竺，又想東伐高麗，今日造戰艦，明日備兵糧，擬發三十萬大兵，一舉蕩平。計劃未定，駕幸玉華宮，留房玄齡守居京師。玄齡年已七十一，衰邁多病，太宗令他臥治。既而患疾益甚，由太宗召赴玉華宮。許肩輿入殿，相對流涕。隨命留住宮中，使尚醫臨候，尚食供膳。且命他妻妾子婦，隨時入侍。玄齡語諸子道：「我受皇上厚恩，無可為報，今天下無事，唯東征不已，群臣無一敢諫，我若知而不言，是死有餘責了。」乃口占表文，令諸子繕寫進呈，文云：

臣聞老氏有言：「知足不辱，知止不殆。」想是太宗推重老子，故特採用此語。今陛下威名功烈，既云足矣，拓地開疆，亦可止矣。邊夷醜種，不足待以仁義，責以重禮。古者以禽魚畜之，必絕其類，恐獸窮則攫，鳥窮則啄，甚非計也。且陛下每決一重囚，必令三復五奏，進蔬食，停音樂者，以人命之重為感動也，今士無一罪，驅之行陣之間，委之鋒鏑之下，使肝腦塗地，獨不足愍乎？向使高麗違失臣節，誅之可也；侵擾百姓，滅之可也；他日能為中國患，除之可也。今無是三者，而坐敝中國，徒欲為舊王雪恥，為新羅報仇，非所存者小，所損者大乎？臣願下沛然之詔，許高麗自新，焚凌波之船，罷應募之眾，自然華夷慶賴，遠肅邇安。臣旦夕入地，倘蒙錄此哀鳴，死且不朽矣！謹表。

太宗覽表，未免感嘆。玄齡次子遺愛，尚帝女高陽公主(太宗第十八女)，會值公主入省，太宗顧語道：「爾翁病勢如此，尚能憂中國家，可謂忠悃過人了。」即親自臨視，握手與訣，悲不自勝。且詔太子就省，擢玄齡子遺愛為右衛中郎將，遺則為朝議大夫，令得及身親見。越宿，玄齡去世，追贈太尉，予謚文昭，陪葬昭陵。唯玄齡雖有遺言，終未能挽回主意。東征事不肯罷撤，又遣番將阿史那社爾，為昆邱道行軍大總管，契苾何力為副，帶同安西都護郭孝恪，司農卿楊弘禮，左武衛將軍李海岸，發鐵勒十三部番兵，共得十萬人，西討龜茲。社爾引兵出焉者，進趨龜茲北境。焉耆國王阿那支，本與龜茲聯盟，聞唐軍入境，倉皇失措，竟棄城走龜茲。社爾分五路兜剿，逼得阿那支無路可奔，終被唐軍擒住，斬首示威。龜茲大恐，各城酋長，先後遁去，唐軍長驅直進，如入無人之境。行次磧石，距龜茲王城三百里，社爾遣伊州刺史韓威先行，右騎衛將軍曹繼叔繼進，各率兵數千騎，進抵多褐，龜茲王訶黎布失畢，帶著大將羯獵顛，有眾五萬，前來迎戰。威手下不過千騎，恐眾寡不敵，便用一條誘敵計，未戰即走。布失畢藐視唐軍，麾眾急進，追趕數裡，聽見連珠炮響，殺出一支人馬，當路截住。看官不必細問，便可知是唐將曹繼叔，布失畢見有援軍，才知中了誘敵計，起初看唐軍甚少，放膽進軍，及遇著繼叔一軍，又疑他有許多埋伏，急欲退避，輕躁者往往如此。當下策馬返奔，部眾隨潰。唐將韓曹兩人，合軍追擊，竟達八十餘里，殺獲無算。布失畢敗回城中，唐軍即踵至城下，大總管阿史那社爾，又率眾繼至，嚇得布失畢魂膽飛揚，左思右想，無可為計，只得帶了國相那利，大將羯獵顛，突出西門，走保撥換城，社爾留郭孝恪居守，自率大軍追躡布失畢，到了撥換城下，督兵圍攻。那利羯獵顛，屢次出城突圍，均被唐軍擊退。

一日，那利夜出，來襲唐營，社爾還算有備，麾軍殺出，那利慌忙退去，乘著月黑無光，竟向西奔去，不復回城。城中失去那利，勢益孤危，社爾乘勢攻入，布失畢與羯獵顛，不及逃奔，同被擒住。軍中方慶賀大捷，喜氣重重，不料來了郭孝恪急報。說是那利引著西突厥兵，及餘眾萬人，前來攻城，危急萬分，懇速濟師。社爾即派韓威曹繼叔兩軍，還救孝恪。及韓曹兩軍到了都城，城已被陷，郭孝恪陣亡，只有倉部郎中崔義起，還率領守兵，在城內巷戰，韓威先驅殺入，曹繼叔亦隨著進擊，兩軍似虎似龍，把番兵掃了一陣。那利見不是路，出城逃走。曹繼叔眼明手快，忙指揮軍士，緊緊的追著那利。那利沒命的亂跑，所有手下殘眾，被唐軍隨路亂斫，已經十亡七八，他也無暇顧及，專向大山深谷中，跑將進去。繼叔大呼道：「番賊休走，你道是計策高妙，繞道襲我守軍，偏偏碰著我曹將軍手裡，隨你上天落地，我總要擒了你去。」（那利計策，藉口敘過，以省筆墨。）說至此，從弓袋中取出弓箭，射將過去，颼的一聲，正中那利後項。那利痛不可忍，跌了一個倒栽蔥。部眾逃命要緊，也不敢往救，唐軍搶前數步，手到擒來。繼叔得勝回城，社爾也即還軍，招降遠近小城七百餘。西突厥安西等國，望風震懾，輸餉犒軍。社爾立布失畢弟葉護為龜茲王，勒石紀功而還。

太宗受俘紫宸殿，由社爾獻入布失畢及那利羯獵顛，三人匍伏謝罪。有詔特赦，改館鴻臚寺，拜布失畢為左武衛中郎將。布失畢等謝恩而出。太宗顧語侍臣道：「龜茲已平，只突厥殘酋車鼻，屢征不至，還須遣將往討方好哩。」群臣道：「現在已值暮冬，北方天寒，不便行軍，且俟來春出兵未遲。」太宗允諾。轉眼間已是貞觀二十三年，東風解凍，春光熒熒，太宗乃遣右驍衛郎將高侃，征發回紇僕骨各部番眾，往討突厥車鼻可汗去了。正是：

雄主喜功專黷武，大廷頒詔屢徵兵。

欲知車鼻可汗，是何等支派，得罪唐朝，且至下回續敘。

徐惠，賢妃也，房玄齡，賢相也，內外交諫，不能抑太宗之雄心，甚矣哉，太宗之好大喜功也。即如王玄策之使天竺，阿史那社爾之伐龜茲，亦屬可已而不已之舉，然玄策為天竺所拒，走入吐蕃，能用以夷制夷之妙算，破名城，縶叛酋，耀武西南，獻俘闕下，而不聞勞一唐兵，調一唐將，玄策誠人傑矣哉！然尚未得破格擢用，僅授一朝散大夫而止，顧於阿史那社爾，及契苾何力諸蕃將，獨任以專閫，授鉞西征，雖得擒渠獲醜，平定西域，而安西都護郭孝恪，竟因是戰死，外此將士之斃命沙場者，當尚不可勝數，一將功成萬骨枯，我為西征軍嘆矣！本回敘入兩疏，前後相映，所以刺太宗也。因天竺方士之得寵，又銷納宮闈中一段文字，不特加刺，且並加嫉。文法之中，書法寓焉。豈特隨事補敘，不少滲漏已哉。

第二十三回　出嬌娃英主升遐　逞姦情帝女謀變

卻說突厥車鼻可汗，原名斛勒，本與突厥同族，世為小可汗。頡利敗後，突厥餘眾，欲奉他為大可汗，適因薛延陀盛強，車鼻不敢稱尊，率眾投薛延陀。薛延陀以車鼻本出貴種，且有勇略，為眾所附，將來恐為己患，不如先行下手，殺死了他，免留遺禍，不意為車鼻所偵悉，潛行逃去。薛延陀發兵追捕，反為車鼻所敗，奔回國中。車鼻乃就金山北麓，建牙設帳，自稱乙注車鼻可汗，招兵養馬，得三萬騎，常出掠薛延陀境內。薛延陀被唐破滅，車鼻聲勢益張，遣子沙缽羅特勒，入貢唐廷，太宗遣還沙缽羅，令將軍郭廣敬北往，征車鼻入朝。車鼻頗加禮待，與廣敬約期入覲。待廣敬還朝覆命，車鼻竟愆期不至。太宗又貽書詰問，他仍置諸不理。於是特遣高侃為行軍總管，調集鐵勒各部番兵，往擊車鼻可汗，侃陛辭而去。

太宗退朝入內，忽覺身體未適，似乎頭暈目眩，有些支持不住，無非色慾過度。便即臥到龍床，休養精神。哪知到了晚間愈加不安，連忙呼入御醫，擬方進藥。一時不見效驗，至次日不能起床，只好傳出詔旨，命皇太子聽政金液門。太子聽政已畢，免不得入內請安。可巧這位武媚娘，侍立榻旁，見太子進來，便輕移玉步，向太子行禮。太子留神一瞧，見她眉含秋水，臉若朝霞，寶髻高蟠，光可鑑影，瓠齒微露，笑足傾城，身材兒非常裊娜，模樣兒很覺輕柔，口中但撥出「殿下」二字，已是催魂的氤氳使，險些兒把太子魂靈，勾引了去。及媚娘禮畢轉身，方勉強按定心神，暗地裡自忖道：「我前時曾見她數次，尚沒有這般豐采，現今越出落得妖豔了。我父皇年過半百，尚陪著這等尤物，怪不得要害起病來。」一面想，一面走，到了太宗榻前，方低聲問疾。太宗道：「我為服天竺方士丹藥，自幸康健如恆，偏是後來沒效，方士亦去，漸漸筋力衰頹，看來是不能久存了。」（借太宗口中，了過天竺方士。）說至此，未免帶著三分淒楚，太子道：「陛下稍稍違和，但教服藥數劑，自可復原，何必過慮？」太宗道：「我自弱冠典兵，大小經過數百戰，才造成這個基業，目今四海承平，群夷讋服，我的志願，也已滿足了，死亦何恨。只可惜一班佐命功臣，多半喪亡，就是活著的，也老朽無用，現在只有一李世勣了，我卻為你擔憂呢。」太子道：「世勣忠誠有餘，可惜年亦老了。」太宗道：「世勣雖老，尚稱強健，但此人材智，與眾不同，我向來另眼相待，當不負我。汝與他無恩，恐未必為汝所用呢。」太子默然不答。太宗說了數語，太子即退，甫出寢行，又與那武媚娘打一個照面，冤家合當有孽。自此日起，太子心目中，時時記著這武媚娘，命耶數耶。可巧太宗一病兩月，太子借省視為名，按日入侍，時常與媚娘相晤，媚娘也知情識趣，仗著兩道柳眉，一雙鳳目，去勾挑那東宮殿下，害得太子心神忐忑，支撐不住。本來是彼此有情，早好上手，只因太宗平日，很是精細，雖然有病在身，並不是什麼糊塗，太子素來優柔，媚娘也屬虛怯，所以巫山咫尺，尚隔層雲。後來太宗病體，過一天，好一天，越發不敢妄為，只好暫行歇手，留待將來（故作一颺）。

太宗既幸病癒，又往那翠微宮，玩賞數日，明知病後不宜近色，但有時牽住情魔，又未免略略染指。古人說得好：「蛾眉是伐性的斧頭。」多病衰軀，不堪再伐，因此車駕自往翠微宮後，復有些神枯骨瘦的樣子。太宗自知不妙，遂將太子詹事李世勣，出調為疊州都督，畢竟世勣老成練達，智燭幾先，一經受詔，便即拜辭，也不及回家，竟草草帶著行裝，出都西去。當時盈廷人士，都道太宗優待世勣，世勣有病，太宗嘗剪髮和藥，世勣宴醉，太宗親解衣覆身，種種恩遇，遠出人上，所以世勣受詔即行。哪知世勣是窺破上意，料得此次外調，寓有深意，故立刻就道，不少逗留，果然世勣去後，太宗召語太子道：「我今外黜世勣，就是為你打算。他若徘徊觀望，我當責他違詔，置他死刑。他今受詔即行，忠藎可嘉，我死後，汝可召用為僕射，必能為汝盡力，汝休忘懷！」全是權詐待人。不知反墮世勣智料，後來世勣貽誤高宗，究有何益。太子唯唯遵教。

不意一李外調，還有一李竟要謝世，看官道是何人？便是衛國公李靖。靖自征服吐谷渾後，因被高甑生唐奉儀誣訐，自恐功高遭忌，遂杜門謝客，不問國事（應第十六回）。太宗優給俸祿，進授開府儀同三司，靖妻歿時，詔令墳制如漢衛霍故事，築闕像鐵山積石山，旌表靖功。想就是紅拂妓，生榮死哀，不枉生平慧眼。及太宗東征，召靖入議，意欲用為統帥，因見他老態龍鍾，是以改任世勣，至是靖年已七十九歲，遇病甚劇，由太宗親往臨視，流涕與語道：「卿系朕生平故人，為國宣勞，朕嘗不忘。今病勢如此，為之奈何？」靖答道：「老臣衰朽無狀，生亦何為？不過有負聖恩，尚覺抱愧，但願聖躬善自保重，安國定家方好哩。」太宗點首而出。還宮未幾，即有遺表上陳，報稱病逝。太宗震悼輟朝，追贈司徒，予謚景武。

自靖歿後，太宗仍到翠微宮，忽然間患著痢疾，腹痛如絞，欲瀉未瀉，困苦異常。這番病勢，很是危重，不比當日的內弱症，還可用著參苓，調養元氣，補救目前。太子治入宮侍疾，晝夜不離，還有那久承主寵的武媚娘，也隨侍行宮，捧茶遞藥，日夕在側。兩人眉來眼去，調笑得非常親熱。這日應該有事，太宗困憊得很，竟昏昏的睡去了，榻前只剩太子及媚娘兩人，燈花剔焰，你我相看，媚娘見太子頭上，竟有白髮數莖，不禁蹙然道：「殿下年方逾冠，為何發即變白呢？」太子驚詫道：「果有白髮麼？敢是老了不成？」媚娘微笑道：「想是日夕過勞，因致如此。殿下可謂孝思維則了。」太子道：「也並非全然為此，汝可知我意否？」媚娘瞅了一眼，正要回答，見有侍女等進來，便掉頭顧侍女道：「聖上酣臥，你等不要聲張，我去去就來，」說著竟抽動腰肢，向外出去。太子趁這機會，也溜出寢門，潛躡媚娘，竟到她臥室中。媚娘故意含嗔道：「殿下如何輕褻貴體，隨妾至此？」太子道：「為卿故，發幾白了，卿也應憐我呢。」史稱太子侍疾，發幾變白，誰知卻是為此。媚娘至此，樂得乘風使舵，博個後半生的快活，一任太子閉戶調情，展衾行樂。小子曾閱隋史，覽到煬帝烝宣華夫人事，嘗說他不顧名分，太耍風流，誰知隋亡唐興，只傳了兩代皇帝，便即依樣描摹，演出這段情場穢史呢。諧而不褻。

話休敘煩，單說太子與媚娘，已結了雲雨緣，當然是海誓山盟，非常恩愛，綢繆了兩三日，見太宗已是垂危，媚娘暗覺心歡。獨指媚娘，是史家書法。一日，與太子同侍太宗，忽由太宗顧語媚娘道：「朕自患痢以來，醫藥無效，反且加重，看來是將不起了。你侍朕有年，朕卻不忍撇你，你試自思，朕死後，你該如何自處？」媚娘到底心靈，便跪下道：「妾蒙聖上隆恩，本該一死報德，但聖躬未必不痊，妾亦不敢遽死，情願削髮披緇，長齋拜佛，為聖上拜祝長生，聊報恩寵。」太宗道：

「好！好！你既有此意，今日即可出宮，省得朕為你勞心了。」媚娘拜謝而去，自去料理行裝，獨太子在旁瞧著，好似天空中起一霹靂，出人意外，正在沒法擺布，但聽太宗自言自語道：「武氏應著圖讖，我欲將她賜死，實是不忍。好在她自願為尼，天下沒有尼姑做皇帝，我死也得安心了。」誰知偏不如所料。說著，復顧太子道：「你出去宣旨傳召長孫無忌褚遂良進來。」太子聞言，三腳兩步的跑了出去，即令宮監往召無忌遂良，自己忙至媚娘臥室，見媚娘正在檢點什物，忙個不了，便對她嗚咽道：「卿竟甘心撇我麼？」媚娘道：「主命難違，只好去了。」說到「了」字，已淚下如雨，語不成聲。太子亦含淚道：「你如何自願為尼？」媚娘道：「不照這般說，恐妾身要死別了。」太子暗暗點頭。媚娘又接著道：「殿下果肯念妾，妾願留身以待，所以甘作比丘。但恐殿下登基後，嬪嬙妃妾，美不勝收，未必再顧及妾了。」說至此，又撲簌簌的流下淚來。太子用手指天日道：「我若負卿，有如白日。」媚娘忙用言截住道：「殿下厚情，妾已領略了。但求一物為表記。」太子即從腰間解下一個九龍玉珮，遞與媚娘。媚娘方在接受，忽有宮女趨入道：「萬歲爺傳宣殿下，請殿下快去應旨！」太子聽了，也不暇與媚娘訣別，但說了「後會有期，務宜保重」二語，便急趨往御寢，甫至寢門，聞裡面咭咭噥噥，料是長孫無忌褚遂良兩人，與太宗談話，隱隱有太宗聲音道：「太子仁孝，願卿等善為輔導。勿負朕言！」父之所愛亦愛之，應該稱為仁孝。接著是兩人同聲遵旨。他即匆匆趨入，與兩人行過了禮，站立一旁。但見太宗顧語道：「無忌遂良二卿，可以輔汝，汝不必憂。」又語遂良道：「無忌為朕盡忠，朕有天下，多出彼力，朕死後，勿令讒人從中媒，致害良臣。」語下為之黯然。隨又傳入宮監道：「武才人已出去麼，你去傳旨，叫她急速出宮，不必再來見朕。」宮監領旨自去。太宗又覺腹痛，呼號一會，眼中模模糊糊，彷彿有建成元吉等，前來索命，不禁叫了「啊喲」兩字，竟暈厥過去，好容易叫他甦醒，遂令遂良草寫遺詔，一面傳入妃嬪等人，及太子妃王氏，同至榻前送終。遂良草就遺詔，呈上太宗過目。太宗略略一瞧，便交給無忌，並握太子手，且指太子妃，顧語無忌遂良道：「今佳兒佳婦，悉以付卿。」再欲續說，已是痰喘交纏，不復成語，少頃即撒手而逝，魂歸地府去了。一代英雄，而今安在。享壽五十有三歲。

大眾統欲舉哀，無忌搖手道：「且慢且慢！」太子問為何事？無忌道：「這是行宮所在，不便治喪，請殿下速即還朝，召集百官奉迎先帝，方保無虞。」遂良也是贊成。太子乃出翠微宮，由衛士擁還大內。無忌遂良，把太宗遺骸，駕輿繼返，當由太子率百官迎入，然後發喪，宣示遺詔，罷遼東兵備，與土木諸役，夷人入仕唐廷，及來京朝貢諸使臣，約數百人，俱聞喪慟哭，剪髮面，二十三年的太宗皇帝，好算是秦漢以後，一個威德兼施的英主了。太子治即皇帝位，大赦天下，賜文武官各轉一階。史家因他後來廟號，叫做「高宗」，所以稱為高宗皇帝。高宗進長孫無忌為太尉，召李世勣入京，為開府儀同三司。未幾，即加授左僕射，晉封司空，謹從太宗遺命，太宗名叫世民，崩後兩字俱諱。世勣遂將世字除去，單名為勣。交代清楚。太宗於貞觀二十三年五月駕崩，八月安葬昭陵。番將阿史那社爾契苾何力，因受太宗恩遇，自請殉葬，高宗不許。這且甚是。唯蠻夷君長，歷被先朝擒服，自頡利以下，共十四人，俱琢石為像，陪列陵旁。

越年改元永徽，立妃王氏為皇后。后系并州祁縣人，便是同安長公主的姪孫女（同安長公主，即高祖妹，見第六回）。長公主因王女婉淑，入白太宗，太宗乃聘為子婦。父名仁祐，因女致貴，受職陳州刺史。高宗即位，王氏當然為皇后。仁祐得晉封魏國公，母柳氏為魏國夫人。敘述特詳，為後文廢后伏案。坤闈正位，乾德當陽，加封褚遂良為河南郡公，令與長孫無忌左右輔政。進禮部尚書于志寧為侍中，太子少詹事張行成兼侍中，右庶子高季輔兼中書令。且每日引刺史十人入閣，問明百姓疾苦，商議興革事宜，所以永徽初政，民俗阜安，頗有貞觀遺風，到了秋季，又接右驍衛郎將高侃捷書，擒住突厥車鼻可汗（回應前文），盈廷慶賀。原來高侃受命出征，到了阿息山，車鼻可汗徵召各部兵士，抵敵唐師，偏各部兵無一到來。車鼻孤掌難鳴，只好帶了數百騎，倉皇遁去。高侃麾兵深入，至金山追及車鼻，車鼻從騎，大都駭散，單剩車鼻一人，由唐軍活捉回來，當下奏凱還朝，獻俘廟社及昭陵。高宗也想效法乃父，謝車鼻罪，拜為左武衛將軍，且命突厥遺眾，仍處鬱督山下，特設狼山都督府，統轄蕃部，即命侃為衛將軍，置單于瀚海二都護府。單于設三都督，分領十四州，瀚海設七都督，分領八州，各以原有部酋為都督刺史。於是東突厥諸部，盡為內臣。

唯西突厥已降復叛，又要勞動兵戈，先是西突厥乙毗射匱可汗，遣使請婚，事不果成（見第十九回）。射匱亦無可奈何，仍然照常通使，唐廷也不復過問。既而葉護（突厥官名）阿史那賀魯，與射匱有嫌，率部歸唐。太宗封為左衛將軍，令居庭州莫賀城。嗣又設瑤池都督府，即以賀魯為都督。賀魯招集散亡，廬帳漸盛。至太宗駕崩，他竟陰蓄異圖，欲襲取四庭二州。庭州刺史駱弘義，偵悉祕謀，急忙奏聞。高宗遣通事舍人喬寶明馳往慰撫，賀魯因即變計，禮待寶明。俟寶明別歸，竟襲擊射匱可汗。射匱未曾預備，倉猝走死。賀魯遂建牙千泉，自號沙缽羅可汗，並有射匱屬部，且與前可汗乙毗咄陸連兵，勢益強盛。西突厥別部數月處密，及西域諸國，亦多歸附。賀魯竟仗著兵力，進寇庭州，攻陷金嶺城及蒲類縣，殺掠數千人，高宗聞警，乃遣左武侯大將軍梁建方，右驍衛大將軍契苾何力，為弓月道行軍總管，右驍衛將軍高德逸，右武侯將軍薩孤吳仁為副，發秦成岐雍府兵三萬人，及回紇兵五萬騎，共討賀魯。兵至牢山，見前面有番兵紮住，總道是由賀魯遣來，嗣由偵騎探悉，乃是處月部酋朱邪孤注。建方何力等，本擬慰撫處月等部，令賀魯勢孤易下，偏朱邪孤注先來出頭，遂與他連戰數次，孤注不能抵敵，夤夜遁走。建方亟令高德逸輕騎窮追，直達五百餘里，方將孤注生擒了來，當由建方審問得實，立命斬首。正要乘勝進攻，忽由唐廷頒到詔旨，令建方等速即還朝，建方不敢逆命，只好班師。

看官道是何因？原來房玄齡次子遺愛，及妻室高陽公主，謀叛朝廷，竟鬧出一場逆案來（遺愛及高陽公主，已見前回）。高陽公主素為太宗所鍾愛，自遺愛尚主後，亦得隨邀寵眷，與他婿不同。無如兒女常態，往往恃寵成驕，積驕生悍，漸漸的縱慾敗度，做出那不法的事情。玄齡嫡子遺直，早拜銀青光祿大夫。遺直以遺愛尚主，願將官職讓與遺愛，太宗不許。玄齡歿後，公主唆使遺愛，與遺直分居，且反至太宗前譖訴遺直。遺直自去訴辯，太宗不直公主，竟召他入宮，痛罵一番，公主乃怏怏不樂。既而遺愛偕公主出獵，入憩佛廬，僧人辯機，貌頗偉晰，尤善逢迎，請公主在廬留宿。公主竟捨身布施，與辯機結成歡喜緣，這是唐朝家法，不足為怪，但遺愛同往出遊，何故甘帶綠頭巾？另購二女陪侍遺愛，遺愛得了二妾，左抱右擁，其樂陶陶，還管什麼公主？舍一得二，原是便宜。

公主樂得與辯機肆淫，出入無忌，公然與夫婦一般，且賜辯機金寶神枕。辯機神昏顛倒，不知珍藏，竟被竊去，後來竊賊破案，搜出金寶神枕。當由問官訊鞫竊賊，供稱向辯機處竊來。及傳問辯機，辯機無從抵賴，實言為公主所賜。這事由御史糾劾，太宗自覺懷慚，也不欲問明案情，竟令將辯機處死，並密召公主身旁的奴婢，責之導主為非，殺斃了十餘人。奴婢何辜，曷不自誅其女？公主不自知罪，反怨太宗多管閒帳，拆散露水鴛鴦。及太宗崩逝，雖然臨喪送葬，毫無戚容，且從此益無忌憚，日夕圖歡，浮屠智勖惠弘，方士李晃，均借談仙說鬼為名，出入主第，還有高醫託詞診脈，也得親近薌澤，作了公主的面首，穢德彰聞，宮廷俱曉。也是一不做，二不休的意思。他恐事發受禍，暗囑掖庭令陳元運偵察宮省機祥，伺機謀變，一面勸遺愛聯結薛萬徹柴令武等人，擬奉荊王元景為帝，廢去高宗。萬徹曾尚高祖女丹陽公主，（高祖第十五女。）令武（即柴紹子，）也尚太宗女巴陵公主。（太宗第七女。）兩人都拜駙馬都尉，因與高宗不甚相協，所以願與遺愛同謀。荊王元景，是高祖第七子，聞有帝位可居，也就隨聲附和。只遺直自恐受累，暗中通報無忌，無忌密報高宗，高宗即命無忌審查此案。高陽公主聞這消息，忙遣人誣告遺直，說他有謀反情事，待至無忌徹底查清，水落石出，遺直未嘗謀反，遺愛及公主與薛萬徹柴令武等，實有異圖，於是密謀已洩，大獄遽興，好幾個要伏法受誅了。小子有詩嘆道：

堂堂帝女竟無良，敢肆猖狂欲覆唐，
他日太平安樂事，禍階都啟自高陽。

（太平公主、安樂公主事，均見後文。）

畢竟幾人受誅，且看下回續表。

太子可以烝父妾，公主亦何不可私僧人？故祖宗貽謀，一或不善，子孫必尤而效之，且加甚焉。本回依史演述，事非虛誣，唯敘太子犯奸事，則以武媚娘為主體，媚娘不先勾引，則太子亦何敢下手？士之耽兮，猶可說也，女之耽兮，不可說也。敘公主犯奸事，則以房遺愛為主體，遺愛若善防閒，則公主亦何敢肆淫？縱妻犯奸，罪及乃夫，古今律意，有同然也。著書人推原禍始，於武媚娘房遺愛兩人，隱加譏刺，非恕太子及公主，所以明女之為蠱，夫之不綱，皆亡國敗家之尤耳。讀此書者顧可不知所懲哉！

第二十四回　武昭儀還宮奪寵　褚遂良伏闕陳忠

卻說房遺愛及公主，反狀確鑿，當由長孫無忌報知高宗，高宗也顧不得手足私情，即令捕遺愛下獄，再令無忌等復訊。遺愛略有武力，毫無智謀，一經刑驅勢迫，便把那串同謀反等人，和盤說出。偏無忌冷笑道：「我想與你同謀，恐尚不止此數人呢！」遺愛答言「沒有。」無忌道：「荊王元景，地位疏遠，尚想為帝，難道吳王恪等，獨置身事外麼？我勸你老實供招，如果有人主使，你罪可減輕，何苦隨別人同死呢！」遺愛聽了此言，還道無忌替他幫忙，教他牽入吳王恪，便好免死，因此隨口承認，竟把吳王恪誣扳在內，誰知適中了無忌的詭計。原來太宗在日，因承乾被廢，初欲立魏王泰，繼欲立吳王恪，均被無忌所阻，因此高宗得以嗣位(事見前文)。魏王泰出徙均州，至貞觀季年，始晉封濮王。高宗即位，詔令泰開府置官，未幾，泰即病歿。幸虧早死。了過魏王泰。吳王恪有文武才，素孚眾望，高宗任他為司空，且兼梁州都督。無忌恐恪得勢，不免報復前嫌，遂思因事構陷，置恪死地，省得時刻豫防。可巧遺愛事洩，正好借刀殺人，把吳王恪牽連進去。當下鍛鍊成獄，呈上讞詞，如房遺愛薛萬徹柴令武及荊王元景吳王恪等，皆坐罪當斬，高陽公主巴陵公主亦當賜死。唯丹陽公主已經身歿，無容議及。高宗覽到此案。顧語群臣道：「遺愛等應坐死罪，俱可依讞，唯吾叔及兄，似應貸他一死。」兵部侍郎崔敦禮抗奏道：「陛下雖欲申恩，究竟不可枉法，如或謀反不誅，如何懲後？」想是無忌私黨。高宗長嘆數聲，即照原讞下詔，遺愛令武萬徹皆梟斬，元景恪及高陽巴陵兩公主，均賜自盡。恪臨死，大呼道：「長孫無忌，竊弄威權，構害忠良，宗社有靈，應當族滅，勿謂福可長享呢！」為後文伏筆。無忌等還不肯罷休，且窮究餘黨，把江夏王道宗、執失思力、宇文節等，均牽入遺愛案內，流戍嶺表。罷房玄齡配享，玄齡嫡子遺直，貶為銅陵尉，還是紀念先勛，才得免死。是年睦州女子陳碩真，也想學高陽公主等人，造起反來，經婺州刺史崔義玄往討，立即蕩平，毋庸細表。何唐室女亂之多耶？

且說高宗嗣位三年，因王皇后未曾生男，無嫡嗣可立，未免躊躇。王皇后母舅柳奭，替后設法，因後宮劉氏生子名忠，劉氏微賤，子若得立，必能親后，乃遂與褚遂良韓瑗長孫無忌于志寧等，次第商量，請立忠為皇太子。高宗因敕行立儲禮，並令忠歸后撫育。后頗為愜意，唯尚有一事未安，後宮有一蕭良娣，饒有姿色，為高宗所匿愛，冊為淑妃，生子素節，因母得寵，受封雍王。王皇后妒上加妒，屢向高宗面前，讒間蕭淑妃母子。蕭淑妃有所聞知，怎肯忍受？免不得反唇相譏。高宗既不便袒后，又不便袒蕭淑妃，真是左右為難。索性將兩人言語，盡行撇開，自去訪那心上人，尋歡作樂。時已三年服滿，適當太宗忌日，高宗便親往佛寺行香，他並非迷信佛法，為親超薦，實在是去訪那武媚娘，欲踐當年宿約。為這一著，遂令絕大魔障，又進來擾亂宮闈。鄭重言之。

武氏自出宮後，薙去萬縷情絲，頗欲一心念佛，無如春花秋月，處處惱人，良夜孤衾，時時惹恨，她哪裡禁受得起？只好尋些野味，聊作充饑。湊巧白馬寺中有一僧徒馮小寶，生得面目清秀，陽道偉岸，武氏遂與他勾搭上了，偷情送暖，又湊成一對禿頭鴛鴦，所有前時宮中滋味，倒也置諸腦後。一日，聞御駕到來，不覺觸著舊情，料知高宗此來，必非無因，遂打扮的簇簇新新，出門迎駕（史傳中不載寺名，俗小說中或是感業寺，或說是興龍寺，因無甚根據，故特從略）。高宗下了鑾輿，趨入寺中，但見桃花如舊，人面依然，不過少了一頭鳳髻，兩鬢鴉鬟，此外的丰姿態度，一些兒沒有減損，不由的悲喜交集，情不自勝，勉強對著三尊大佛，行過了香，遂令侍衛等在外候駕，自攜武氏趨入雲房。武氏叩頭涕泣道：「陛下位登九五，竟忘了九龍玉環的舊約麼？」高宗忙用手相攙，替她拭淚，且慰諭道：「朕何嘗忘卿？只因喪服未滿，不便傳召，今特親身到此，無非為卿起見，卿可即日蓄髮，待朕召卿便了。」武氏才收淚道：「陛下果不棄葑菲，尚有何言？」說畢，即輕輕的坐在高宗膝上，追敘三年間的苦況。說一句，滴一粒珠淚，惹得高宗亦嗚咽起來。武氏見高宗傷感，又換了一副面目，放出一種柔媚態度，險些兒把高宗的身體，都熔化在武媚娘身上，若非青天白日，幾乎便興雨布雲。高宗又溫存數語，硬著頭皮，趨出雲房，乃傳呼侍衛等人，上輿而去。臨行時尚回顧武氏數次，武氏也俏眼相對，待至兩下遠隔，方各歸休。

高宗返入宮中，隨時記著武氏，幾乎有忘餐廢寢的樣子。王皇后從旁瞧著，料知高宗定有他意，遂婉言盤問，高宗不能隱諱，即與后說出實情，后毫不阻止，反一力攛掇高宗，速召武氏入宮。看官試想！高宗寵一蕭淑妃，王皇后尚終日吃醋，難道與武氏有宿世緣，所以亟願召入麼？原來王皇后的意思，以為武氏一入，蕭淑妃必然失寵，仇人多一敵手，自己增一臂助，也是一條離間計，因此故意慫恿，極表歡迎。錯了錯了。高宗大喜，時常令內侍往探武氏，蓄髮能否少長？說也奇怪，武氏蓄髮未幾，即復雙鬟委綠，兩鬢曳青，少許添些假髢，盤成雲髻，居然與在宮時候，彷彿無二。當下別了情僧馮小寶，與他訂後會期。又伏下文。乃隨著內侍入宮，拜見高宗。高宗見她豐容盛鬋，愈覺心喜，便引她往見王皇后。皇后竟含笑相迎，武氏忙即跪下，接連磕頭，慌得皇后答禮不迭，口中說了許多謙詞。武氏也恭維了好幾語。兩人都是做作，好看煞人。皇后就命在正宮左側居住，且撥了若干宮婢，伺候朝夕，到了傍晚，且為高宗賀喜，武氏接風。高宗上坐，武氏下坐，皇后旁坐相陪，殷勤笑語，脫略形骸。武氏卻佯作恭謹，一些兒不敢放肆，等到酒闌席散，皇后歸宮，高宗即擁武氏入幃，這一夜的鳳倒鸞顛，比那當年偷奸時，情形迥不相同。前時是喜中帶懼，此時是樂極無憂。況兼這武氏性等媚豬，就使英明如太宗，也要受她蠱惑，還要論什麼高宗呢？高宗既納武氏，越瞧越愛，越愛越憐。不知將如何待她，方算安心。還有王皇后在旁說項，日日讚美這武媚娘，稱她如何殷勤，如何溫恭，更令高宗喜歡不置，即進封武氏為昭儀。只蕭淑妃增一勁敵，免不得恨中增恨，愁上加愁，武氏一味巴結皇后，看蕭淑妃不在眼中，蕭淑妃忿極上訴，高宗全然不睬，且把她冷淡下去。武氏既擠倒一個蕭淑妃，便想進一層下手，這進一層做法，就是要扳倒皇后了。

王皇后待遇宮人，不甚有恩。母柳氏出入宮中，自以身為后母，不必多拘禮節，因此尚宮（女官名）以下，往往退後有言。武氏即乘間設法，先將尚宮等人，加意籠絡，每得賞賜，悉數分遺，宮人當然感激，甘為武氏爪牙，武氏遂令她伺察皇后，后有舉動，無不得聞。構陷蕭淑妃，用上交策。構陷王皇后，用下交策。武氏之狡獪極矣。怎奈皇后所為，沒甚逾法，一時無可藉口，不得已靜心待著，永徽五年閏四月，高宗幸九成宮，夜間大雨如注，連宵不絕。到了黎明，山水驟下，沖入宮門，衛士統皆駭走，郎將薛仁貴道：「天子有急，敢怕死麼？」即登門上橫木，大呼水至，傳警宮內。高宗聞聲趨出，忙升高避水。俄而水勢愈漲，泛濫寢殿中，漂溺至三千餘人。既而恆州又報大水，因滹沱河溢，亦漂溺至五千餘家。史稱洪水泛濫，為武氏入宮預警，故連類書之。高宗已耽情聲色，不暇顧及天變，長孫無忌褚遂良等，也未聞奏請修省，所以大水為災，只晦氣了若干臣民，宮廷裡面，簡直如沒事一般。

會武昭儀身懷六甲，滿望生一麟兒，不意竟產下一女，重陰固沍，宜乎生女。武氏大失所望，繼思生女無用，索性在女嬰身上想出那構陷皇后的法兒來。一日，在宮閒坐，忽報皇后駕到，武氏急叫過宮女，密囑數語，自己竟閃入側室躲了。王皇后趨入西宮，眾宮女相率跪迎，王皇后問及武氏，宮女答言往御園採花，想是就來。后乃隨便就坐，驀聽床上有呱呱聲，又復起身近床，抱起武氏所生的女兒，撫弄一回。從來自己無子的人，最喜歡是嬰孩，一經懷抱，比自己所生的還要憐愛，那女孩得她摩弄，改哭為笑，好一歇，又復沉沉睡去。王皇后因仍將她放下，用被蓋好，見武氏尚未到來，不及等待，乃出宮自去。

武氏聞皇后已回，就從側室出來，悄悄的到了床前，啟被瞧著，那女孩正睡得很熟，她竟狠了心腸，咬定牙齒，提起兩手，扼住女喉，可憐這女孩被扼，連聲音都叫不出來，四肢一抖，便即氣絕。忍哉武氏。武氏仍用被蓋上，專待高宗駕到。高宗每日退朝，必至武氏處談情，不到半刻，即見駕臨。武氏拈著花朵，迎高宗入宮。高宗笑語武氏道：「美人愛花，約有同性，唯以花比卿，花似尚有慚色哩。」武氏亦微哂道：「天語溫褒，妾何敢當？不過妾素有癖愛，所以正從御園採花，恭候御駕。」高宗便不復答言，隨目注床內道：「女兒尚熟睡麼？」武氏道：「熟睡已多時，此時諒好醒了。」便令侍女去抱女孩，侍女啟被一瞧，嚇得半晌不能出聲。武氏催著道：「莫非還是睡著，如何不把她抱來？」侍女才說了一個「不」字。武氏佯作不解，自往床前去抱女孩，手甫及屍，口已先號，惹得高宗也為驚疑，近床細瞧，那嬰兒已變作死孩，忍不住幾點痛淚。武氏哭問侍女道：「我往御園採花，不過隔了片刻，好好一個女嬰兒，為何竟致悶死？莫非你等與我有仇，謀死我女麼？」眾侍女慌忙跪下，齊稱不敢。武氏又道：「你等若都是好人，難道是有鬼麼？」眾侍女道：「只有正宮娘娘到此一行，曾見她坐床撫摩，過一歇便去了。」武氏便頓足大哭，帶泣帶語，聲聲怨著王皇后。高宗卻沉著臉道：「皇后未必下此辣手，卿休懷疑！」武氏聽了此言，命宮女退出戶外，嗚嗚咽咽的訴說后過，一番蜚語誣衊，煽動高宗怒容，不由的大聲道：「如此悍婦，天理難容，若非卿言，朕尚似做夢一般，朕決意將她廢去便了。」武氏又故作懼色，忙向高宗搖手，且說道：「廢后是何等大事，陛下不應為了妾言，孟浪舉事。且盈廷大臣，沒人曉得內情，豈有不出來諫阻？還請陛下三思，寧可逐妾，不可廢后。」一步逼進一步，語語刻毒。高宗道：「只有長孫太尉，是朕母舅，且親受先考顧命，朕當向彼一商，便可解決了。」武氏看高宗已是決意，便欲隨高宗同往。迫不及待。高宗當然應允，即於是夕黃昏，挈武氏乘著便輦，偕至太尉長孫無忌第中。

無忌聞高宗猝至，不知為著什麼事情，一時無從推測，只好亟正衣冠，出門恭迎。高宗攜武氏下輦，同趨入門。無忌隨步而入，因有武氏隨駕，只好呼令妻妾，出廳相陪。彼此閒談多時，高宗並無歸意。無忌滿腹狐疑，又不便令他虛坐，當下設宴款待，由高宗特旨，令男女合席歡飲，無忌不好違慢，便遵旨列坐。酒過數杯，武氏問及無忌嗣子。無忌即出令拜見，長子名沖，已任祕書監，此外尚有庶子三人，俱是無忌寵姬所出，最大的年未逾冠，餘不過十餘齡，均未列官。武氏即旁啟高宗道：「元舅為國家元勛，理應全家受蔭，願陛下推恩加賜，遍及舅門，方是酬庸盛典呢。」高宗聞言，即面授無忌三庶子，均為朝散大夫。無忌固辭，高宗不允，乃令三庶子拜謝鴻恩。既而高宗酒酣，略言皇后無子，且有妒悍情跡。無忌才有些會意，一味兒裝呆作痴，不答一言，或且用他語支吾。高宗未免不悅，即令撤席，意欲回宮。武氏還談笑如常，與無忌妻妾等，握手叮嚀，才隨高宗別去。笑裡藏刀。

次日，又由宮監押載金寶繒珠十車，送給無忌，無忌冷笑數聲，酌受數物，一大半令他璧還，到了晚間，忽由禮部尚書許敬宗進謁，與無忌密談上意，勸他勉從。無忌正色道：「這事我不敢與聞。」敬宗說至再三，轉令無忌動惱，責他逢君為惡，罪無可辭，敬宗乃怏怏自去，又越數日，高宗欲進武氏為宸妃，侍中韓瑗，及中書令來濟，俱上言本朝宮制，只有貴妃淑妃德妃賢妃等稱，並無宸妃名號，不應由陛下特增。於是高宗又不便下詔，暫行罷議。那時陰柔凶險的武昭儀，日夕營謀，想奪后位，偏被各方面打消，自己又無詞可挾，沒奈何忍耐一時，偏老天有意禍唐，竟令武氏二次懷妊，十月滿足，竟得生男，高宗非常得意，取名為弘。武氏既得生兒，多了一重希望，便想出一條最凶最毒的法兒，構害正宮。看官道是何法？她與尚宮以下等人，已經買通一氣，因即囑令備一木偶，上寫高宗御名，及生年月日，用釘戳住，悄地裡埋在王后床下，然後密白高宗，令高宗自去驗視。高宗竟入後宮，命內侍發掘床下，果得證物，不由的怒氣沖天，指問王后道：「朕與你何仇？忍用此物魘朕。」王后莫名其妙，只嚇得渾身亂抖，且跪語道：「妾實不知此事，乞陛下徹底查究！」高宗怒道：「明明在你的床下，還想抵賴麼？」王后又泣道：「妾事陛下多年，陛下亦應知妾，難道無緣無故，謀害陛下麼？」高宗置諸不理，持著木人，竟復至武氏宮內。武氏瞧那木人兒，裝出許多懊悵，幾乎要咬碎銀牙。及看高宗怒不可遏，反且好言解勸，請高宗息怒保身。一擒一縱，愚柔如高宗，哪得不墮其術中。是晚，就服侍高宗安寢，一枕喁喁，語至夜半，方才息聲。就中包括無數情事。

翌日早起，高宗出外視朝，長孫無忌褚遂良等，率百官入殿，朝見已畢，高宗顧語無忌遂良及李勣于志寧道：「朕有要事待商，卿等且暫留朝堂，待朕召見！」語畢，即返身入內，無忌等退入朝房，當有宮監出來與語，謂：「今日廢后，事在必行，幸勿違旨。」想是武氏所使。無忌叱令退去。俄有內詔傳出，貶吏部尚書柳奭為榮州刺史，擢中書舍人李義府為中書侍郎。無忌覽詔後，語李勣道：「奭系皇后母舅，無端被謫，義府很是陰險，與許敬宗狼狽為奸，我已奏請外謫，今反有詔擢用，上意已可知了。此次乃是不得不爭，還幸諸公助我！」李勣不答。已起壞心。遂良接口道：「太尉系是元舅（指無忌），司空又是功臣（指勣），倘或進言忤旨，反使皇上棄親忘舊，多受惡名。唯遂良起自草茅，無汗馬功，忝居重位，得奉遺詔，今日若不死爭，如何下見先帝？」言未已，已有旨傳召四人，四人趨入內殿，高宗即面諭道：「皇后敢行巫蠱術，謀害朕躬，朕決意將她廢棄了。」遂良即跪諫道：「皇后出自名家，四德俱嫻，當不致有此情事。」高宗便袖出木人，且述及發掘情狀。遂良又道：「安知不是他人構陷，買通宮中侍女，暗藏床下？陛下若悉心查究，自然水落石出了。」高宗又道：「就使此事非真，皇后無子，亦犯六出之條，現在武昭儀德性溫柔，且已生有子嗣，正好代主六宮，朕已決計如此了。」遂良朗聲道：「陛下獨不記先帝遺命麼？先帝彌留時，曾執陛下手，顧語臣等道：『佳兒佳婦，今以付卿。』陛下言猶在耳，奈何忘懷？（應前回。）皇后並無大過，不應遽廢。」高宗忿然作色，當由無忌接入道：「遂良言是，望陛下三思！」高宗乃道：「卿等且退，明日再議。」無忌等乃退出。

長安令裴行儉，聞了此事，往謁無忌，湊巧中丞袁公瑜，亦在座間，行儉忍耐不住，便問道：「皇上將廢去皇后，改立武昭儀，這事可真麼?」無忌道：「確有此議。」行儉道：「武昭儀若立為后，必為國家大禍，太尉不可不爭。」無忌嘆道：「非不欲爭，但恐爭亦無效，奈何?」行儉又激勸數語，便即別去。公瑜亦起身告辭，一出無忌門，即去通報昭儀母楊氏，楊氏夤夜入告，次日即行頒詔，貶行儉為西州長史，無忌遂良等，凌晨入朝，正值詔書下來，無忌顧語遂良道：「又一個被謫了，我等如何自處?」遂良道：「願如昨約。」無忌左右一顧，百官俱在，只不見李勣，便道：「李司空奈何不來?」正說話間，景陽鐘響，天子臨朝，無忌等魚貫而入。高宗待群臣鵠立，便更說及易后事。遂良即跪奏道：「陛下必欲易后，亦當擇選令族。武昭儀昔事先帝，大眾共知，今若復立為后，豈不貽譏後世?臣今忤陛下意，罪當萬死。」遂呈上朝笏，且叩頭流血道：「還陛下笏，乞放歸田裡。」高宗老羞成怒，即命左右引退遂良。遂良正起身欲出，忽幄後發出嬌聲道：「何不撲殺此獠?」無忌聽著，料是武氏所言，便出班奏道：「遂良系顧命大臣，就使有罪，不應加刑。」韓瑗來濟等亦涕泣極諫，高宗乃聽令遂良退朝，自己亦罷朝入內。是晚，特召李勣入內，勣本自稱有疾，不與早朝，武氏知他有意袒護，便勸高宗密召入宮，與商易后事宜。勣從容答道：「這是陛下家事，何必更問外人。」高宗點首道：「卿言甚是，朕意已早決了。」小子有詩譏李勣道：

身家念重竟忘忠，一語喪邦塞主聰。

待到子孫圖反正，闔門授首總成空。

李勣出宮，又有許敬宗一番揚言，遂迫成一大錯事。看官欲知後文，請閱下回便知。

（指後文徐敬業事。）

本回純寫武氏，盡情描摹，一筆不肯閒下，一語不能放鬆，蓋古今以來之婦女，未有如武氏之陰柔險狠者，表而出之，所以示炯戒也。唯王皇后不能預防於事前，反引而進之，欲以間蕭淑妃之寵，詎知武氏之為毒，有什伯千倍於蕭淑妃乎？因妒致禍，不死何待？長孫無忌褚遂良，不能進諫於入宮之時，徒欲勸阻於廢后之際，先幾已昧，後悔曷追？有共入死地已耳，此大易所以有履霜堅冰之戒也。

第二十五回　下辣手害死王皇后　遣大軍擒歸沙鉢羅

卻說許敬宗系杭州新城人，就是隋忠臣許善心子。善心為宇文化及所殺，敬宗輾轉入唐，因少具文名，得署文學館學士，累遷至禮部尚書（唐書奸臣傳，首列許敬宗，故本編特詳敘履歷）。武昭儀得寵，敬宗乘勢貢諛，甘作武氏心腹。武氏謀奪后位，勢已垂成，遂在朝揚言道：「田舍翁多收十斛麥，尚欲易妻，天子富有四海，廢一后，立一后，也是常情，有什麼大驚小怪，議論紛紛呢？」李義府等隨聲附和，翕然同聲。義府巧言令色，對人輒笑，城府卻很是陰沉，人嘗呼他為笑中刀。他本是東宮食客，及高宗踐阼，遂得為中書舍人。長孫無忌恨他奸佞，上章劾奏，請貶為壁州司馬，義府偵得消息，不覺著忙，忙向許敬宗求救，敬宗甥王德儉，素有小智，便教他夤夜叩閽，表請易后。高宗覽奏，很是喜慰，立命賜珠一斗，擢任中書侍郎（補前文所未詳）。兩人左推右挽，遂把一個武昭儀抬升正宮，更兼李勣進陳二語，促成易后大事，於是先貶褚遂良為潭州都督，示儆群臣。侍中韓瑗，上疏訟遂良冤，說他體國忘家，損身徇物，實是社稷重臣，不應驟加斥逐。高宗不從，瑗接連上疏，以妲己褒姒比武昭儀，以微子張華比褚遂良，說得非常痛切，卻只是留中不報。永徽六年十月，竟下詔廢皇后王氏為庶人，立武昭儀為皇后，武氏既已得志，索性再下一著，把蕭淑妃也驅入阱中，淑妃因也得罪，與王后一同被廢，移置冷宮。

李勣于志寧，奉詔為冊后禮使，恭恭敬敬的奉了璽綬，獻呈武昭儀，應該挖苦。武氏遂服褘衣，佩翟章，金冠珠履，裝束似天神模樣，更襯著一副杏臉桃腮，柳眉櫻口，越覺得整整齊齊，裊裊婷婷。只是良心太黑。當由眾侍女簇擁登殿，行過了受冊禮，高宗心花怒開，復為這妖后開一特例，令她也乘重翟車，直抵肅儀門。一面命文武百官，及四夷酋長，均在門下朝謁新后。俟武氏下車登樓，開軒俯矚，但見門下無數官長，齊來參謁，黑壓壓的跪了一地，不由的神情飛舞，笑貌揚輝。待至謁見禮畢，下樓還宮，所有內外命婦，又奉詔入謁，忙碌得什麼相似。非但唐朝立后，從來沒有此盛舉，就是皇帝登臺，亦未聞這般熱鬧。當下宮庭內外一律賜宴，大眾開懷痛飲，直亂到鼉更三躍，才得盡興歸休。是夕，高宗住宿正宮，由武氏特別獻媚，枕蓆風光，不可盡述。總算報德。越宿起床，武氏面白高宗，請加授許敬宗李義府官階，高宗自然允諾。武氏又冷笑道：「陛下前以妾為宸妃，韓瑗來濟，嘗面折廷爭，兩人可謂忠臣，不可不賞。」高宗明知武氏語中有刺，也只還她一笑罷了。隨即出宮視朝，令敬宗待詔武德殿西闥，擢義府參知政事，只韓來兩人，一時不便亟貶，暫從擱置。

嗣是內外政事，多與武氏參決，武氏未為后時，一意揣摩上旨，多方迎合，就使有意進讒，都是旁挑曲引，慢慢兒的浸潤，從未嘗有遽色，有疾言。至后位已經到手，又欲與高宗爭權，免不得威福自擅，漸漸的驕恣起來。是謂女德無極。高宗也少覺介意，轉憶及王皇后蕭淑妃的好處，但因武氏防閒甚密，不便親往探問，反致得罪床帷。已露畏意。一日，武氏歸謁家廟，高宗得乘隙往視，行至冷宮門前，只見雙扉緊閉，用一大鎖鉗住獸環，毫不通風，旁開一竇，借通飲食，也是狹小得很，不由的惻然神傷，幾乎淚下。半晌才呼道：「王后良娣，得無恙否？朕在此看你兩人。」語方說完，但聽有二人淒聲道：「妾等有罪被廢，怎得尚有尊稱？」高宗又道：「你等雖已被廢，朕卻尚是憶著。」說至此，復有嗚咽聲傳出道：「陛下若念舊情，令妾等死而復生，重見日月，乞署此處為迴心院，方見聖恩。」高宗乃回答道：「朕自有處置，你等不必過悲。」言畢乃返，心下未免躊躇。

不意武氏回來，已有人密行報知，氣得武氏雙眉倒豎，即向高宗詰問。高宗反自抵賴，不敢實言。武氏心凶手辣，竟下一道矯詔，令杖二人百下，且把她們手足截去，投入酒甕中。可憐二人宛轉哀號，歷數日方才畢命。蕭淑妃臨死時，恨罵武氏道：「阿武妖猾，害我至此，願後世我生為貓，阿武為鼠，時時扼阿武喉，方洩我恨。」兩人陸續死去。武氏又問左右道：「二嫗賤骨，曾碎死麼？」左右報稱已死，且把蕭妃語相告，武氏尤加忿恚，再命梟二人屍，並戒宮中蓄貓，一面脅高宗下詔，令將故后母兄，及蕭良娣家族，充戍極邊，后母柳氏，時已削籍，至此又被流嶺外。許敬宗仰承內旨，更奏稱：「王庶人父仁祐，本無他功，徒因女貴致顯，得列臺階，今庶人謀亂宗社，罪宜夷宗，仁祐宜剖棺梟屍。陛下不懲已死，且貸餘生，尚為失刑」等語。高宗看到此奏，意欲擱置不理，怎禁得武氏在旁，冷譏熱諷，逼得高宗不能罷手，只好再下手諭，追奪仁祐官爵；唯斲棺梟屍一節，總算免行。武氏且改王后姓為蟒，蕭淑妃姓為梟，因王與蟒音相近，蕭與梟音相符，所以有此改稱。驕妒可笑。且慫恿高宗改元，易永徽為顯慶。

許敬宗又承旨生風，上言：「太子忠本出寒微，前因無嫡可立，暫代儲位，今國家已有正嫡，必不自安，應乘此正名定分，共圖保全」云云。太子忠聞敬宗言，自知儲位不保，沒奈何入宮辭位。高宗因降封忠為梁王，立武氏子弘為太子，追贈武氏父士彠為司徒，賜爵周國公，謚忠孝，配食高祖廟，母楊氏晉封代國夫人。是時褚遂良已往潭州，甫行蒞任，即奉詔調遷桂州，及到桂州任內，又被謫為愛州刺史。還有侍中韓瑗，中書令來濟，一同遭貶。瑗謫為振州刺史，濟謫為臺州刺史，這都是許敬宗李義府兩人進讒，誣他同謀不軌，所以一律降官。武氏意尚未饜，又授意許李兩人，定欲將長孫無忌以下，盡行貶死，才好把胸中宿忿，悉數消除。世間最毒婦人心。許李當然遵囑，只因無忌是高宗母舅，且有佐命大功，一時扳他不倒，不得不靜心待時。義府又貪財漁色，為了洛州一案，幾乎犯法遭譴，虧得內有奧援，才免動搖。看官道是何案？原來洛州婦人淳於氏，犯了奸罪，系大理獄中，義府聞她色美，暗囑大理丞畢正義，枉法釋放，納為己妾。正卿段寶玄很是不平，密狀奏聞。高宗命給事中劉仁軌，侍御史張倫，復訊此案。義府恐正義實供，竟逼令自縊，希圖滅口。高宗也明知義府所為，再欲窮治，偏經武氏硬為攔阻。只好因正義已死，作為宕案，不再加究。

當時惱了侍御史王義方，即欲上章糾彈，只因家有老母，未免遲疑，因入室稟母道：「兒官居御史，坐視奸臣壞法，不加彈劾，便是不忠，若彈劾無效，反危己身，憂及我母，又是不孝，這正令人難處呢。」母正色道：「我聞漢王陵母，殺身以成子名，汝能為國盡忠，雖死何恨？」王母引用王陵故事，可謂善於繩祖，且書中不肯從略，亦是不沒母德之意。義方乃坦然入朝，當面奏請道：「義府擅殺六品寺丞，應否坐罪？」高宗未及出言，義府已出班辯斥。義方道：「事已確鑿有據，義府如欲自辯，盡可向大理對簿，不應再立朝端。」義府仍不肯退下，經義方三次叱退，方怏怏趨出。義方乃朗讀彈文，讀至終篇，方引出高宗一語，說了「毀辱大臣」四字，便引身入內。未幾有旨傳出，貶義方為萊州司戶，義府仍得逍遙法外，嗣且進授中書令，兼檢校御史大夫，令與長孫無忌許敬宗等，修訂禮儀，威赫如舊。

小子因顯慶元二三年，有西征事夾入在內，不得不將內政暫行擱起，插敘一段西征情形。按時演述，應該如此。先是行軍總管梁建方，奉詔班師，西突厥尚未平定（回應二十三回），會乙毗咄陸可汗身死，有子頡苾達度設，自號真珠葉護，與賀魯有嫌，互相攻擊。真珠遣使入唐，願討賀魯自效，且乞濟師。唐廷撤消瑤池都督府，命右屯衛大將軍程知節，為蔥山道行軍大總管，率諸將西討賀魯，並遣豐州都督元禮臣，冊封真珠葉護為可汗。禮臣至碎葉城，為賀魯所遮，不得前達，仍持冊還朝。程知節入西突厥境，遇歌邏祿處月二部番眾，前來迎戰。由知節驅軍掩擊，大破番兵，斬首千餘級，再進軍至鷹沙川。又見西突厥二萬騎兵，及別部番眾亦二萬餘人，橫列道旁，阻住去路。唐前軍總管蘇定方，素有勇名，但率精騎五百名，衝入敵陣，十蕩十決，殺得番眾大敗奔逃，拋棄甲杖牛馬，不可勝數，定方得勝收兵，報知程知節，知節讚不絕口。偏副總管王文度，陰懷妒忌，反向知節進讒，謂：「冒險進兵，只可僥倖一時，不可恃為常道，嗣後須常結方陣，內建輜重，俟賊至復擊，方保萬全」云云。知節似信非信，文度看他有疑，又詐言接到密敕，令自己監製各軍，不得躁進。知節乃信為真言，聽他排程。文度即收軍結營，終日按兵不動，士氣日衰，馬多瘦死。定方憂憤填胸，入白知節道：「奉命出師，無非為討賊計，今乃坐守不進，自致困敝，若遇賊至，如何對仗？且皇上既命公為大將，豈反令副總管暗中牽制？這事恐防有假，不可過信。為公計，不如拘住文度，飛表上聞，看朝廷如何下旨？」知節搖首道：「詔敕豈可妄傳？我若違詔行事，難道不干天譴麼？」定方知不可諫，悶悶而出。

各軍屯駐月餘，始進至怛篤城，番目出城迎降。文度語知節道：「此輩伺我旋師，還復為賊，不如盡加屠戮，取貨而歸。」定方又入諫道：「殺降非仁，取財非義，自己先已作賊，怎得稱為伐叛呢？」文度不從，縱兵屠城，分劫貨財。知節不能禁止，由他為虐。大眾飽載南歸，唯定方不取一物，及還入長安，文度陰謀發覺，坐矯詔罪當死，他乃遍賂當道，代為緩頰，始得減罪除名。何苦忌功？何苦奪財？知節亦連坐免官。獨定方有功無過，得授伊麗道行軍總管，再率燕然都護任雅相，副都護蕭嗣業，發回紇各部番兵，自北道討西突厥。另遣先朝降酋阿史那彌射，及阿史那步真（兩人皆西突厥屬部酋長，太宗朝，曾率眾來降，分任左右屯衛大將軍），為流沙道安撫大使，自南道招集西突厥部眾，一剿一撫，分道並出。賀魯也傾國前來，擁眾十萬，列營曳咥河西岸，綿亙十里。蘇定方自為前驅，但率步兵萬人，及回紇騎兵萬名，與敵對壘，令步兵據南原，攢槊外向，遇敵方擊，不准擅離，自將騎兵據北原，嚴陣待著。賀魯見唐軍不多，鼓譟進兵，先衝步營，三戰三卻。定方見他氣餒，即引騎兵出擊，人人奮勇，個個爭先，番眾雖多至數倍，大半烏合，禁不住鐵騎蹂躪，頓時大潰。定方追奔三十里，斬獲數萬人，到晚收軍。翌晨再進，西突厥部眾多降。賀魯帶著殘騎，向西竄去。可巧天下大雪，平地積雪二尺，諸軍請待晴後行。定方道：「虜恃雪深，謂我軍必不敢進，不妨就近休息，我若冒雪追上，掩他不備，定可成擒，否則彼已遠竄，無從追獲了。」乃踏雪繼進，沿途收降番眾。至雙河堡，來了一支人馬，為首大將，便是南道大使阿史那步真。步真自南道進兵，所過皆降，不煩血刃，因此長驅直入，得與北道軍相會。定方益喜，兩軍晝夜兼行，直入窮谷，登高遙望，見前面有一獵場，番眾馳逐野獸，趾高氣揚，首領不是別人，正是沙缽羅可汗賀魯。定方大悅道：「此番定要擒住他了。」便麾兵逾嶺，喊殺過去。賀魯已似漏網魚，驚弓鳥，聞著唐軍喊聲，便策馬飛奔。番眾也即潰亂，被唐軍東劈西斫，做了無數枉死鬼。唐軍奪得鼓纛，只尋不著賀魯，定方不覺嘆息道：「那廝又復脫逃，恐不能再擒他了。」（前喜後嘆，都是文中頓挫之筆。）旁邊閃出一將道：「待末將上前窮追，無論好歹，總要將逆虜擒住，大總管不妨回師。」定方見是蕭嗣業，便道：「副都護既願效勞，還有何說？」當下撥兵萬人，隨他前行，自己從容班師，令降眾各歸本部。沿路悉心稽察，籌辦善後，通道路，置驛站。掩骸骨，問疾苦，劃疆界，復生業，訪得各部人畜，前被賀魯所掠，一律給還。西突厥向有十姓，叫做五咄陸，五弩失畢，至是一體歸附，悉表歡忱。

正在慘淡經營的時候，接得蕭嗣業捷報，已將賀魯捕獲，定方當然欣慰。原來賀魯遁至石國西北蘇咄城，已是人困馬乏，狼狽不堪，乃遣部下齎珍寶入城，乞糧借馬，城主伊涅達干，佯備酒食出迎，誘賀魯入城，指揮眾士，將他拘住，解送石國。蕭嗣業探得消息，即向石國索交賀魯，石國聞唐軍入境，頗加畏懼，便將賀魯送達軍前。嗣業飛報定方，隨將賀魯押還。定方乃請分西突厥，置濛池昆陵二都護府，即以阿史那彌射為興昔亡可汗，管領五咄陸部落，阿史那步真為繼往絕可汗，管領五弩失畢部落。唐廷俱如所請，派光祿卿盧承慶持節冊命，仍命彌射步真選擇降眾，量能授職，令為刺史以下等官。邊徼已定，大功告成，定方奏凱還朝，獻俘闕下。賀魯在檻車中，曾語蕭嗣業道：「我本亡虜，為先帝所存，先帝待我良厚，我乃負先帝恩，宜遭天怒，悔已無及。我聞中國刑人，必在市曹，我負先帝，應該在先帝靈前伏法，幸乞代奏！」嗣業既至京師，當即依言奏陳。

高宗以為可憐，但命獻俘昭陵，貸他一死。結髮夫婦，如何不憐？乃聽悍妃謀斃。既而賀魯病歿，藁葬頡利墓側。唯真珠葉護，未得冊封，不免怨望，旋由興昔亡可汗率兵進擊，與真珠葉護鏖戰雙河，真珠葉護敗死，於是西域皆平。

獨龜茲國自征服後，國王布失畢等，被俘入京，留官京師（應二十二回）。高宗初年，龜茲國亂，酋長爭立，各向唐廷求封。廷議以龜茲失主，不如遣還布失畢，仍使為王，免得紛爭。高宗准奏，乃復封布失畢為龜茲王，令與故相那利，宿將羯獵顛，同時還國，撫定部眾。顯慶改元，布失畢入都朝賀，那利竟與布失畢妻，結成露水緣。也算代庖。及布失畢西歸，那利尚私自出入，不肯斷情。布失畢漸漸聞知，常欲殺死那利，怎奈那利樹黨竊權，急切不便下手，只好密遣心腹，上訴唐廷。那利也使人報唐，互爭曲直，一邊說是布失畢謀叛，一邊說是那利謀亂，兩下各執一詞，轉把那中冓醜聲，隱瞞下去。高宗並召兩人，入朝對質，布失畢不便再諱，只好據實陳明。那利雖然狡辯，究竟情虛詞屈，唐廷因將他囚住，另遣左領軍郎將雷文成，送布失畢回國，甫至東境泥師城，不意宿將羯獵顛，竟率眾堵住，不令布失畢歸還。得毋也作那利第二耶？布失畢入城拒守，飛向唐廷乞援，高宗再命左屯衛大將軍楊胄，發兵西行。及抵泥師城，布失畢已憂憤而亡，胄遂縱兵擊羯獵顛。羯獵顛屢戰屢敗，終被唐軍擒住，梟首以徇。乘勝入龜茲國都，窮治那利羯獵顛餘黨，一併加誅。且就地設龜茲都督府，立布失畢子素稽為王，兼都督事。布失畢妻不知如何處置？可惜史中未曾載明。然後班師覆命。高宗又命徙安西都護府至龜茲（安西都護府，本設在高昌境內交河城，事見十八回中），即令安西都護麴智湛駐紮龜茲，加封左驍衛大將軍，統轄龜茲于闐碎葉疏勒四鎮，及吐火羅嚈噠罽賓波斯等十六國，置府州至八十餘，小子有詩嘆道：

王師西討莫能當，史策鋪張美盛唐。
豈是高宗能攘外？餘威尚是紹文皇。

外患告平，內訌復起，本回已就此結束，待至下回再詳。

王后蕭淑妃，互相妒忌，本有致死之徵，武氏得乘隙而入，所謂木朽蛀生，夫復誰尤？但武氏計奪后位，如願以償，似亦可以止矣，乃必將後妃錮入別宮，嚴加監押，已屬狠心辣手，甚且斷其手足，投入甕中，試問其具何心腸，乃至於此？禽獸尚不自戕同類，武氏直禽獸之不若。故讀此回而不髮指者，非人也。彼許敬宗李義府輩，更不足誅矣。高宗為色所迷，昏庸已甚，貶勛舊，斥忠良，而獨能任一蘇定方，付以專閫，豈西陲亂事，天必假手唐廷以蕩平之耶？定方以外，又有楊冑，亦良將之足稱者，能攘外不能安內，高宗其無以自解乎？

唐史演義——從唐祚開基到武氏還宮

作　者：蔡東藩
發 行 人：黃振庭
出 版 者：複刻文化事業有限公司
發 行 者：複刻文化事業有限公司
E-mail：sonbookservice@gmail.com
粉 絲 頁：https://www.facebook.com/sonbookss/
網　址：https://sonbook.net/
地　址：台北市中正區重慶南路一段 61 號 8 樓
8F., No.61, Sec. 1, Chongqing S. Rd., Zhongzheng Dist., Taipei City 100, Taiwan

電　話：(02)2370-3310
傳　真：(02)2388-1990
印　刷：京峯數位服務有限公司
律師顧問：廣華律師事務所 張珮琦律師
定　價：350 元
發行日期：2024 年 07 月第一版
◎本書以 POD 印製

國家圖書館出版品預行編目資料

唐史演義——從唐祚開基到武氏還宮 / 蔡東藩 著 . -- 第一版 . -- 臺北市：複刻文化事業有限公司 , 2024.07
面；　公分
POD 版
ISBN 978-626-7426-97-5(平裝)
857.4541　　113008558

電子書購買

爽讀 APP

臉書